九歌101年散文選

隱　地
主編

九歌一〇一年散文選
年度散文獎得主

王鼎鈞
〈世界貿易中心看人——紐約日記三則〉

陳義芝
〈戰地斷鴻〉

・本年度散文獎獎金由主編隱地及沈君山先生（曾麗華女士代）共同捐贈

得獎感言

王鼎鈞　老年得獎

年輕得獎，是獎你的未來，年老得獎，是獎你的過去。「年度散文獎」是獎你的現在，老人能得到這個獎，特別有意義。

我曾引用什麼人的一句話：寫作也是表演事業，需要鼓勵。文學獎代表掌聲，一個表演的人，站在舞台上，指著台下鼓掌的人說，你們不代表什麼，這個人大概是瘋了。

掌聲，有大眾的掌聲，有小眾的掌聲，即使在一隅之地，三五個朋友為你鼓掌，也是美意熱情。我在感恩節前夕聽到這一陣掌聲，非常感謝。

陳義芝　作家的心靈手藝

二〇一二年冬，距離我最初鑽研文學已四十年，意外地接獲隱地先生通知，頒我「九歌年度散文獎」。懷著感激的心情領受，並且相信多年來我對散文的摸索無誤——敘事藝術的確是作家的心靈手藝，簡樸中蘊含著七彩，溝通人類經驗以生命燃燒的火。

散文，是我與詩同時嘗試的文類。一九七二年寫的〈獨行〉，獲教育廳文藝創作獎；一九七六年寫的〈撐開你的傘〉，選作小學國語課文；一九八二年寫的〈雨落在辛亥路上〉，獲教育部文藝創作獎；二〇〇七年出版的散文集《為了下一次的重逢》，獲中山文藝創作獎，同名散文且編入高職國文及多種選集。

散文帶給我的喜悅，實不下於詩。我期許自己能更加上下求索，像我推崇的古今作家一樣，兼擅詩文。

目錄

附　錄

《九歌一〇一年散文選》編序

告別「年度」

——隱地

透過近十年「年度散文選」（九歌），想要了解十年散文流變，想要知道散文作者浮沉，並不如想像容易。十位編選人，從民國八十八到九十七年，十年當中共選出二百七十八位老中青三代作家，從一年級的羅蘭、周夢蝶、艾雯（一九二三——二〇〇九）、齊邦媛、王鼎鈞、余光中、管管、姚宜瑛……二年級的楚戈（一九三二——二〇一一）、馬森、瘂弦、司馬中原、林文月、尉天驄、康芸薇、白先勇、陳映真、劉靜娟、楊牧、丘秀芷……三年級的張曉風、夏烈、亮軒、董橋、席慕蓉、蔣勳、喻麗清、李黎、邱坤良……四年級的龍應台、舒國治、林文義、陳幸蕙、陳義芝、平路、蘇偉貞、廖咸浩、張讓、莊裕安……五年級的簡媜、林黛嫚、張曼娟、楊照、楊明、王家祥、李欣頻……到六年級徐國能、吳明益、許正平、鄭順聰、李欣倫……各有勝場。

和小說不太一樣的是，小說界二、三年級的主力作家很快傾斜，三、四年級，甚至五、六年級，早已成為主力部隊，散文卻始終各個年齡層平均發展，顯然，散文寫回顧，寫人生閱歷，老作家娓娓道來，更能打動人心。小說講技法、戲劇張力，須銳利如貓眼洞悉並關照全盤俗世人性；小說家要作品持續源源而生，除了讀萬卷書，還須是一個雜家，什麼知識都懂，更要身體健康，活得久，動力夠，能到世界各地旅行，國人缺少全方位投入小說寫作的作家，一段時日之後，很快就山窮水盡了。

散文則綿綿不絕。這十年來的散文，尤其多彩多姿，新人輩出，各具特色，多元化的社會，產生多元化的散文家。我們倒著往前推，最引人注目的幾支散文妙筆，如張惠菁、黃寶蓮、蔡逸君、柯裕棻、王盛弘、李進文、凌性傑和陳育虹，他們已全然走出張秀亞、琦君、艾雯、子敏以及我自己似線型的散文思維而成為島嶼似的個別銜接甚或不銜接，而他們對末世人情觀察入微，都已能自紙背傳達出來。或許有人說，李進文和陳育虹散文不多，怎麼看得出來，未來十年，能寫出秀異雄勁的好散文？好詩人想要轉戰散文易，反之則難，尤其不肯讀新詩的散文家。

舒國治、蔡珠兒和廖玉蕙，多角度的書寫人生，或濃或淡，老辣入味。張曼娟、曾麗華、鍾怡雯都有傳統中文系的影子，三人又大異其趣，曾麗華冷，張瑞芬評其文說：「只感覺到那是帶著距離的月光」，相較於曾麗華，張曼娟是屬於「熱」的，她的許多散文，散發出「一種對生命源源不絕的感激與珍惜」，至於鍾怡雯，在冷與熱之間，《垂釣睡眠》為其創作期的高峰，近年來，有些作品寫得過於瑣細，或許她應與物情保持距離才能走出新路。

還有不肯進入散文選的愛亞，自樹文風，完全走自己的路，獨創一格，也自有其文壇位置。

這是我在民國九十九年出版《朋友都還在嗎？》書中的一篇短文，就是這篇拙作讓我興起，也想來主編一本「年度散文選」，透過一整年散文閱讀，然後和纏繞我半生的「年度」告別。

一九六九(民五十八)年元月底，把編好的「五十七年短篇小說選」交到仙人掌出版社負責人林秉欽手裡，但出版時，書名改成《十一個短篇》，經我爭來吵去，總算在版權頁的書名下添了個小括弧並加一行小字——(五十七年短篇小說選)。

原先林秉欽先生希望短篇小說選一年年編下去，他說：「假如可能的話，將來再擴而大之出版散文選、詩選或其他的選集。」

事實是，當他將書名改成《十一個短篇》，就表示退縮了，果然第二年，就未提續編「五十八年短篇小說選」的事。

幸虧，我有自己的堅持。小說能刺激並滿足我們對生活的情趣，而我就是一個把小說看得差不多與生命一般重的人。《五十八年短篇小說選》由我獨力完成，且得到梅遜的大江出版的資助改成合作出版；等到《五十九年短篇小說選》出版後，為了繼續使「年度小說選」的編輯工作做得更圓滿，找到年輕的合作夥伴沈謙(思兼)(一九四七——二〇〇六)、鄭明娳、鄭傑光和徐承飛一同組織了一個「年度小說選編委會」，從民國六十年，由編委輪流主選，期望能將「年度選集」編得盡善盡美。

鄭明娳和沈謙輪流編了兩年小說選之後，「編委會」又邀請了林柏燕(一九三六——二〇一〇)、覃雲生和洪醒夫(一九四九——一九八二)一同加入。民國七十一年，編過《六十四年短篇小說選》的洪醒夫因車禍不幸過世，爾雅出版社因此為他成立了「洪醒夫小說獎」，共辦十六屆，並出版了《洪醒夫小說獎作品集》，後來輪到邵僩兄主編《八十七年短篇小說選》，請他決定，小說選中那一篇值得選為「洪醒夫小說獎」得主，他說：「選不出來。」他認為洪醒夫熱愛農村和土地，八十七年的十多篇小說，寫的多半是都市裡的人慾橫流，缺少對土地和農村的愛，無人有資格獲得「洪醒夫小說獎」。

剛好邵僩編的也是爾雅「年度小說選」的關門選。爾雅版「年度小說選」前後歷時三十一年，編得好好的，為何突然喊停？因為「年度小說選」像一個向下滑行的滾環，自八十年代末的一萬五千本銷量每年減少一千至一千五百冊，到了九十年代末只剩下三千冊的印量，更難以令人接受的一個事實是，出版業在不知不覺間已經變成了電影業，新書上市，像電影上片，不到兩三個禮拜就必須下片——書的生命，快速死亡。

從民國八十八年起，「年度小說選」的出版，轉到九歌出版社。

民國八十八年是我的傷心年。小說選停辦，自然「洪醒夫小說獎」也消失文壇。「年度文學批評選」(民國七十三至七十七年共五冊，陳幸蕙編)早已無影無蹤、「年度詩選」雖仍繼續，但實際已改由詩人向明、梅新、瘂弦、余光中、洛夫、商禽等人，向公部門申請一些補助費，勉力苦撐。民國九十二年起，老詩人們交出棒子，改由中生代「詩壇五小」——蕭蕭、白靈、陳義芝、向陽和焦桐輪流主編。書名亦改為《二〇〇三　台灣詩選》，由焦桐的「二魚出版社」出資印行，我的「年度文選」創辦人身分從此完全消失。

從三十一歲到七十六歲，中間隔了四十五年時間，我對「年度文選」的各類出版品始終保持關心。自己也不解，詩、散文、小說三種文類，為何我日漸和散文靠近，反而遠離了早年傾心的小說。民國七十一年推出「年度詩選」的前一年，九歌蔡文甫先生和林錫嘉合作，出版第一本《七十年散文選》，我就經常拿起九歌版的「年度散文選」沉思，爾雅是否也該組一個「年度散文編委會」和九歌一較長短？但畢竟只有想法沒有動作。世事難料，三十二年之後謎底揭曉，晚爾雅三年創立的九歌，自民國七十年起創辦的「年度散文選」，至今已有三十一年歷史，不但追上了爾雅「年度小說選」共辦三十一年的紀錄，且接走了爾雅停辦的「年度小說選」，至今已達十四年；更離奇的是爾雅的老闆——我，竟然編起九歌的「年度散文選」，且是自己爭取來的。

一度也想直接和文甫兄說，怕他萬一不情願，弄得雙方尷尬；幾經考慮，選擇先在電話裡向陳素芳詢問，請他到蔡先生處先探探口氣。素芳回電話時不但滿口答應還充滿喜氣，看來文甫兄深覺詫異之外也頗歡迎「年度散文選」能出現一個驚嘆號！連我都進入老年，蔡和我身上的稜角早已為歲月磨平；何況原先就是朋友，老來能再合作攜手，不也是人間佳話嗎？

回憶和文甫兄交往已超過五十個年頭。民國六十年七月，他應中華日報之邀主編副刊前，在軍中編過《戰鋒月刊》，但他仍謙稱自己一直在教書，無編輯經驗，誇我年歲雖比他小十一歲，但學校學的是新聞，畢業後主持編務，且一直寫作，和文友來往頻繁。他到博愛路《青溪雜誌》找我，要我給他一些編副刊的建議，並要了一些作家的地址和電話，爾後，他在「華副」開闢「愛情的故事」專欄，約我寫稿，不久又在華副為我開了個「現代人生」專欄，讓我自由發揮，這些小品後來彙集成書，書名就是《現代人生》。

一九七八（民國六十七）年，文甫兄創辦九歌出版社，頭一年的發行業務全部委託爾雅。也就是從這一年起，在純文學林海音先生提議下，五家出版社的發行人每月一次在仁愛路「福華大飯店」中庭吃早餐，爾後十年，是謂「五小」的黃金時期。「五小」係對應當年的兩大報——《聯合報》和《中國時報》而來，當時文壇流行一句行話：「文章要刊在兩大，出書要到五小。」「五小」除了林先生的「純文學」、「九歌」和「爾雅」，還有一九七二年姚宜瑛創辦的「大地」和一九七六年成立由楊牧、瘂弦、沈燕士、葉步榮合辦的「洪範」。

在「五小」中，九歌成立最晚，但自一九八九年出版證嚴法師《靜思語》和林清玄自一九八六至一九九二年完成的「菩提十書」，後來居上，業績成為五小之冠，且於一九八七和二〇〇〇年兩度成立出版集團子公司「健行文化」和「天培文化」，已脫離當初之小，成為台灣的中型出版集團。

林先生走後，「五小」未再聚會。再接前面說的：「民國八十八年是我的傷心年」，主要指爾雅前一日宣布「年度小說選」停編，第二天的各報文化版上就刊出九歌接辦的大標題。這當中，文甫兄確實給過我一個關心的電話，也告知九歌有意承接「年度小說選」，我也樂觀其成，但如此敲鑼打鼓，引來各報記者電話追問，當然讓我有些難堪(註❶)，直到彭小妍編的《八十八年短篇小說選》出版，前言後語無一字提到爾雅的「年度小說選」，更讓我落寞良久。

這期間，我當然偶發怨言，和九歌蔡文甫之間難免會有一些齟齬。但時間久了，許多事情想清楚了——人要承認失敗，也要容得下別人的成功。我學習縮小自己，將心力放在寫作上，回到最初文人辦出版社的心情——最記得瘂弦學長的夢，他說當時投資「洪範」，只是希望有朝一日自己從《聯合報》副刊退休後，能在「洪範」樓上多擺一張桌子，若有人到「洪範」找瘂弦，樓下辦公室同仁會說：瘂弦先生正在樓上下棋……

諸如此類……表示文人辦出版社的瀟灑，可惜後來「洪範」和「爾雅」一樣，營運和業績都遇到瓶頸，未能為瘂弦在樓上辦公室多放一張桌子。瘂弦只好移民到加拿大度其晚年退休生涯……

不再有競爭之心後，和文甫兄的關係反而改善不少。何況，他於不同年代還主動向我要鼎公和白先勇的資料，為他們分別填表申請中山文藝獎和國家文藝獎。九歌老闆替爾雅的出版品爭取獎項，必然讓我內心懷著感激之心。

幾次入選「年度散文選」，我都欣然同意，九十八年頒給我「年度散文獎」，我更備感榮耀，當時真希望文甫兄親自頒獎，能從他手中接過一座獎牌。

這次為九歌編「年度散文選」，除了向文甫兄示好，最主要原因，近十年，我對散文情有獨鍾，希望能編出一本理想的散文選。一整年下來，編務雖然辛苦，卻也樂在其中；

主要透過《九歌一〇一年散文選》，讀者應該看得出來，我是在向孤獨的作家致敬，向寂寞的文人致敬。

自從網際網路世界誕生，整個人類歷史重新改寫，大眾閱讀習慣改變，更引發小眾文學的衝擊。傳統的書店逐漸消失；集團書店經營，一切看數字引進書種，一個月銷不出一本的書，管你是經典或天王級作家作品，一律退回去再說，百分之百的資本主義托辣斯做法。報紙也一樣，「報人辦報」的年代結束。如今是「商人辦報」的天下——報紙首要談吃喝玩樂，還有以「裸體加屍體」，做為報紙主題的主旋律。副刊也以影人八卦為主，「文學副刊」或一周僅四、五天，或將圖片放大、減少字數以節省稿費。總之文人想投稿的「園地」愈來愈少，稿費不增反減，而文學出版社所剩寥寥無幾。此時想出一本純正小說或散文集，真是難關重重，更何況素有票房毒藥的新詩集，於是只好到「小額依需印刷」的新型出版公司，如秀威、百通等出書，反過來拿錢給出版社，印個三、五十本送人。

作家無勞保，無退休金，一切靠天吃飯。在這樣困境中仍能不改其志，繼續創作，讓人尊敬。今年我選了唐潤鈿〈羅蘭的笑談〉，向羅蘭致敬；選了向陽〈文學傳播的掌舵者〉，向蔡文甫致敬；選了馬家輝〈木心三帖〉，向木心（一九二七——二〇一一）致敬；王健壯〈台灣早就遺忘了我的朋友胡適之〉，向胡適（一八九一——一九六二）致敬；朱天衣〈四季桂〉，向朱西甯（一九二七——一九九八）致敬；陳文發〈暮光秋色〉，向潘人木（一九一九——二〇〇五）致敬；張作錦〈斗室裡的「大觀園」〉，向周汝昌（一九一八——二〇一二）致敬；向明〈含淚讀詩懷鍾老〉及余光中〈詩史再掀一頁〉向鍾鼎文（一九一四——二〇一二）致敬；謝武彰〈朱介凡先生二三事〉，向朱介凡（一九一二——二〇一二）和林海音（一九一八——二〇〇一）致敬。

以同樣的心情，我選擇將二〇一一年「年度散文獎」致敬散文大家王鼎鈞先生。鼎公繼四大冊龐大回憶錄之後，以八六高齡繼續攀爬寫作高峰，在新的一年裡，除交出散文集《桃花流水杳然去》，也整理出十五、六年前的「紐約日記」。新書《度有涯日記》出版，無疑像一條龍連接上了「王鼎鈞回憶錄四部曲」，也填補了他生命中的「美國時期」，回憶錄有了「餘唱」，強化了整體性的結構，對讀者而言，讀後也有了更完整的感受。

「年度散文獎」得主，我另外也選了〈戰地斷鴻〉的陳義芝。「兩位得主」自有「年度散文獎」以來，好像還不曾出現。而這一次也不是由兩位散文家來分取一份小小獎金，而是增加一份，增加的一份由「爾雅」贊助。「爾雅」誠心誠意獻上這份微薄的獎金，只表示三十七年來長期在文學園地裡播種的園丁，對作家一點小小的獻禮，而且和「九歌」聯手，代表兩家文學出版社，向兩位令人敬仰的作家致敬！

〈戰地斷鴻〉是陳義芝為他父親和父親那一代寫傳。是一篇典型的「小篇幅・大傳記」散文，關於八年抗戰、山河變色的故事，前有徐鍾珮、潘人木、紀剛、王藍的四冊史詩般的大河小說——《餘音》、《滾滾遼河》、《蓮漪表妹》和《藍與黑》，隨後同類小說源源而出；陳義芝父親血淚斑斑的故事——一位本來在四川家鄉擁有木廠、一大片梯田的少爺，卻碰上「拉夫年代」，硬被強拉軍中，且直拉到上海，領了一套粗布軍服，一個新編的隊號，從二等兵幹起⋯⋯一九三八年，最艱苦的抗戰歲月，日軍攻下九江、馬當，他正在烽火燎原的戰地，家裡母親病危，連寫九封信，他都無法收到……後來代理排長，防守田家鎮，和另外兩個排陣地，各領了一挺機關槍，還要掩護五十四軍撤退……戰至最後，體力實在支撐不住，睡著了……

陳義芝的一支好筆，將父親的那段戰役詳細記錄下來。他說：「子彈曾劃破父親後頸，命還是僥倖地保存了下來……」

陳義芝最初寫詩。詩人寫散文總是才華洋溢，他有三〇年代徐志摩那一代文人的特質，不久前他出版《歌聲越過山丘》，更是一本回憶其文藝青年時代初識瘂弦，後來進入《聯合報》副刊，協助瘂弦編務，結識眾多文人學者的散文集。關於文壇軼事，瘂弦可寫卻未寫，幸虧義芝寫了，是一本文采錦繡的文壇書話。

和陳義芝〈戰地斷鴻〉相關的是張騰蛟的〈人物兩題〉——「幼年兵」和「老芋仔」，要不是抗日和國共內戰，原本是寧靜鄉村的童幼，怎麼可能變成這樣一個個孤苦無依且有了這樣頭銜和稱呼的人？張騰蛟用對比描繪、刻劃……格外讓傷痛畫面深留心田。

同樣以「老芋仔」為題材的〈一隻愛吃辣的狗〉，五月號《文訊》「銀光副刊」雖以小說類別刊出，我仍將它當作散文收進來。曾出版《岸與岸》自傳體的桑品載，最近在兩岸走紅，特別是彼岸，大量刊出他的幼年兵和東引反共救國軍時期的隨筆。桑品載是傳奇人物，不到十一歲就當上幼年兵，他的娃娃幼年兵照片還上過美國《生活》(Life)雜誌封面。

桑品載文筆老辣，寫是為記錄那個消逝年代裡受苦的人——就像〈一隻愛吃辣的狗〉裡的主角，當年叫「小袁」如今已成「老芋仔」——像他這樣的人，活得差不多也就像是一隻狗了。

《九歌一〇一年散文選》，選了不少名家作品，但也有幾位作者的名字，對我較為陌生，譬如〈於心有愧〉的黃文鉅，〈浴女圖〉的田威寧和〈超馬行〉的東曉煒。

〈於心有愧〉像是遊記，也像小說，此文是當今愛情男女的縮影，作者應該是位年輕人，但所有對愛情的體驗，頗像一位出家老僧，已看盡世間情慾虛幻。「人和人相處到某個境地了，似乎就開始產生厭倦、排拒，終而免不了分道揚鑣……」「愛情是最暴力的甜蜜，痛並快樂著。」「每部愛情字典總是從最初的『滿紙荒唐言』，翻到最後只剩『一把心酸淚』。」「乍看最有禮節的背面，原來才是人性罪惡的淵藪。」「我沒有燒炭，沒有死，我還是我，但不是原來的了。」

田威寧〈浴女圖〉，寫一個不愛回家卻愛乾淨的父親，偶爾回家總是先洗澡，為他洗澡擦背的是曾在酒店上班頗有風塵味的阿姨。一篇從小孩眼睛看大人世界的散文。「父親從來不是個良人」，他有暴力行為，讓欲從良女子以割腕自殺來抗議。不久「換另一個女人住進主臥室了」，文章雖已結尾，但現實生活裡單親家庭的一幅父子和浴女圖仍一步步向讀者的眼睛逼來……

東曉煒的〈超馬行〉形式和內容都特別。它可以歸為「運動型散文」。文人多半不愛運動，因此以運動為內容的散文一向稀少，〈超馬行〉寫馬拉松長跑，作者說：「長跑，是一種生存的態度，一種不停止呼吸的方式……」「馬拉松跑者不需要盛宴，只須給我們熱量，讓我們向前。」

這篇以長跑方式進行的散文，愈寫愈精彩，一路往前跑，讓我們看到野花小溪，讓我們看到森林大樹，也讓我們看到眼前的山，天上的雲，還告訴我們馬克思說的：「暗透了，更能看見星光。」你看長路可以跑出歷史的教訓，這真的是有氧運動啊！

衷曉煒似乎只在「聯副」上出現，他的〈那些年，男人們的痴與別〉也是我想選進「年度散文」的佳作。

「散文的特點是題材廣泛，筆法自由」，舉凡政論、史論、書序、傳記、雜說、日記、書信、隨筆、小品均可納入。《文心雕龍》讚許論說類的寫作，「從有形的事務上去窮究，從無形的道理上去追求」，鑽研難解的問題，探索深奧的哲理，最能使人心悅誠服。不過歷年「年度散文選」仍以抒情美文為主，向來少收議論散文。《九歌一〇一年散文選》做了些許調整，譬如楊照〈黎智英啟示錄〉和孫慶餘〈諾貝爾文學獎之輕與重〉，兩文說理清楚，敘事明晰，就是散文中的翹楚，況且兩文所論及之人或事，均為民國一〇一年之新聞大事，文學能與新聞結合，欣賞文字之餘，也貫通了事理，做為一個新時代的讀者，應當可以接受這種拓寬散文幅度的改變。

誰也沒想到上一個年代教育的普及使得我們這一代寫詩寫自傳和寫散文，幾乎已經變成全民生活習慣，儘管文學書籍銷路不佳，報紙副刊園地愈來愈少，但這一點也不影響大家的寫作興趣。今年我也選入亮軒《青田街七巷六號》一書中的第七章〈今昔驚夢〉，我問他發表在何處，他說：「寫得太多了，根本不知要寄往何處。」好在，出書也是發表，透過他這篇回憶錄，讓我們驚覺新台北和老台北變革差異如此巨大快速卻又不易察覺。真的是晨起才揉揉眼，黃昏已緊隨在後。日復一日，年復一年，如今頗多老人，即將成生命過客，卻仍自以為是地發表著議論，且自我感覺良好……如果能換一個角度欣賞夕陽餘暉的美，老年人生還真頗為愜意。

《青田街七巷六號》從一幢老房子看歷史，「屋中老少今安在，門外人車兀自流」，想想青田街上曾走過多少教授學者……現在他們都走到哪裡去了？

主編《一〇〇年散文選》的鍾怡雯曾說：「沒人要讀文學獎得獎作品。」今年我只選了獲得《自由時報》散文獎伊格言的〈恐懼遊戲〉、《明道文藝》上林孟潔獲大專組散文第三名的〈生活練習〉。前者寫野蠻隱藏在文明裡。後者，評審之一的張瑞芬說：「全篇像獨白、囈語、書信與日記的綜合，既對外張望，也向內探索……章節分明，又環環相扣……幽微隱喻，魅力非凡。」

還有三位一體更年輕的女學生，透過「北一女」老師陳美桂帶領她們閱讀王鼎鈞的《左心房漩渦》中〈看大〉一文後，而以〈我看〉為題——藉由一雙靈目去「看」——各寫的一篇小品。你看三個十七歲少女立刻能以同一題目寫出如此青翠篇章，看來散文天地何其遼闊寬廣，老中青三代各有優秀表現，展現出台灣散文一片錦繡美景。

教養與教育，也是今年散文選的主題之一。台灣社會出現這麼多困擾的問題，主要是來了一批受西方教育的「教改者」，善於論述，「有著一套聽來非常言之成理的嚴密理論」。「以放任想像力為鵠的，又主張個性自由成長……老師對學生責罵兩句，學生就會回家告狀，家長就會興問罪之師，在這種情況下，哪有老師願意多事？」（註❷）

薛仁明是來自基層學校的老師，他看到了教改以來，每下愈況的諸多教育問題。他說：教育之要「簡靜」二字。今天教育之崩解，部分原因正是被大人急壞的……身處在急成一片的躁鬱時代，令人格外想找回人應有的自在與安然。〈小子！何莫學夫詩？〉寫得趣味中含著教育者應有的智慧。接受全民教育、讀了書有了點知識的父母，不必凡事都要去「教」老師如何管或不管自己的孩子；唯有家長尊敬老師，學生自然會尊敬老師。

高希均教授除專業本行外，幾乎都在提倡閱讀，他的〈做一位「內外」兼顧的知識人〉是對清華大學的畢業生致詞。他希望大學生進入社會之後要有「較高的學習意願，較強的反省能力，較大的包容態度，較深厚的專業知識，以及持久的閱讀習慣。」雖是演講稿，也值得收進「年度散文選」。

十二月號出版的《文訊》雜誌，在其中選了六篇進入年度散文，主要這一系列作品全都是回憶過去文學閱讀生活的美好，彷彿一組樂器，重新為我們奏出文藝復興之歌。

而最讓我驚喜的是，到了年末最後一天，突然在《中華日報》副刊讀到張瑞芬教授的〈散文Pi的奇幻漂流——二〇一二年台灣散文〉，這篇如詩如歌評析二〇一二年散文的大作，剛好彌補我置於書前「編序」之不足，許多遺漏的佳作，全讓張瑞芬的「銳眼」看見了，無論篇名、書名……都一一出現在讀者眼前，閱畢此書，讀者顯然還有一張更壯美亮麗的閱讀地圖懸掛於前，張作剛好能及時收進本書，成為壓軸大文，誠然是美妙奇妙又最圓滿的結局。

感謝文甫兄和素芳讓我老來還能完成一個夢。做為本書編者，要向二〇一二年繼續在文壇耕耘的作家致敬，更向本書中的每一位作者致敬。至於二〇一二年許多在報章雜誌上發表的傑出散文，竟然未被我看到，甚至顯然是我忽視了，當然我要向這些作家和作者致歉。「年度文選」始終是一種「看見」和「被看見」的問題。也是讀者對作者或作家「立正」或「稍息」的問題。任何讀者連讀一個作者（家）三篇好文章，一定會肅然起敬的「立正」，連讀三篇「差勁」之作，也就自然「稍息」了。在這一年無論發表小說、散文或詩的作者，當然希望自己的作品能進入「年度選集」，受到主選人「立正」的正視；每一文類主選人，誰不睜大眼睛，唯恐遺漏了好作品。但幸運之神總是少數。一本選集不可能將當年的好作品全部收納進來。何況，今年台灣散文大豐收，我從年頭讀到年尾，初選進入的散文數量超過百篇，編成兩本足足有餘。

還好，有了九歌出版社，「年度散文選」會始終存在。今年未被看見的作者，明年會被一雙新的眼睛注視。新的主選人一定比我年輕，「年輕銳利的眼睛」會將明年優秀作品和傑出作家全部聚焦，所以明年會有一本更好看的《九歌一〇二年散文選》。

註❶：據文甫兄月前告知，因聽到消息，同業之中有人放話要接辦年度小說，故臨時搶發新聞。

註❷：引自漢寶德〈缺「德」的教育〉（原載二〇一二年五月十五日《人間福報》「百年筆陣」）。

滄海，藍田

——徐祁蓮

台灣出生，祖籍浙江。台大園藝系畢業，美國康州大學博士，哈佛大學後博士，現任愛荷華大學生物系副教授。

自幼喜愛文學與大自然，選擇了生物學為專業，但對文學終難忘懷。於二〇〇六年前開始寫散文，作品不多，發表於台、港、大陸的報章雜誌及美國、新加坡的華文報。

不知為什麼，也非受大人的強迫，從小就喜歡將唐詩裡簡易的五言絕句背誦起來。初中時家從屏東搬回台北後有一年住在一棟租來的洋房裡。所謂洋房就是獨家獨院，非中式也非日式的平房，不是如今的樓房豪宅。那時台北市的近郊開始建這類的住宅，向著逐漸消失的農田延伸，如一隻變形蟲包圍它的食物。我家住的那棟房子在變形蟲的一隻假足的足尖，牆外就是稻田。稻田邊有一小塊旱田，種了些玉米，我常在清晨到玉米田裡背誦國文課老師規定要背誦的文章。對政治性的或抒情的白話文沒興趣，偏愛古人的文言文，聽自己的聲音唸著古典的、遙遠的、難解的文句覺得很享受。遠處做田的農夫從不趕我，還招手示意，只有偶然出沒的青蛇令人心驚。聽大人說秘魯大使館就在附近，但我一直沒弄清它在哪兒，對這個國家的地理位置也不清楚，只對「秘魯」二字發出的聲音有興趣，覺得這兩個不相關的字連在一起很神祕，像一個另有所指的隱喻，像我背誦的詩句。

直到如今我還是讀詩而不是看詩，連並不能駕馭的一些古今歐洲語文的詩我也對照著英文字意盡量用原文朗讀，希望得到更多的享受。至於從前背誦的那些詩、詞、賦多已不知去向，只有少數幾首難以忘卻，仍然縈繞於腦海心際。其中一首是李商隱的《錦瑟》。人們多認為這首詩晦澀，我卻覺得它像水晶一樣清澈。我愛讀詩，但不研究詩，對歷代學者累積的說法看一看，了解一下詩人寫詩的時代、詩人當時的際遇、以及典故的應用。其餘就是讀詩人自己的事了，看你如何與詩人神交，又如何豐富、延伸一首詩在常變的自然與人文世界裡的生命。純化至極才能結晶，已成水晶的詩句「滄海月明珠有淚，藍田日暖玉生煙」如何能更加清澈？

藍田這個地名很美，又出美玉，再加上義山的詩句，使我對藍田之鄉充滿了浪漫的想像。就像小時對秘魯的態度一樣，藍田的地理位置對我不重要，只迷戀於它帶給我的幻想。直到有一天看到「藍田猿人」的資料才知道藍田在陝西。黃土和美玉如何相連？猿人又怎會住在我幻想中的藍田之鄉？

原來藍田玉的確產於西安附近的藍田，據說那塊以不惜犧牲主人的姿態出現，又撲朔迷離失蹤的「和氏璧」就是藍田之美玉。大概後來由於可採的玉都採盡了，等宋應星寫《天工開物》時就認為藍田玉其實是崑崙山產的玉。如今的藍田又發現了新玉石礦，機械開採，大量生產，不知多久以後新藍田玉又將成為只能在詩中找到的意象。我喜歡新「藍田種玉」的故事，它具有環保的觀念，用神話的方式貼切的寫照貪婪的人們如何將天賜的藍田美玉挖掘一空，最後只剩下深藏在南山裡的玉石在晴朗的天氣裡飄著輕煙。我多麼希望如今藏於山裡的美玉不要變成暴發戶家中的庸俗擺設，而能在綠樹覆蓋之下生出煙靄。

「藍田猿人」當然有資格住在藍田之鄉，遠在八十萬年前，在我們這種屬於「現代人」的「智人」（Homo sapiens）還不存在時他們就已經是藍田的居民。雖然不是用藍田玉，但是他們已能打造各色各樣的石器。「藍田猿人」屬於「直立人」（Homo erectus），他們的祖先在一百八十萬年前源於非洲，在亞洲廣泛遷徙繁衍直到二十萬年前絕種，是「人」屬裡在地球上生存最長久的。他們為何絕種仍然是個謎。據說他們在「現代人」在非洲演化成功，遍布全球至今以前就已絕種，但是他們真的沒有更進一步演化，然後與非洲來的現代人混種？希望不久就會有足夠的中國人的基因組測序（genome sequence）來幫助揭示這個謎，這個遠比人文歷史久遠的，人類如何穿梭在自然史裡的謎。

雖然曾居藍田之鄉的「藍田猿人」和我的血源關係仍然是一個謎，另外一個藍田卻在我親人的故鄉附近，那是安徽休寧縣的藍田。我的外祖母由休寧縣嫁到歙縣，隨夫居住在徽州縣城裡，外祖去世後外祖母就一直和我的父母住在一起，一同來到台灣。我是她最疼愛的孫輩，從一出生就無微不至的照顧我，每天晚上一定要她講了故事後才肯入睡。常年累月的，哪有那麼多故事講？後來都是由我從聽過的故事裡挑選要聽什麼，像點戲目那樣。其中一個並非故事而是她對小時休寧老家的回憶令我至今難忘。她說那老家有近百的房間，很多都是封起來不用的，有次她的叔叔帶著她在一間封起來的房間外向內張望，裡面堆滿了老舊傢俱。叔叔說：「這些傢俱都幾百年了，妳看那些椅子有多高！因為古人個子高大。妳看得見不？椅背的下方有個洞，是放尾巴的，因為人是猴子變的，所以古人還有尾巴。」因此我小時候就一直以為古人是有尾巴的，只是不知多古的人才有尾巴。現在回想這個故事，很明顯，那位叔叔是個有新思想的青年，讀了嚴復翻譯的《天演論》（我想那時馬君武翻譯的《物種原始》尚未出版），有洞的椅子等則是哄著孩子玩的。

我有機會時常把上面的故事講給同事和學生聽。說人是猴子變的並非正確的說法，但那位叔叔很清楚的有了生物演化的觀念，而且欣然接受了自己與猴子的親屬關係。一百年過去了，生物學家們也已早已慶祝過了達爾文的兩百週年冥誕，更不用說百年以來各種科學證據對演化論的支持；可是在當今全球最富有、科學最先進的美國居然有百分之四十四的成年人認為現代人是上帝在距今一萬年之內一次造成功的。唉！夫復何言！

這種將人與自然疏離的世界觀當然不會同意青翠的修竹、戲水的游魚、斑斕的老虎都是演化於單細胞的原始生物。他們也不會相信六億年前，滄海桑田，那時休寧的藍田被淺淺的海水覆蓋，在陽光之下原始的藻類、像蠕蟲形狀等等的多細胞真核生物已演化成形。雖然牠們像「藍田猿人」一樣已經絕種，但是牠們完美無缺的化石給生物演化寫下無言的史證。就像龐貝城裡被火山的煙硝霎時塑定的居民，使人無法置疑龐貝城被維蘇威火山的灰燼封埋的事實。

在自然的時間裡，千年彷彿是昨日；在人文的時間裡，千古長存便是不朽。「滄海，藍田」的詩句在常變的人世裡如今依然清澈如水晶。辛詞說得好：「我見青山多嫵媚，料青山見我應如是。」，義山是我心儀的詩人，料想我也是他欣賞的讀者。

——原載二〇一二年一月一日《聯合報》副刊

木心三帖

——馬家輝

一九六三年出生於香港，灣仔長大。台灣大學心理學系學士，美國芝加哥大學社會科學碩士，威斯康辛大學麥迪遜校區社會學博士。二〇〇八年獲《南方人物周刊》評選為「年度中國五十魅力人物」之一，二〇一〇年獲《南方都市報》評選為「年度深港意見領袖」。現為香港《明報》世紀副刊創意策劃，並替中港台報刊撰寫評論及隨筆，亦主持電視和電台節目。

結集作品包括《女兒情》、《都市新人類》、《心理學小品》、《流行學手記》、《在廢墟裡看見羅馬》、《消費者心理學》、《目迷．耽美1——江湖有事》、《目迷．耽美2——愛戀無聲》、《我們——關於這個時代的一些喜悅與憂傷》、《你們——關於這個時代的一些綺麗與崩壞》、《他們——關於這個時代的一些臉容與成敗》、《死在這裡也不錯》、《關於歲月的隱祕情事》、《明暗》、《日月》、《溫柔的路途》、《曖昧的瞬間》、《回不去了》、《中年廢物》等。

1 各種悲喜交集處

出門前，從書架上抽出《瓊美卡隨想錄》，帶著木心去南京。聞說周日在烏鎮將有一場追悼會，可惜我於周六便要趕回香港陪大女孩過聖誕，停留不了。而且想像中的木心應該不會渴望更不會稀罕誰去追悼他，但也不會堅決反對，他應是淡然恬然的，年輕時如斯，活到八十四歲了，更必如斯。

他在書裡不是感嘆過嗎？「蒙田，最後還是請神父到床前來，我無法勸阻，相去四百年之遙的憾事。」可見他對生命風格的一致性看得頗重，尤其對生命盡頭的操守，更重，所以在淡然恬然的木心的追悼會上如果大家又哭又號又嘆又哀，他肯定搖頭，不知道應該對朋友們說些什麼。

有好長的時間誤以為木心是「台灣作家」，因為一直在台灣報紙副刊上讀他的文章，那時候，他在中國內地早就坐完牢了，遠走美國，不歸，不願歸，不願歸，但仍繼續寫作和畫畫和思考，文章刊登出來，八十年代，我是台大學生，每回讀後都惆悵半天，連面對女朋友都說不出話來。

怎麼說呢？木心在報上發表的大多是語錄式的短散文，任何一句、兩句、三句，是中年的他的個人感悟，卻成為年輕的我的思考啟發，似懂不懂，若虛還實，足夠放在心頭咀嚼半天。

是的，咀嚼，木心說過，「快樂是吞嚥的，悲哀是咀嚼的；如果咀嚼快樂，會咀嚼出悲哀來」，那時候的我只覺這位英俊的作家很有玩弄字詞的本領，唯有當活到某個年紀，才真明白他在說些什麼，但到了那個年紀，欲辯已忘言。

是的，英俊，木心之於年輕的我的另一個吸引自是他的俊朗，臉部五官像雕刻出來的石像，筆挺，堅毅，另一個有著如斯臉容的中國作家是民國的邵洵美，美得令人捨不得不看卻又不敢注視太久，怕會沉溺。邵洵美也像木心一樣寫詩，也畫畫，但前者有妻有情人，後者呢，據說是耽美界的同志，美得只愛屬於他的性別的物種。之或所以當木心談及拜倫之死，意見是死得其所也死得其時，萬一他雞皮鶴髮地活到老年，簡直破壞西方文學史的美感。依此邏輯，木心其實活得已經夠久夠長，畢竟八十四歲了，老來又能回到故鄉看山看水，老去，逝去，告別中國文學史，依然能夠為中國文學史留下美感，已經是很大很大的功績與奇蹟。

別了，木心，他寫過，「如欲相見，我在各種悲喜交集處」。那就讓我們去該地尋他，一定尋找得到，因為，誰都有悲喜交集，誰都逃不脫這生命的宿命。

2 不知道如何是好

在南京的演講活動結束後，好些本來飛回北京的朋友都改變了計畫，改往烏鎮，出席木心先生的追悼會。他們問我去不去，我說香港有事，沒法去，其實是在心裡堅持那個想法，木心應該不會高興朋友為他追悼些什麼的，別打擾他了，雖然他已離開人間。

但又或者木心先生也不會反對朋友為他追悼，他是淡然得無所謂，自己的離世，朋友的哀傷，反正人間無秩序，自己喜歡怎樣就怎樣。

木心不是在〈很好〉文內寫過嗎？「昨天我和她坐在街頭的噴泉邊，五月的天氣已很熱了，剛買來的一袋櫻桃也不好吃，我們抽著菸，『應該少抽菸才對』。滿街的人來來往往，她信口嘆問：『生命是什麼呵』，我脫口答道：『生命是時時刻刻不知道如何是好』。」

既然不知道如何是好，那便做什麼都好也或都不好。你想就去做吧，做什麼都可以，只要自在如意。

木心眼中的「如意」是這樣的：「集中於一個目的，做種種快樂的變化。或說，許多種變化著的快樂都集中在一個目的上了。」

木心如此定義快樂：「迎面一陣大風，灰沙吹進了凱撒的眼皮和乞丐的眼皮。如果乞丐的眼皮裡的灰沙先溶化，或先由淚水帶出，他便清爽地看那凱撒苦惱地揉眼皮，拭淚水。之前，之後，且不算，單算此一刻，乞丐比凱撒如意。世上多的是比凱撒不足比乞丐有餘的人，在眼皮裡沒有灰沙的時日中，零零碎碎的如意總是有的，然而難以構成快樂。」

讀木心文章，感受到強烈的「境界」二字。他彷彿站在一個位子，察看我們，而這個「我們」，理所當然地包括他自己；偶開天眼，紅塵裡，他亦是可憐的眼中人。

所以木心也曾說：「不幸中之幸中之不幸中之幸中之……誰能置身於這個規律之外。理既得，心隨安，請坐，看戲（看自己的戲）。」

一位看戲的人走了，他從別人的戲裡看出自己的戲，也從自己的戲裡映照別人的戲，用文字記錄下來，幕閉了，幸好仍有文字，給我們留下了許多說說唱唱的痕迹。木心寫過一篇〈不絕〉，開首道「一個半世紀采聲不絕，是為了一位法國智者說出一句很通俗的話：人格即風格。十八十九世紀還是這樣的真誠良善。」由是他抒發了一些關乎現代的感慨。

是的，除了境界，就是格。有格，木心告別中國，中國告別木心的格。

3 哪有你，這樣你

南京氣溫是零下三度，對我這南人來說，已是致命之寒，出門必須穿上男裝絲褲；嗯，對了，南京之於北京，亦是「江南」，但彼「南」終究屬於我們的「北」，至少在咱們香港，沒有「零下」這個可怕的概念。

於是穿上絲褲的我這南人便很容易擺烏龍。好幾次了，換裝準備離開酒店房間，穿上大衣，伸手開門，無意間低頭一看，始發現原來忘記穿外褲。假如沒有這個「無意間」，往搭電梯，電梯門打開，站在裡面的人恐必笑得彎腰流淚。

尷尬之事常有，有時候並非發生在自己身上，但做為旁觀者，我也尷尬得不知道如何是好。像有一回，在男廁遇見其他部門的同事，站著聊了兩分鐘，離開時忽然看見他的褲襠濕了一大片，極明顯，很可能是尿尿時不小心，或是洗手時被水龍頭噴到而不自知，總之，難看，回到辦公室時肯定惹笑。

於是我便非常掙扎，不知道是否應該提醒他。想說，但說不出口，不希望看他在我眼前顯現窘態；不提醒，又好像眼睜睜看著他稍後出醜，等於看見別人快墮進陷阱而不阻攔。

結果我是保持沉默。自我安慰，說不定他直接回到房間，不會遇見任何人，何苦要我把糗事揭穿。我向來是個短視的人，只顧眼前一刻的快樂如意，日後的愁，管他的，日後再說了。

所以我很容易感動於一些好心地的人，自己做不到，唯有羨慕的份兒。

像在辦公室看見男同事的西裝肩上滿布頭皮，我通常懶得提醒，但當看見有其他同事提醒他，我便忍不住在心裡暗道，呀，這是一個好人，我們的辦公室畢竟有好人。

然而說到底，我對好人的欣賞感動依然遠低於我對詩人的崇拜仰慕，如這兩天說了又說的木心先生，他的詩，他的情詩，令人根本忘記了什麼是好什麼是壞，在文字面前，好壞讓路，最重要的是時間能夠凝固於美麗的瞬間。像他說，

「十五年前／陰涼的晨／恍恍惚惚／清晰的訣別／每夜，夢中的你／夢中是你／與枕俱醒／覺得不是你／另一些人／扮演你入我夢中／哪有你，你這樣好／哪有你這樣你」

因為木心去世的緣故，因為聖誕新年交替的緣故，我重讀了《我紛紛的情慾》書裡的一些詩，在旅途中，讀得恍恍惚惚，在飛機上，緩緩睡去。醒來時香港已在腳下，你在家裡，我或許也在你的夢裡。

——原載二〇一二年一月二日《中國時報》人間副刊

本文收錄於二〇一二年七月出版《愛上幾個人渣》（時報）

修書問道

——侯吉諒

一九五八年生，台灣嘉義人。中興大學食品科學系畢業。師承江兆申先生，曾在台灣、美國、日本等地舉辦過數十次書畫展。二〇〇四年受邀至華盛頓展覽，同時應邀至美國國務院、馬里蘭大學演講並示範。曾獲三次時報文學獎；國軍文藝金像獎、空軍藍天美展書法獎、全國優秀青年詩人獎、一九九七年年度詩人獎等。

兼擅現代文學、書畫篆刻創作，並長期致力筆墨、紙張的材料研究，以及書法教學。已出版詩集《交響詩》等七本，散文集《神來之筆》等十六本，畫冊《畫品與紙品》等七本，為推廣書法而出版的《如何寫書法》、《如何看懂書法》、《侯吉諒書法講堂（一）、（二）》等。

一般人在了解我的創作學習過程之後，大都會覺得我非常幸運，因為，我從學生時代開始，十八九歲的年紀，就陸續受到王淮、余光中、洛夫、江兆申這些大師級師長的指點，無論思想、文學、書畫，都直接受益於大師們的教誨。

我出身在一個普通的家庭，沒有任何文藝的背景，沒有什麼志同道合的文藝之友，更沒有任何可以介紹我和這些大師們接觸的長者，我又如何可能在我還沒讀大學之前，就陸續得到這些大師們的教導呢？

除了王淮老師是中興大學的中文系教授，我是直接去旁聽他的課，因而有了進一步接觸的機會，其他幾位老師，在當時的我眼中，都是「傳說中的人物」，我只能在報紙、雜誌上閱讀他們的作品，崇仰他們的成就，從來不敢想像我可以跟隨他們學習。

以前的資訊並不發達，不像現在有網際網路，任何人想要什麼資料，在google上「谷歌」一下，很快就有答案。

但在長期的閱讀和關注中，我慢慢知道這幾位大師們的工作地點，因此唯一可以與他們取得聯繫的方法，就是寫信。

寫信給自己所景仰的大師，是非常緊張的，不但要打草稿，還要練習寫字，信的文字要乾淨清楚、要誠懇熱情，字得要工整慎重，還要去查「應用文寫作格式」，搞清楚如何稱呼對方，是直接稱先生嗎？還是要寫老師？要寫「文席座次」比較文雅、還是「收信平安」比較親切？信末要如何結語，要如何問候，是「時祺」好呢，還是「秋安」適當？

信末自己的署名，是要寫學生、晚輩或後學，都是有講究的，你不能一開始就說自己是學生，也不能在師長有所指教之後，還自稱晚輩，因為彼此的身分關係究竟定位何處，非常重要。古人有很隆重的拜師禮，正是因為「師徒關係」是彼此之間非常重要的承諾，如果稱對方為老師，那麼寫信的遣詞用句，就必須謹守學生的分寸，不可有絲毫逾越。

另外是寫信的格式，每一行段落的起頭，到底要空一格還是兩格，信中碰到要稱呼對方的時候，是另起一行，像古文那樣講究，還是就直接寫「您」比較親切？這種種細節我都非常慎重的去搞清楚。

不只信的格式要講究，連信封如何寫，也曾經很傷腦筋。例如，在中式信封上，右邊收件人的地址如果太長要如何分行，郵差才不會看錯。中間收信人的名字，要不要用比較大的字體，是不是要高於右邊的地址，姓名之後，需不需要空行，再寫先生或女士，先生或女士之後，要不要空一字，然後再寫「啟」、「收」等等，都一再參考各種應用文書籍的格式，而後才慎重決定一種自己覺得比較恰當的方法。

因為有過這樣的「摸索」，所以我才知道，原來寫信光是「格式」就有諸多講究，寫給不同的長輩，要有不同的尊稱、問候和署名，寫給平輩或晚輩，當然也有不同的格式和用語。至於手寫文字的字跡，無論如何當然都是力求整潔、漂亮，連用什麼筆也都費了不少心思去講究。

雖然用了這麼大功夫寫信，但其實我並不知道，收信的長者會不會回信。尤其是第一次寫信，總是忐忑不安，真是又期待又怕受傷害，怕這些大大有名的詩人、學者、畫家，不會理會我這個冒昧寫信的小子。

所以，除了講究信的格式，最重要的是內容，你寫信給別人，總是要有一個主要的目標，而不能只是表達景仰。起碼，你得是真的有事要說、有話要問。

可是，問的問題也不能太淺、太深、太大、太多，太淺表示你無知，太深，其實常常只是故作成熟，太大，很難回答。寫信是很花時間的事，我想，很少有人會花太多時間給一個素昧平生的陌生人回信。

所以寫信的長短也很重要，不能短得像打電報，也不能長得讓人不耐煩，總之，你要考慮到師長們的時間寶貴，不能什麼雞毛蒜皮的事都拿來煩人家。

因此第一封信怎麼寫，實在是非常不容易的事，一封幾百字的信，可能得重複寫數十次，錯字，重來，語氣不對，重來，字寫歪了，重來，文字太平淡，重來，太熱情，重來……，總而言之，一封文詞得體而內容適當的信，絕非想像中那麼容易。

然而就是這樣自我訓練的結果，讓我在寫信中慢慢領悟、體會到一些要領，也學會了文字創作的某些本事，什麼樣的文字會得到共鳴，什麼樣的表達方式不會讓人覺得反感，都在這樣不斷重複的摸索中，有了體會。

許多人初學寫作，總是太過表現文筆修辭的華麗，或者太過理直氣壯的表達，好像非得有很美麗的詞藻、直壯的氣勢，才算是文藝創作，對此，我有不同的意見。

任何文字，其存在的理由都是為了「溝通」，你寫詩、小說、散文，也是為了要有話要說，要讓讀者了解或感受到你的文字內容，如果寫的東西晦澀無比，讀者根本很難理解，那就失去了創作理由。

寫信，訓練了我寫作的基本能力——不但能寫，也懂得預測收信人的反應，這種理解文字和閱讀者的能力，大概不是習慣使用網路的現代人可以體會的。

現在網路、電子郵件太方便，很多人寫信都不懂禮貌，不但不懂禮貌，而且非常的粗糙野蠻。

寫信不管給誰，最好都要有抬頭（稱呼對方），先問候，然後才是寫信的目的。最後要有祝福、信尾要具名。

如果收信人不認識你，那就一定要先自我介紹。

我常常發現，很多人完全不知道如何自我介紹，什麼話都敢隨便亂說，但寫起自我介紹，就有如千斤重石壓在筆上，不知從何下筆，有的洋洋灑灑一大篇，卻只是寫了很多字，完全沒有提供可以讓人了解你的內容。

我在部落格、臉書、書法班報名，都要求我不認識的人要自我介紹，常常發生一要求自我介紹，人就消失了的事。

這實在是我完全沒有辦法理解的事，一個人，怎麼可以只想和別人交流，而卻堅持不讓人知道你是誰？

有的人說，這是為了保護隱私，這我也完全不能同意，一個人的姓名、性別、年齡、學歷、經歷，這些都不是隱私，而只是一個人的「基本資料」，我們和別人交往交流的時候，最需要的，也不過就是這些基本資料而已，而如果這些基本資料都不願意讓人知道，你又有什麼資格要求別人和你交流呢？

我常常收到許多網路上的留言、電子郵件，共同的特色是，不具名，或具名但沒有自我介紹，或自我介紹是類似「我是一個大學生」這樣空泛，然後就要求轉載文字、作品、要我提供作品、圖片，問毛筆哪裡買、宣紙哪裡買、能不能幫忙鑑定書畫、推薦書法老師等等，要求五花八門，但共同的特色，就是不讓你知道他是誰。

坦白說，很難想像，人與人之間的「交流」可以粗糙到這種程度，而且完全沒有自覺其中有不妥或不對。

透過網路的人際互動，其實和以前透過寫信沒有什麼兩樣，但為什麼許多人用起電子郵件或網站留言，卻可以粗糙到這種程度呢？

我覺得原因有兩個，一是這樣的人根本不是為了和任何人溝通交流，他只是粗糙的要表達意見、索取資料或獲得資訊，二是匿名的特性，讓人不知不覺在匿名的情形下為所欲為。

自從網路成為人們最重要的媒體、通訊工具以後，網路匿名已經成為惡意攻擊者、惡意留言的最佳保護方式，太多人因為匿名而覺得不論做什麼、說什麼，都可以不被抓到而為所欲為。這樣的人在匿名時表現得非常理直氣壯、但實際上卻正是懦弱甚至卑鄙的表現，所以偏激的言論，幾乎都出現在匿名前提下。

光明正大的言行，不需要匿名的掩護。

網路匿名讓許多人在不知不覺中養成了負面的人格，任何在真實身分下不敢說不敢做的，都可能因為匿名的「安全」，而變得毫無顧忌，但這種負面的言行、心理，不會只存在於使用網路的時候，一旦有了這種負面的心態，即便離開網路，仍然會繼續影響一個人的人格，而匿名的負面效應也因此而「鬼上身」了。

網路禮節是一個法令來不及規範的新生事物，所以很難有適當的法律讓網路使用者遵守，就目前來說，只能靠大家的自覺，靠真實世界的修養來修正因為隨便使用網路帶來的偏差。

寫信是一件很小的事，但反映的卻是一個人的整體修養。我每次收到長者的來信，每每要反省自己，這位師長為什麼要回我的信，我是哪裡做對了，所以他願意回我的信？如果沒有收到回信，也反省為什麼沒有收到回信，是師長太忙沒空回信，還是自己的信件有所不妥，所以師長不予回覆？

在信件的回覆與不回覆之間，其實就蘊含了許多做人的道理，如果連這些都不懂，又如何能夠「修書問道」呢？

寫信「曾經」是一件非常重要的事，書信往來為人類累積了無數珍貴的文明與文化遺產，以書法來說，王羲之、王獻之、蘇東坡、黃山谷、趙孟頫這些書法大師們最好的書法幾乎全部都是信件，如果沒有了這些信件，我們很難想像然當時的文人丰采是何等光耀奪目，而網路發達之後，無論電子郵件或留言式的信件往往都不被重視，也很難留存，人與人之間「修書問道」的心情，恐怕就更難期待了吧？

——原載二〇一二年一月五日《人間福報》副刊

簡訊

林文義

一九五三年生，台北人。曾任自立晚報副刊主編，曾獲二〇一二年台灣文學獎圖書散文金典獎等。現專事寫作。

著有散文集《遺事八帖》、《歡愛》、《邊境之書》、《迷走尋路》等三十八冊；小說集《革命家的夜間生活》、《藍眼睛》等六冊；詩集《旅人與戀人》；主編《九十六年散文選》等書。

用字，不能太多，言簡意賅，該說什麼？
紙筆，暫且捨去，還是不捨，又能如何？
晶體，索引，囊括，生命情思盡在其間？
我們，倚之，愛之，卻因而唯它所困制。

手機。靜靜地放置在可以觸及的手邊，須臾不離，比最親近的人還要親近；冷冷的金屬感，陌生不解的疏離，彷彿是時而睇伺卻又祈望某種未知的忽然來臨的矛盾。愛它又似乎恨它，科技真的足以左右情緒起伏，掌控人生？靜靜的手機，事實又驚怕突兀地響起收訊的急呼，將喜將怒將哀將樂……？無人得以預期。

不想以聲對話，怕是顯露意向，音腔辨識多少難隱應答心緒至而引發誤認、謬解之可能；來言是鮮花還是匕首，是善意或是惡念，聽者遂戴盔覆甲，放懷兼及防衛，究竟怎般得宜？言間稍躊躇，可能詰問就來，彷彿風景或戰局展開。創出「電話」的先行者想必始料未及，他的世紀貢獻出於造福卻沒想到遺禍百年。

簡訊。發明者一定是個愛詩之人，甚至於本身就是一位詩人。似乎只有詩人會有此巧思，用最短的字句，傳遞一種定論，立即的情緒到位。譬如：愛或不愛，好或不好。清清楚楚，明明白白，無灰色地帶。當然亦可若有似無、乍拒還迎、朦朧迷霧若情人應答，所該付出的是簡訊來去次數必得耐煩。因為可能反問更多——為什麼？不明白？說清楚些……無形中竟彷彿詩人，晦澀多，明朗少。

簡訊的確可以用來寫最短的詩。詩人白靈擅長的「五行言」早自成典範，近來的原住民作家瓦歷斯諾幹更是以「二行詩」令人驚豔！兩位五〇年代誕生的秀異寫手他們已然參透生命內層深邃的領會，但見詩作靜好而壯美。

文學朋友中，簡訊以短詩應答的印象，詩人李進文堪稱一絕，尤其他閱讀之後常以簡訊抒其所感，猶若風格獨具的精緻詩作，多少因之諳其會將散文著作命題為：《如果MSN是詩，E-mail是散文》（爾雅版）。至今仍抵死遠遁電腦的我，對於MSN，E-mail還是自棄般地不予接觸；依然堅持手工作業，信封、信紙、明信片。A4方格稿紙、鋼筆、細針筆。修正液、傳真機。有人笑我：看你堅持到幾時?!簡訊倒是多少解除我的尷尬與無能，喜歡亦不排斥此種方便的溝通方式；也許就用簡訊試寫一首十四行詩，回傳給李進文——

這空間到那空間
三秒中意願抵達
兵馬侵入還是香氣襲人
尋索一個字
純淨一顆心
就怕誤植令人不信
像最後永別的宣示
能夠一瓶酒

可以一朵花
自我的教堂靈魂的暗室
命運未知的決定者
冰和火抉擇思念
愛與恨字裡行間
彷彿詩。等你，按鍵。

不知道這樣可不可以？或再借用他的詩集書名一次：《不可能；可能》（爾雅版）吧，用簡訊寫詩，一定「可能」，不會「不可能」。且以短詩說盡心事，簡訊字少情長，據說戀愛中人生性羞怯，不予明說「我愛妳，久久。」就以數字傳去簡訊：52099。多年前有位年輕作家如此告之，我聽了深覺不可思議；多年後有一次開車遇紅燈，偶睨及里程表積數：52099忽而茅塞頓開的大悟！多麼含蓄、美麗的巧合。舉目前望，還有半分鐘紅燈轉綠燈，遂取手機拍照存證；車再前行就難以歸返的符碼。

52099。多少戀人如此簡訊來回；我愛你（妳）久久……到底是多久？愛幻滅了，圓滿了，或只是虛言妄語、不可能完成的可能碎裂。

儲存、刪除。成千上萬已然記不清的簡訊，曾經不經意的流失，如同斷絕記憶。留不住的有時卻是惋惜的美好，想忘卻的卻又是某種遺憾的誤解；像是傷痛後的結痂，別有蒼涼。

微小的一片晶體靜靜地藏匿在手機內層，儲存著、遞換著各種無聲的吶喊，只有它真正分享過人們的歡悅與哀傷，只有它刪除去人們的愛和遺忘。彷彿逐漸替代人們的思念及其情感，有一天，是否人們會放棄大腦與心跳，是否拋盔棄甲的全然交付給一片比指甲還要微小的晶體；金屬冷冽，浸蝕毀壞，淪陷所有靈魂。

最美麗，也是最脆弱的心，未來何置。

虛矯的謊言、詭譎的黑暗流動在晶體之間，偏執的法西斯以及基本教義派，成為主流的不幸；主流是一種巨大、黏稠的催眠……。

那麼，要不要傳則簡訊給自我，喚醒長年被蒙昧的己心？

——原載二〇一二年一月十三日《中華日報》副刊

一九五三年生於台北市，祖籍山東濟陽。台大人類學系碩士，現任職中央研究院歷史語言研究所，台灣大學兼任助理教授。

著有散文集《天人之際─生物人類學筆記》，翻譯《第三種黑猩猩》、《性趣何來》等。

色不迷人人自迷

——王道還

人類曾經有過一個黃金時代，似乎是普遍的信念。對那個黃金時代的想像，則不外「上古之時，人民淳朴，心行正直，稟性柔和，不相嫉妒」云云。這一想像不能說沒有根據，但絕不是事實，因為生命世界充斥詐偽，人這身濁骨凡胎，全是在那個世界演化出來的，怎麼可能超凡入聖？

在動物界，衝突、求偶的場合最容易觀察到詐偽技倆。哺乳類在衝突之際，全身毛髮皆張，看來身軀暴漲，無異膨風、灌水。肉食動物最忌受傷；兩造越是勢均力敵，越不能硬幹，虛張聲勢是主要的鬥爭手段。即使是「低等」動物，都會玩同樣的遊戲，如蝦蛄。

蝦蛄生活在海岸附近，肉食；第二胸肢特大，是攻擊武器，揮舞起來頗有螳螂的架式，英文俗名就叫螳螂蝦。蝦蛄每兩個月蛻殼一次，那時極為脆弱。不過牠們在蛻殼之前特別凶惡，動不動就發動攻擊；蛻殼期間，要是有天敵接近，也會擺出攻擊姿態，仗著最近贏得的聲名嚇阻敵人。

總之，在動物兵法中，「不戰而屈人之兵」是無上心法；在實戰中，以自信撐起的恫嚇退敵，是常態。

不過，天下事相生相剋，詐偽必然導致「反詐偽」。如此因果相循，詐偽與反詐偽技倆不斷向上提升。於是每一個動物都是天生的騙子，也是天生的偵測詐偽高手。

特別是人，仗著各種理所當然的藉口，三不五時就說謊，敵人、愛人、老闆，無一倖免。我們憑經驗也知道如何判斷旁人說謊：說謊的人緊張、做作；圓謊更難。因此，我們被迫發展更為高明的技倆——自欺。

最近美國演化生物學者崔弗斯（Robert Trivers）出版了一本以自欺為核心的書，將自欺變成一個科學題材，而不只是人文學者、心理學家感興趣的人性枷鎖。根據崔弗斯，自欺是欺人的絕招；不出自有意識的努力，而是無意識的心理機制；功能有三：一、有意識地欺騙人，難免洩漏意圖；自欺就不會。二、既然自己都上當了，當然揮灑自如、行雲流水、毫不做作。三、萬一被拆穿，也容易卸責；誰會責備受騙的人呢？

自欺的生物根源極為古老，並非人類獨有的天賦，從自信到過度自信到自欺，並無明顯分際。只是人能說話，不但方便賣空買空，更容易陷入自欺的漩渦，甚至將旁觀者捲入，掀起風潮。自欺在人類歷史中的角色，耐人尋味；一些文學作品不經意地透露的一些觀察，發人深省。

如〈虬髯客傳〉這篇千古名文，刻劃的就是自欺。話說虬髯客有意逐鹿中原，而傳說「太原有異人」，結果打探到李世民。他想眼見為信，等見了李世民後再盤算進退；哪裡知道卻「一見心死」，自嘆不如。可是虬髯客心存僥倖，請師兄出馬打量李世民；沒想到師兄也「一見慘然」，還說了重話——此局全輸矣！——他才面對現實。萬一師兄助長了他的自欺呢？

難怪孔老夫子要把「友直」列為益者三友之首了。

——原載二〇一二年一月二十九日《聯合報》「名人堂」

羅蘭的笑談

——唐潤鈿

筆名金田、雨耕。一九二九年生，上海松江人。國立台灣大學法律學系畢業，曾任律師事務所助理，後於國立中央圖書館編纂，服務三十三年後退休。曾獲教育部電視劇佳作獎、菲華伯康戲劇創作獎多幕劇第二名等。居住美國十年，現專事寫作。

寫過「好書引介」、「生活與法律」等專欄。著有《書僮書話》、《文學家的故事》、《優游於快樂時空》等十餘種。

文友曉暉與我相約去探望九十三歲的文壇前輩羅蘭。她現在深居簡出，不再參與文藝界的一切活動，我們若不去登門造訪就看不到她。但我們都很想看看睽違很久的她。

曉暉與我二人依約前往，可是羅蘭年歲大了，記性不好忘了這回事，仍然睡到十一時半我到達時，她還沒起床。外勞阿D要去叫她起來，我說現在不要叫，等另一位朋友來了再叫。於是阿D給我泡了茶，我就跟阿D聊天。

從阿D那兒得知羅蘭晚上睡眠不好，記性不好，剛說過五分鐘就忘記，但是食量正常，很健康，不生病。阿D邊說邊打哈欠，有點勞累狀，我感覺阿D的睡眠不足，建議她該把握住時間多睡，我說：「很抱歉，你累了，因為今天我們要來，害你不能睡。」阿D說：「我不知道有客人要來，太太沒有說，我什麼都沒準備。」我說我帶了吃的東西，於是從提袋裡拿了出來，讓阿D放到廚房。

接著曉暉帶著外勞阿海一起來到，阿D就去叫羅蘭起來。曉暉要外勞阿海把她帶來的滷牛肉、泡菜和炒米粉拿出來。

阿D推著坐在輪椅上的羅蘭出來了，羅蘭微笑著向我們打招呼，並叫阿D去泡茶，而後她連聲說：「抱歉，抱歉！害你們久等！」於是我們都說：「剛到一會兒。」而後異口同聲地說：「羅蘭姐，你現在比夏天我們來看你時更有精神，臉色好像也紅潤些。」她笑著說：「是啊！我是胖了一點。我現在就餓了，早上一起來就想吃！」所以曉暉叫阿海到廚房去幫忙阿D弄羅蘭的早餐，以及我們的午餐！

兩個年輕外勞（一是印尼人，一是越南人）在廚房裡邊工作邊說話，她們之間的共同語言，是中國的普通話，她們有說有笑，一副很開心的樣子。

我們三人坐在客廳裡聽到她們的笑聲，也分享到年輕人的喜悅。邊喝茶邊聊天，我們為彼此都各有老年人的通病，卻仍能健康相聚而高興著，還不停地講著往事樂事。而且還說我們經過那麼多的人生苦難，但是都沒被擊倒，為此慶幸。

而羅蘭有點感傷的說：「可是我就是被『老』擊倒！坐上了輪椅！」

我趕緊說：「但是你很健康，沒有大毛病！」

曉暉突然舉起她的左手，伸著小拇指，說：「上個月我在家不小心摔了一跤，幸虧阿海在旁扶我起來，我感覺手痛，後來看醫生，照了X光片，小手指骨裂，現在已經治好了。」

我接著說以前獨居在家跌斷右髖骨的苦痛。

此時阿D已經把餐桌布置好，準備要吃飯了，於是中止了話題。

在餐桌上繼續談著各人的老毛病與新病痛，我們都對醫生有著十二萬分的敬意。羅蘭也談到她的骨科醫生鄭醫師，是一件非常有趣的巧合笑談！

那是二十多年前的事。羅蘭參加一場音樂會，坐朋友的座車同去，她最後一個上車，車門還沒有關好，而車已啟動，於是她被摔出車外，進醫院檢查，髖骨骨折，由骨科名醫鄭俊達動了手術。一切順利，她出院後，沒有太大的痛苦後遺症，只需複診數次。所以她很感佩鄭醫師。

鄭醫師也仰慕羅蘭的文名，名醫與病人名作家羅蘭後來竟也成了朋友。有一次她要去醫院掛號複診，鄭醫師卻說不用到醫院看，他到她家裡來看她。羅蘭於是在家恭候。當鄭醫師來到，他說很累，想先休息一下，過了一會兒羅蘭覺得他該為她看病了，發現醫生竟睡著了！

當時羅蘭一定很驚訝，因為她邊說邊笑時的表情令人印象深刻！引得我們也都哈哈大笑。最後得到一個結論：「他一定疲勞過度！醫生真辛苦，尤其是名醫！」

我們一邊笑談一邊吃，剛才阿D說羅蘭記性不好。可是她竟能把二十年前的往事，說得頭頭是道，這怎能說她的記性不好呢？羅蘭吃了幾口，又開心的說了些別的，我們也都聽得笑起來，我問：「鄭醫師現在還在醫院看病嗎？」羅蘭說不知道，已很久沒聯絡。

去年我患了右耳背後脖子疼痛的怪病，以為是得了不治之症，後來做了頭部掃瞄，得知病在中耳，等到看專科醫生，治癒時，已經痛了一個半月。我為此寫了一篇以「痛」為主題的短篇小說，述說痛苦的人生彷彿生活在煉獄之中！所幸由於聖神的指引，後來看對了醫生，才得以痊癒。羅蘭聽後回歸到她的笑談，說：「人生並不是很圓滿，可能都有些缺憾。但不一定是煉獄吧？我們以後見面，大家都要講一個笑話！或一件有趣的事！」

我們雖一致同意，但因各有病痛，多久可以見一次面，不可能預先做一定論，每兩個月，或個把月！最後曉暉建議：「羅蘭姐，你想到好笑，有趣的事要告訴我們，先請寫下來，或者你就打電話給我們二人中的任何一位。我們相約了就一起來，好讓大家有個快樂相聚談笑的機會！」和羅蘭說再見時，心裡想著的是還在播《安全島》節目時的羅蘭，那時曉暉和我，也多麼年輕啊！

——原載二〇一二年一月三十日《中華日報》副刊

筆名魯蛟，一九三〇年出生在山東省高密縣，曾任公職多年，在行政院新聞局主任祕書任上退休。從事詩和散文創作，兼及其他文類。是紀弦所倡組的「現代派」同仁，擔任中國文藝協會和中國新詩學會理監事和常務理事多年。

著有散文集《鄉景》、《溪頭的竹子》、《筆花》；詩集《時間之流》、《舞蹈》以及其他文集共二十六種。有七篇散文曾先後入選兩岸三地的各級國文教科書。

人物兩題

——張騰蛟

幼年兵

像狂風暴雨摧殘了樹木的新枝嫩葉，
無情的戰亂蹂躪了你們幸福的童年。

原本是寧靜鄉村的童幼，或是繁華都城裡的稚子，一聲巨變，便成為流離路上的孤兒。前也茫茫，後也茫茫；左也槍聲，右也槍聲。故鄉越來越遠，苦難卻越來越近。竄奔、踉蹌、跌撞和傷痛，這條道路是如此的崎嶇。

在戰陣中打滾，在硝煙裡浮沉，終於有緣落腳在南方的島嶼上。氣候煦煦暖暖，人情溫溫馨馨，暫時溶解一下心胸中的那股冷涼與驚恐。

又是一聲巨變——由流浪兒變成了娃娃兵。這是全世界空前絕後獨一無二的稱號。懵懵懂懂裡，欣然接受了它，因為，那是未來的生活之所寄，衣食之所依。

矮矮的個子，瘦瘦的身軀，被裹在不太合身的軍服裡，成為一個連自己都不敢相認的，新的自己。

干戈也來到了手裡。沉甸甸怯生生，這也算得上是生命夥伴！年紀輕心思嫩，可也知道，這與護衛社稷的日子已不遠。莫待人比槍高時，大概就要赴戰了！

其實，這些亂世無辜，距離斷奶的日子好像還沒有多久，走出襁褓的時間還沒有多長。對他們來說，那是一個向父母撒嬌的年齡，是一個用壓歲錢買糖吃的年齡，是一個和童伴們玩彈珠的年齡；也是啊！初踏人生階梯一級一級向上攀爬的年齡。然而，父母在哪裡？壓歲錢在哪裡？彈珠在哪裡？以及，人生的階梯在哪裡？

簡單的口糧，粗淡的飲食，輕薄的被褥，冰冷的軍床，考驗著小娃兒們的心志。好的是，日日夜夜裡，長官們的關愛，孫將軍的慰勉，暖流般的，灌注在他們的生活裡。因此，儘管日子有些苦澀，但是，課堂上的研讀，操場上的架式，卻不輸多些歲數的學長。

後來，歲月幫他們茁壯，便兄弟登山各自努力去了。轉眼間，就是悠悠一甲子，匆匆六十春。

註：民國三十八年國軍撤退來台時，帶來了大批孤苦無依（有的跟隨家人或親友）的「娃娃兵」，後來，陸軍總司令孫立人將軍把他們編組為「幼年兵總隊」，給予教育和訓練，人數多達一千三百多人。二〇一一年為「幼總」成立六十周年。三月十八日，老幼童們曾經在台北舉辦聯誼活動。

老芋仔

青果因風害而及早離枝

日子太亂了。十幾二十歲的小夥子們，吆喝著到戰爭裡去開採和平，可是，和平不在戰爭裡，他們反而被捲進動盪時代的大漩渦中。水深浪急，波濤洶湧，再好的泳技也抵擋不住下沉的力量。好在，也有一些幸運之手伸了出來，一一的把他們拉到岸上。

把親情拋得老遠，把鄉愁帶在身邊，有幸也有緣，在這塊既熟悉又陌生的土地上，展開了生命史上新的一頁。

征戰日久，身困心乏，突然有這麼個地方落腳休歇，真是萬萬沒有想到的事情。可是，危機既然仍在，所謂的休歇，只是分分秒秒，幾日幾時，轉過身來，立即投入新的工作——在荒寂的海岸線上，築碉堡挖戰壕。

在那個缺乏機械的年代裡，所有的動力是來自雙手和兩肩。扛著一包水泥翻山越嶺，挑著兩桶溪水涉過長灘，是必須挺身面對的工作環境。個人可以累垮，大眾的安居不能輸掉。物質條件欠缺的地方，就用辛勤和毅力來補足。

碉堡築成之後，就是自己的家。人人都成為水泥巨鍊中的一個圈環，人人都是站吞海風臥吻沙塵的漢子。

在這裡，要與風沙締親，要和艱苦結緣，要跟防風林及礁石叢做鄰居。當冷冷的冬夜裡毯不敵寒的時候，要向耐心取暖；在七分飽三分餓的時候，只能用戰歌充飢。他們，用最簡單的衣食維持生命，卻用珍貴的生命，在陣線之內孕育安寧。

這是六十年前戰時景況的一角。在以後的時日裡，這數十萬的參與者，有的在二十來歲的時候傷亡了，有的在三四十歲的時候病逝了，也有的，在五六十歲的時候就提前熄燈打烊就寢了。剩下來的，有的事業有成豐衣足食，有的坐吃退俸可以度日，也有的人，貧病交加潦倒半生。

歲月催人老，時光不饒人，當年的青年戰士，變成今天的白髮老人。而且，有了這樣的一個頭銜和稱呼。

因為他們曾經用青春為大家換取昇平年代，常常會贏得尊重和掌聲，對於那些不幸的人，也會給予憐憫與同情。不過，他們也承受著來自少數人的譏諷、戲謔和侮蔑。這又何必呢！不管他是來自什麼土的，畢竟是愛過這塊土地，為我們的福祉奉獻過心力。耄耋老者中，並不全然是好康一生，那裡面，也有曾經撿過破爛的、挑過糞桶的、街頭叫賣的、修雨傘擦皮鞋和看大門的。更奇特的是，雖然日子遭陰暗占領，生活被困窘糾纏，有些人卻仍然撐著硬骨頭，濟助貧病、收養遺孤、慨捐積蓄或是以各種方式「遺愛人間」。他們，不是惡人，而是善士或弱者。

寫於一〇〇年十月十日

——原載二〇一二年二月《文訊》雜誌第三一六期

小子！何莫學夫詩？

——薛仁明

一九六八年生，高雄茄萣人，係福建漳州長泰縣山重村薛氏來台第十二代。台大歷史系、佛光大學藝術學研究所畢業。曾任教於台東縣池上國中。二〇〇九年起，開始陸續在兩岸的報紙發表文章，並開闢專欄。

著有《胡蘭成・天地之始》、《萬象歷然》、《論語隨喜》、《教養，不惑》。編有《天下事猶未晚——胡蘭成致唐君毅書八十七封》。另有簡體版《孔子隨喜》、《人間隨喜》。

昔人有言，好的政治，要如衣鞋繫帶；帶子繫得好，卻不覺得有帶子。

教育，不也如此？

這個九月，薛朴剛上小學。早先，我笑著提過幾回，教他甭去學校，繼續在家陪陪我，如何？他沒答應，只因兩個姐姐都在上學，理所當然，他也該去才是。這事，我本信口說說，多是虛問；但聞聽他的應答之後，還是笑著裝得有些失望。

其實，他上不上小學，我無可，無不可。制式的學校教育，當然問題重重；尤其教改以來，更是每下愈況。教改二十年，恰好，我多在基層學校待著，因「躬逢其盛」，故深知其弊。然而，畢竟我住鄉下，託「城鄉差距」之賜，這兒學校，還勉強算是波瀾不驚，作意無多。不像城市裡，自教育部以降，各級學校焦躁浮動，難得清安；整天會議無窮無盡，成日活動沒完沒了。結果，大人帶頭，個個浮躁憂鬱，真不知，又該如何教出心平氣和的下一代？

本來，所謂學習，就是有樣學樣；教育，也不過是樹立一個個的人格典範罷了！台灣的下一代，說來可憫，亦是可憐；因為，在成長過程中，能看得到的自在安然的榜樣，著實，已然不多。

教育之要，「簡靜」二字。大人朗然清安，小孩才可能吉祥止止。今天教育之崩解，部分原因，正是被大人急壞的。小孩還沒變壞，大人就先急出了躁鬱症。結果，越急越壞，越壞越急。在這急成一片的躁鬱時代裡，令人格外想念「簡靜」歲月裡的天清地寧，也讓人懷念「簡靜」時日中人應有的自在與安然。

話說回來，我這兒鄉下，雖說沒有台灣數十年前依然可見的那種簡靜，但相較於都市，還是淡泊寧靜許多。這兒，學校沒有成日舉辦活動，也不太要求家長參與配合；學校與家長，多少，仍可相忘於江湖。有這份相忘，就好。早些年間，我夫婦二人多半輪流請假，偶而均有上班，家中小朋友因此也得上學；那時，一向選擇的，就是那種最不標榜，最「沒特色」，最可與之相忘的托兒所。

這種托兒所，學費低廉，於我，更是相宜。但半年多前，過完春節，我還是沒讓薛朴繼續上托兒所。究其原因，當然是可以省下雖不算多但畢竟仍是一筆數目之學費；反正，我多半在家。另一個重要原因，則是，我想自己也來，教上一教。

說要教，其實大言不慚，因為，也沒什麼教。美其名在家「留學」，說穿了，也多半只是他在自學。

那半年，每天七點過後，用畢早餐，小朋友洗了碗，有時也擦過地板，又與南部的阿公阿嬤講完電話，等姐姐再上了學，多半，我便先與薛朴外頭溜達了一圈；早上鳥兒多，花草香氣也濃。一圈轉回，神清氣寧，便開始「留學」；意即，我做我的事，他看他的書。頭一兩天，很不習慣；因為，較諸兩位姐姐，薛朴以前極少閱讀。早先在家，他竟日掄槍舞棒；一枝木劍，半截竹棍，已然舞弄了一兩年，尚且把玩不盡。這會兒，真要偃武修文，他實實不慣；於是，憑藉著注音，盯著書本，才唸了十分鐘，便昏昏欲睡，呵欠連連。所幸，小孩心性柔軟，最可勉而學之；才稍稍勉強，三天過後，他已然可以安坐半個小時。又數週，常常我事情稍告段落，忽覺四下悄然，轉頭一看，只見他專注讀著書，連理都不理我。我望了一望時鐘，倏忽，已然過了兩個小時。

他看書，我鮮少聞問。通常是，抬頭一望，「今天唸哪一本書？」他回，「《封神榜》。」；我應，「噢，好！」另日再問，「現在又看哪一本？」「《隋唐演義》。」，「噢，好！」改日，「《西遊記》。」，「噢，好！」說來慚愧，除了「噢，好！」我似乎也變不出其他字眼。於是，好幾個早上，我們父子遂各自安坐，彼此相忘。屋內寂寂，唯外頭鳥聲，新透紗窗，依然宛囀。又隔數日，我心血來潮，突然又再問起，他依然回說「《西遊記》」，「怎麼又是《西遊記》呢？」「因為，嗯——，《西遊記》很好看呀！」

是呀！《西遊記》的活潑，《西遊記》的萬千變化，最可讀之不盡。但是，薛朴更愛看的，還另有一冊，曰，《中國笑話全集》。我不讓他老看，但每回，若一聲不響，悶著頭，目不轉睛盯著書本，猛不防地，乍然連聲咯咯或是呵呵又偶爾哈哈，那麼，準是又與此君相晤；笑罷，他還言道，下午要講給姐姐聽。

讀書讀乏了，他說要「練武功」。所謂「練武功」，多半是他看京劇學來的套式；掄槍舞棒之外，還練翻滾，也學劈腿。動作都不地道，我也沒能力指導，但是，反正他樂著呢！久而久之，倒也還有些架式。此外，他也「騎馬」，老從客廳廚房兩處跑；手拿竹棍，權充馬鞭，邊跑邊墊步；墊步時兩手緊握，如握韁繩；起跑時，還先喊個，「駕！」

「駕」累了，時近中午，他嚷餓。我做中飯。除了米飯，通常葷素兩菜，多半，還有一湯。吃飯之事，他多少遺傳我，因出身寒微，故而好養。嘗到菜，便喊，「好好吃喔！」啜口湯，又嚷，「好好喝喔！」如此二菜一湯，其實清簡；但因神旺，便勝似佳餚豐饌。

飯畢，我們到外頭閒步。那時春天，中午不熱，故可以外頭散步許久。說是散步，其實，也還是我走我的，他走他的；我看我的，他玩他的。雖然偕行，多半時刻，也依然是相忘。走走停停間，他蹲在路邊許久，「看啥？」「看螞蟻」「大的小的？」「大的！」「好不好看？」「好看！」又一會兒，樹上有攀木蜥蜴，有墨綠，有寶藍；菜園裡有蝴蝶，有白，有黃，有鳳蝶；陰雨天，路邊蝸牛多；近夏時日，偶爾路上有輾過的蛇屍；水圳邊，有個大池子，裡頭魚極多，有隻大鳥，會忽地從池中飛起，雙翅展開，三尺有餘，每回奮然起飛，薛朴都好大一聲，「哇！」

散步途中，稻田多，菜園多，果樹也不少。過完年，梅花早已開過，先是李花，隨即又有桃花；春風桃李花開後，不久又青梅纍纍；梅才轉黃，桑椹就新紅乍紫。而後，李子熟後桃子熟；桃熟甚香，顆顆綠底透紅似胭脂。過陣子，蓮霧花開，龍眼花開，有群蜂飛舞；再下來，盛開時猶似曇花的火龍果，也初初新有花意。於是，夏天到了。

如此一路觀瞧，沿途顧盼，雖賞之不盡，但也終該轉回家去。下午功課，是看京劇。薛朴年紀雖小，卻頗有戲齡。從孫悟空看到趙子龍，又從武戲晉入了文戲；這回，他開始看楊延輝，也聽諸葛亮。偶爾，我陪著看；多半，仍是他自己找光碟放。那陣子，他看〈四郎探母〉，最常是頭折〈坐宮〉，看著看著，學裴豔玲哼了起來，「我好比籠中鳥有翅難展，我好比虎離山受了孤單，……」我遂言道，等這個唱段學會了，就比以前的〈三家店〉、〈甘露寺〉又晉了一級，「你知道為什麼嗎？」他思忖了好一會，總算答道，「因為——，比較難唱呀！」

接著，他也看了孫岳的〈坐宮〉。我問道，「喜歡哪個楊延輝？」「都喜歡。」；「有什麼不一樣？」「裴豔玲比較好看，現在這個（孫）比較好聽。」結果，他繼續學唱，卻依然學著裴豔玲。後來，他看〈空城計〉；頭一回，嚷著無聊！再一回，靜靜看著不講話。隔陣子，我聽著楊寶森的歷史錄音，他過來問，聽什麼？我答，「〈空城計〉呀！」他應，「真的？」遂搶著看戲詞，也要聽；結果一聽，也說要學。我笑道，如果把〈空城計〉的搖板和慢板也都學會，那就是真正的高手了；「知道為什麼吧?!」「因為——，這個超難唱的！」

同樣難的，是他背唐詩。看完京劇，我要求也背段書。他背書晚，姐姐同此年紀，早已腹有詩書；薛朴這「一介武夫」，卻幾乎才剛剛開始。頭一天，要他背詩，簡直痛不欲生！悶著頭半個小時，哭喪著臉，直說背不起來。我笑著說，「你不是很會背戲詞嗎？」「因為戲詞很簡單呀！」我只好說，「唐詩也不難啊！」

確實不難。三天後，他就進入狀況了。有時挺快，轉眼功夫，便已琅然成誦；偶爾較慢，磨蹭了許久，都還原句踏步。但總之，已不再邊讀邊哭了。於是，他先五絕，後七絕；再來五律，接著七律；一路背將下來，便也五古、七古了。背久了，再看京劇，聽到戲詞，會突然驚呼，「這好像唐詩喔！」而白天看花，晚上望月，也偶爾會乍然想起了某些詩句。更有趣的是，聽戲聽久了，自然他跟著唱；但背詩，明明幾個月前才剛剛哭過，卻忽有一天，興致滿滿，說他也要做首詩。「喔——，你要做詩？」結果，只聽他口中喃喃，很認真唸了三句，又戛然而止，問他，再來呢？停了半晌，答道，「我忘記了！」

——原載二〇一二年二月二十九日《聯合報》副刊

本文收錄於二〇一二年八月出版《教養，不惑：身教言教唯在簡靜》（時報）

眼前的輪迴

——林清玄

筆名秦情、林大悲。一九五三年生，高雄旗山人。世新電影科畢業，曾在媒體工作十年，曾任記者、主編、主筆，現專事寫作。曾獲國家文藝獎、中山文藝獎、金鼎獎、吳三連文藝獎、時報文學獎、中華文學獎、中央日報文學獎、吳魯芹散文獎、作協文學獎等十數次文學大獎。

作品有「菩提系列」十書、《玫瑰海岸》、《白雪少年》、《好雪片片》、《鴛鴦香爐》等百餘種。他的作品受到廣大讀者的喜愛，一九八八年被出版界推選為年度風雲人物，一九九二年金石堂文化廣場統計為全國作家排行榜第一名。作品多次被編入台灣、大陸、香港和新加坡的中文課本。

到銀行辦事，等著叫號碼的空隙，走到書報架想找一份報紙或雜誌來看。所有的書報都被拿光了，只剩下一份我從來不看的小報掛在架子上。

為了打發時間，我只好看那份小報。

有一個熟悉的名字吸引了我的注意，是一則航運新聞，特寫的記者是三十多年前和我一起跑新聞的朋友。

三十幾年前，他就是跑航運新聞！三十年過去了，他還在跑航運新聞！航運是新聞中的冷門路線，除非有空難或船難，航運記者幾乎是報社中的隱遁者，寫著一些無關緊要的新聞，過著一成不變的生活。

無關緊要了三分之一世紀，一成不變的三十幾年，人生不蹉跎也難矣！

想起三十幾年前我剛當記者的時候，充滿了往前衝的理想與熱情，如果我不轉換路線、改變生涯，過了那麼長的時間，或許也會那樣，成為無關緊要、一成不變了。

高樓目盡欲黃昏，梧桐葉上蕭蕭雨！也許，沒有也許，我們的生命彷如陀螺，在小圈子裡轉著轉著，愈轉愈慢，愈轉愈慢……

三十年，準備倒下了！

春風依稀十里柔情

突然叫到我的號碼。

我走到櫃檯，遇到一個熟悉的面孔。

櫃檯的銀行員是二十幾年前幫我開戶的小姐，她的微笑、姿勢、身材幾乎沒變。但她的臉上已滿是皺紋，她的頭髮已經半白了。

我想起當年的那個大學剛畢業的銀行員，多麼的青春秀麗，春風依稀十里柔情，夜月已是一簾幽夢，翠綃香減，就像是一個不動的電影鏡頭，鏡中的人速速快轉，花瓣正準備一瓣一瓣的辭枝。

在銀行裡，我也忍不住低喟嘆息！

時間的速度是難以想像的，流年暗中偷換，你換了你的，我換了我的，有時在鏡中看不清的自己，在別人的臉上卻看見了。

生命只是一再還魂

出了銀行，走過繁忙的東區街道，一大面的電視牆，正在重播昨夜的《新還珠格格》。想到十多年前，《還珠格格》播出的時候，小兒子每到播出的時間，就會跑前跑後、跑上跑下的大喊：「格格來了！格格來了！」

現在，小兒子已經比我高出半個頭，是帥氣的少年。《還珠格格》又從頭來一次，人物已全改換，劇情卻是還魂！

生命或許如此無常，只是一再的還魂。

我們看到繁華街頭不斷往前走的人，他們的人生並沒有往前走，只是每天不斷的回到原點，只是不停止的輪轉，有的人每天跑航運新聞，一跑三十年！有的人每天按時打卡，坐在同一張銀行的椅子上！大部分人的生活就是這樣，每天的出門，只是繞了一圈，回到原點！

這樣一想，汗毛都會豎立，人生是多麼可惜呀！

一艘為名一艘為利

乾隆皇帝和法磬禪師坐在金山頂上，看著往來如織的江上船帆，問說：

「這江上每天有多少船來往呀？」

法磬說：「只有兩艘船！」

乾隆：「怎麼會只有兩艘呢？」

「一條為名，一條為利！」

沒有任何可以擁有

為大名大利奔赴前程還是好的！

可嘆的是，大部分人只為了謀生的小利，既未奔赴遠方，反而在小小的地方打轉！

輪迴不是前世，也不是來生，輪迴只在眼前。

如果人生不是浩蕩前行，就是繞了一輪又回到原點。

蒙昧無知是活在輪迴。

沉淪慾望是活在輪迴。

一再悲傷是活在輪迴。

失去覺知是活在輪迴。

直到有那麼一刻，如蟬爬出了焦土，似蝶突破了蛹殼，像蜉蝣衝過了激流，彷彿枯枝抽出了新芽，濃雲中飆出了閃電……終於六牙香象截斷了眾流，金黃獅子吼絕了迷惑，大海嘲音喚醒了幻夢，眼前的輪迴才露出了曙光。

菩提本無樹，你的生活並沒有原點，你不必一天一天回到那個局限。

明鏡亦非台，這樣可以活下去，那樣也可以活下去，你不必非要抱著憂悲苦惱生活下去。

本來無一物，在你的左邊是無常，在你的右邊是無住，沒有任何事物你可以帶著，也沒有任何，可以擁有。

何處惹塵埃？

繞著圈子是在走向空無，向前奔行也是走向空無，你的心，又何必執著？你的愛，又何必懸念？

一切都平息了

我們歌哭無端，我們喜怒無常，我們日夜無明，無非無非，是想在生命的幽微之際找到一絲明覺。

觀照到輪迴的起念、追尋與終結，一切有為法，如夢幻泡影。

如露亦如電，如箭亦如梭，如風，亦如弓！

如是觀，一切都平息了，輪也不轉，迴也無悔！

跨成一道彩虹

雲散長空雨過，
雪消寒谷春生。
但覺身如水洗，
不知心似冰清。

我喜歡貫休禪師的短詩，在雲散雪清的那一刻，一切都是明明白白了。

你三十年來都跑同一條新聞也罷，你二十年來都坐在同一個銀行椅子也罷，你的日子一直在轉圈圈也罷，只要在某一個特別的早晨，有了察覺，你的輪迴在那一刻，就跨成一道彩虹！

——原載二〇一二年三月一日《聯合報》副刊

台灣早就遺忘了我的朋友胡適之

——王健壯

台灣高雄人。台大歷史系畢業、美國維吉尼亞大學訪問研究。曾任《仙人掌雜誌》主編，《中國時報》「人間副刊」主編、政治記者、專欄主任、採訪主任，《時報雜誌》社長兼總編輯，《時報新聞周刊》總編輯，《新新聞》總編輯與社長，《中國時報》總編輯與社長，博理基金會執行長。《我叫他，爺爺》獲二〇一三台北國際書展大獎。

出版有《我不愛凱撒》、《凱撒不愛我》、《看花猶是去年人》等書。現為世新大學客座教授。

二月二十四日，胡適過世五十周年當天上午，台北陰雨綿綿，二十多位以中研院近史所為主的學者，在南港胡適墓園舉行了一場簡單的致意儀式；在向胡適銅像鞠躬的那些人當中，還有幾位專程趕來向他致敬的大陸民眾。

一九六二年三月二日，胡適出殯當天，沿途有三十多萬人夾道替他送行，其中有達官政要、學界名流，也有更多跟他素昧平生的平民百姓；據說，胡適遺孀江冬秀目睹這樣的場面時，曾對她的兒子胡祖望很感慨地說：「做人做到你爸爸這樣，不容易喲！」

但「我的朋友胡適之」這半個世紀在台灣，卻早已變成了一個被遺忘的名字，胡適墓園長年冷清寂寥不見人影，偶爾有人到墓園一訪，其中多數又都是來自大陸的「胡迷」，有學者像季羨林，有作家像葉永烈，也有官員像文化部長蔡武等人，他們都曾站在胡適墓前，看過楊英風雕塑的那尊銅像上「典型的『我的朋友』式的笑容」，也讀過毛子水寫的那篇短短墓誌銘。

其實，大陸不但有不計其數的「胡迷」，專門研究胡適的「胡學」，也幾乎變成了中國學術界的顯學。出版社成百上千地陸續重印他的舊著，許多書店甚至設有胡適專櫃，學界也出版像《胡適研究叢刊》這類的期刊；從他百歲冥誕（一九九一年）後，每年都有以他為名而召開的學術研討會，一套四十四冊總字數兩千多萬的《胡適全集》也在二〇〇三年出版；胡適儼然已成為大陸的名人。

但這位今之名人卻曾經是昔之毒草。胡適曾列名共產黨的百大戰犯之一，毛澤東在五〇年代親自點火批胡後，一場鋪天蓋地延續了近四十年的批胡運動席捲大江南北，胡適的老友、學生甚至他的兒子，都加入了批胡討胡的行列。這場運動的總結是，一套由郭沫若總其成，八大冊共三百多萬字的《胡適思想批判》文集的出版，其中盡是「大陸知識界集體討伐胡適的戰鬥檄文」。

這些討胡檄文中對胡適的評價極盡惡毒之能事，形容他是「賣國賊蔣介石的匪幫」、「美帝國主義豢養的走狗」、「馬列主義兇惡的敵人」等等。毛澤東批胡的目的，就是要「清除知識界腦子裡殘存的胡適思想餘毒」，這棵大毒草如果不連根拔除，「資產階級錯誤思想」就永遠不會從地球上消失。一九六二年胡適在台北過世時，大陸報刊雜誌無一字報導此事，好像這個曾經在北大領導風潮的一代學者，從來不曾在中國大陸存在過一樣。

但諷刺的是，胡適雖在大陸從毒草變成了名人，但在台灣他卻是從名人變成了無人聞問的古人。他的葬禮雖備極哀榮，他的身後卻備極寂寞，台灣近半世紀來研究或書寫胡適的人，始終是李敖、唐德剛、余英時與張忠棟等少數幾個人，有關他的書不但出版的種類不多，類似《胡適日記》這類大部頭的書，買的人更少；中研院雖將出版《胡適與蔣介石史料集》與《胡適政論文集》，但想必在出版後有興趣的人仍以大陸「胡迷」居多；「胡學」在台灣不成其學，「胡迷」更是寥寥無幾。

胡適這幾年之所以紅遍中國，從共產黨無形的意識型態牢獄中被釋放出來，其中雖有「民國熱」的因素，但有更多人是為了借胡、借古來達到寓今、諷今的目的，也有人是懷抱著託胡、託古來呼籲改制、改革的用心。但相對於大陸的「胡適熱」，台灣近半世紀的「胡適冷」卻冷到早已把胡適徹底遺忘，徹底到連大學生都不知胡適是誰，不解胡適是怎樣的一個人，更遑論要他們評價胡適對學術與政治到底有過什麼樣的影響力。

一九九九年，季羨林來台灣後寫了一篇文章〈站在胡適之先生墓前〉，其中有段話是這樣寫的：「我站在那裡，驀抬頭，適之先生那有魅力的、典型的『我的朋友』式的笑容，突然顯現在眼前，五十年依稀縮為一剎那，歷史彷彿沒有移動，但是，一定神兒，忽然想到自己的年齡，歷史畢竟是動了。」

中國大陸的「胡迷」覺得歷史動了，但台灣對胡適的記憶卻停了，停在五十年前他離開的那一天。

——原載二〇一二年三月一日《中國時報》時論廣場

四季桂

——朱天衣

一九六〇年生，山東省臨朐縣人。現為動保志工、馬武督山林溪流保育協會志工，並從事兒童寫作教學達二十五年。

著有《三姊妹》、《下午茶話題》、《甜蜜夢幻》、《我的山居動物同伴們》、《喇叭褲的青春》、《朱天衣作文課》（一）（二）、《朱天衣說故事》、《朱天衣創意玩作文》等。

人們都說八月桂花香，桂花應該是在秋季綻放香溢滿園的，但我們家的桂花卻從中秋直開到夏初，四季都不缺席，所以又被稱為四季桂。講究些的會把花色淡些的喚作木樨，我們家種的便是如此，但我仍執意當它是桂。

父親喜愛桂花，我原生家庭門旁兩株茂密的桂，快有四十高齡了，雖種在花圃中，卻仍恣意生長，不僅往高處伸展，更橫向環抱，兩樹連成一氣，漫過牆頭自成一片風景，貓兒遊走其間，猶如迷宮般可供戲耍。父親也喜歡蘭，還曾和他到後山搬回半倒的蛇木（筆筒樹），截成一段段來養蘭，記得鋸蛇木的當口，在院中遊走的雞硬湊到跟前，先還不解，直至從截斷的朽木中竄出幾尾褐紫色的蜈蚣，才知那雞真有先見之明，一口一尾，三兩下便給牠像吃麵條一般吸食個盡。待等父親收拾妥當，便會將蘭掛在桂樹下，一來遮陽，二來懸空的蛇木也不致淪為貓爪板。

桂花飄香時，便是父親忙桂花釀的時刻，那真是一份細活，一朵朵比米粒大不了多少的桂花，採集已不輕鬆，還要將如髮絲般細的花莖摘除，那是只有細緻又有耐心的父親做得來的。接下來便會看到父親將拾掇好的花架，間隔著糖一層一層鋪在玻璃罐裡，最後淋上高粱酒，便是上好的桂花釀，待等隔年元宵煮芝麻湯圓時，起鍋前淋上一小匙，那真是噴香撲鼻呀！整個製作過程，我們姊妹能做的至多就是採擷這一環，有時在外面覓得桂花香，也會結伴去偷香，我就曾被二姊帶到台大校園，隔著一扇窗，一辦公室的員工便看著兩個女孩在桂花樹下忙著收成呢！

除了自製的桂花釀，摻了點桂花香的「寸金糖」，也成了父親寫稿時難得佐伴的點心。這「寸金糖」在當時只有「老大房」販售，我們姊妹仨不時會捎些回來，不是怎麼貴的東西，父親卻吃得很省。他對自己特別喜歡的事物，總能有滋有味的享用，但也不貪多，幾乎是給什麼就吃什麼、供什麼就用什麼，即便是鎮日離不了口的菸，也只抽「金馬」，後來實在是不好找才改抽「長壽」，而茶則是保溫杯泡就的茉莉花茶。我們是長大後自己會喝茶了，才知道拿來做花茶的茶葉，都是最劣質的，甚至連那茉莉香氣都是贋品，是用較廉價的玉蘭花代替，而這濃郁的玉蘭花是會把腦子薰壞的。記得那時二姊每次夜歸，會順手從鄰人家捎回幾朵茉莉，放進父親的保溫杯中。唉！這算是其中唯一珍品了。

父親的細緻端看他的手稿便可知悉，數十萬的文稿，沒一個字是含糊帶過的，要有刪動，也是用最原始的剪貼處理。那時還沒有立可帶，寫錯了字，他依樣用剪貼補正，且稿紙總是兩面利用，正稿便寫在廢稿的另一面，有時讀著讀著，會忍不住翻到背面看看他之前寫了些什麼。他擤鼻涕使用衛生紙，也一樣會將市面上已疊就的兩張紙一分為二，一次用一張，但他從沒要求我們和他做一樣的事。

父母親年輕成家，許多隻身在台灣的伯伯叔叔，都把我們這兒當家，逢年過節周末假期客人永遠是川流不息，如此練就了母親大碗吃菜、大鍋喝湯的做菜風格；即便是日常過日子，母親也收不了手，桌上永遠是大盤大碗伺候，但也從不見細緻的父親有絲毫怨言。到我稍大接手廚房裡的事，才聽父親誇讚我刀功不錯，切的果真是肉絲而不是肉條，我才驚覺這兩者的差異。

有時父親也會親自下廚，多是一些需要特殊處理的食材，比如他對「臭味」情有獨鍾，蝦醬、白糟魚、臭醬豆、臭腐乳，當然還有臭豆腐，且這臭豆腐非得要用蒸的方式料理，不如此顯不出它的臭。幾位有心的學生子，不時在外獵得夠臭的臭豆腐，便會歡喜得意的攜來獻寶，一進門便會嚷嚷：「老師！這回一定臭，保證天下第一臭！」接著便會看到父親欣然地在廚房裡切切弄弄，不一會兒整間屋子便臭味四溢。欣賞不來的我們，總把這件事當成個玩笑，當是父親和學生子聯手的惡作劇，因此餐桌上的臭豆腐就讓他們自己去解決吧！但往往那始作俑者的學生子是碰也不敢碰，所以那時的父親是有些寂寞的。或許是隔代遺傳吧！我的女兒倒是愛死了麻辣臭豆腐，只是很可惜的，他們祖孫倆重疊的時光太短淺了。

父親也愛食辣，幾乎可說是無辣不歡，他的拿手好料就是辣椒塞肉，把調好味的絞肉拌上蔥末，填進剔了子的長辣椒裡，用小火煎透了，再淋上醬油、醋，煸一煸就好起鍋，熱食、冷食皆宜。一次全家去日本旅遊大半個月，父親前一晚就偷偷做了兩大罐，放在隨身背袋裡，這是他抗日利器，專門對付淡出鳥來的日本料理。

其實父親的口味重，和他半口假牙有關。以前牙醫技術真有些暴橫，常為了安裝幾顆假牙，不僅犧牲了原本無事的健康齒，還大片遮蓋了上顎，這讓味覺遲鈍許多，不是弄到胃口大壞，就是口味愈來愈重，這和他晚年喜吃鹹辣及糜爛的食物有關。且不時有雜物卡進假牙裡，便會異常難受，但也少聽他抱怨。他很少為自己的不舒服擾人，不到嚴重地步是不會讓人知道的，即便是身邊最親的人。

父親在最後住院期間，一個夜晚突然血壓掉到五十、三十，經緊急輸血搶救了回來，隔天早晨全家人都到齊了，父親看著我們簡單的交代了一些事，由坐在床邊的大姊——如實的記了下來。大家很有默契的不驚不動，好似在做一件極平常的事，包括躺在病床上的父親。

等該說的事都說妥了，大家開始聊一些別的事時，父親悠悠地轉過頭對著蹲在床頭邊的我說：「家裡有一盆桂花，幫你養了很久了，你什麼時候帶回去呢？」父親那灰藍色的眼眸柔柔的，感覺很親，卻又窅窅的，好似飄到另一個銀河去了。我輕聲的說：「好，我會把它帶回去的。」那時我還沒有自己的家園，我要讓它在哪兒生根？

中國人有個習慣，生養了女兒，便在地裡埋上一甕酒，待女兒出嫁時把酒甕挖出來，是為「女兒紅」，若不幸女孩早夭，這出土的酒便為「花凋」；也有地方生養一個女兒便植一棵桂花。父親沒幫我們存「女兒紅」，卻不知有意無意的在家門旁種了兩株碩彥的桂；我並不知道他也一直為我留著一棵桂，為這已三十好幾還沒定性的小女兒留了一棵桂。

父親走了以後，時間突然緩了下來，我才知道過去的匆匆與碌碌，全是為了證明什麼，證明我也是這家庭的一員？證明我也值得被愛？大姊曾說過她與父親的感情像是男性之間的情誼；二姊呢？該比較像似緣定三生的款款深情；至於我，似乎單純的只想要他是個父親疼愛我。我一直以為作家、老師的身分讓他無暇顧及其他，但一直到後來，我才知道那是父親的性情，對世間的一切事物都深情款款，卻也安然處之，不耽溺也不恐慌。

一直到父親走了，我整個人才沉靜下來，明白這世間有什麼是一直在那兒的，無需你去搜尋、無需你去證明，它就是一直存在著的。

當我在山中真的擁有了自己的家園時，不知情的母親，已為那株桂花找了個好人家。是有些悵惘，但沒關係，真的沒關係，依父親的性情本就不會那麼著痕跡，他會留株桂花給我，也全是因為他知道我要，我要他像一個世俗的父親待我。

而今，在我山居的園林中，前前後後已種了近百株的桂花，因為它們實在好養，野生野長的全不需照顧。第一批種的已高過我許多，每當我穿梭其間，採擷那小得像米粒的桂花，所有往事都回到眼前來。我們每個人都以不同的方式懷念著父親，而我是在這終年飄香的四季桂中，天天思念著他。

——原載二〇一二年三月八日《聯合報》副刊

本文收錄於二〇一二年三月出版《我的山居動物同伴們》（麥田）

想起「那話兒」

——吳興文

一九五七年生，台北人，東吳大學中文系畢業。一位終生以愛書、編書、寫書、藏書為職志的編輯人。一九九一至一九九七年協助誠品書店古書區拍賣事宜，二〇〇八年三月在嘉德拍賣公司舉辦個人首次藏書票專場拍賣。曾任聯經出版公司台大門市部主任、總編輯特別助理，遠流出版公司副總編輯。現任遠流博識網文化（北京）公司總經理。

著有《票趣——藏書票閒話》、《圖說藏書票：從杜勒到馬蒂斯》、《我的藏書票之旅》、《書痴閑話》、《藏書票風景·收藏卷》、《我的藏書票世界》等。

千禧年的六月，台灣同志文學的代言人許佑生，扔出重磅炸彈《褲襠裡的國王》，細說陽具文化。第一章的標題即用「那話兒」（Dicks）代替英文老二的原譯。其實早在一九六五年四月，李敖就用在〈謹防被閹——法院不可割人「那話兒」〉，當作文章的副標題。在許氏之後，詹偉雄主編的「Fresh書系」，一本翻譯自David M. Friedman "A Mind of Its Own: Culture History of the Penis"，也簡譯為《那話兒》；它以文化描述為主，為了吸引閱讀，刻意運用此語，可見「那話兒」一定有更原始的出處。

果不其然，《金瓶梅第二十七回：李瓶兒私語翡翠軒，潘金蓮醉鬧葡萄架》中有一段：「於是，一壁幌著心子，把那話拽出來，向袋中包兒裡打開，捻了些香閨驕豔塗在蛙口內，頂入牡中，送了幾送。須臾，那話登時昂健暴怒起來，垂著玩著，往來抽拽玩其出入之勢。那婦人在枕傍，朦朧星眼，呻吟不已，沒口子叫大髡𩬰達達，你不知使了什麼行貨子罷了，淫婦的毯癢到骨髓去了，可憐見饒了罷。」昔日讀過時，就覺得用「那話」形容陽具，真是老祖宗的智慧，不知何時依《金瓶梅》筆意，加上個「兒」？

引文中的「髡𩬰」是俗字，《明齋小識》、《西湖二集》及《鹽山新誌》都做「雞巴」。到此我恍然大悟，《金瓶梅》這麼文雅，沒錯單是陽具，它就有好多種稱呼。首先它源於《水滸傳》：淡出鳥味來，那個「鳥」就是俗稱從尸從吊者。接著以「龜」為喻，像其伸縮的形狀。也有如《水滸傳》般的威猛，稱它為「鎗法」，英國也用「長槍」來形容，小說中有「火尖槍」的名稱。

還有「膫子」，出自徐文長《四聲猿傳奇》。「下截」即人之下體，泛指腰部以下，流行到現在，也用「下體」泛指男女的私處。《金史》：「李特立短小鋒立，號半截劍。」更加具有視覺、觸覺的魅力。「麈柄」全名「玉柄麈尾」，象其形。「玉莖」更有它的歷史淵源，《外台祕要》引《處女方》：「玉莖強盛，以合陰陽。」白居易的哥哥白行簡《天地陰陽交歡大樂賦》也用。

「挽手」更讓我們百思不得其解，原來明朝內臣好吃牛驢的下體，吃的就是馬的陽具，就像我們吃牛鞭、鹿鞭壯陽；馬是彼時出行的工具，引喻為「挽手」，陰性稱「挽口」。引文中還有「蛙口」，又稱「馬口」，小便的出處。以及更文雅的象形，例如：「瞧蘑菇」，連植物都拿來運用。甚至稱它為「不便處」，即下體私處。如此風雅，如此象形，如此多樣化，《金瓶梅》不愧是我國古典小說中的名著。

也許是《金瓶梅》距今幾百年，已經有隔閡，許佑生《褲襠裡的國王》沒有引用。但書中引用西方政治、文學、影視圈等名人與名著，可說是華人探討陽具文化的力作，其中引用台灣影評人李幼新，以音譯的方式，把penis寫成「拚你死」，暗示性愛時討好伴侶，男方陽具帶給女方飄飄欲仙的感覺，實在有情趣！有志者何不來動動腦，別讓《金瓶梅》專美於前，創出更多引人入勝的詞語。

——原載二〇一二年三月二十二日《中國時報》人間副刊

暮光秋色

——陳文發

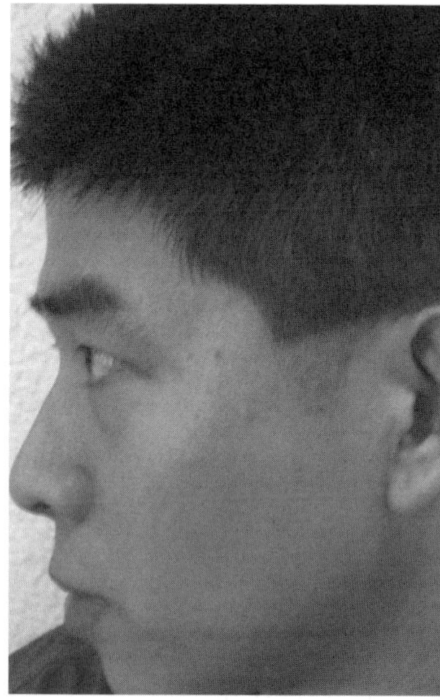

台北市人。長期從事攝影工作。生性愛好自由不拘，迄今仍是個收入不穩定的蘇活（SOHO）族。

舉辦過幾回攝影展。因長期拍攝台灣作家相片，遂有機會以此為主題，連續兩年於《中華日報》副刊撰寫「書寫者　看見」專欄至今。

經過多年後，我還是騎車去看看那四連併的七層樓建築還在否？一直以為那幢鵝黃色貼磚的高樓，在潘人木先生病逝後，就被家人變賣，移為平地蓋起豪宅大樓。到了建國北路一段二十三巷內，看見高樓還在原地，那間潘人木曾經住過的六樓，雖然房產已換了主人，但陽台上長排的咖啡色防晒玻璃窗，還是保持著多年前的樣貌，沒給它戴上鋼鐵枝節般的防護罩。

每回經過八德路的中央日報斜對面的路段，腦中總會浮出「潘人木」的名字，以及我為她拍下的照片影像，轉眼間我的生命旅程又步履了十年。為了確認拍照日期，翻找一箱沉重的歷年日記，在二〇〇二年日記本裡的十月十日，記載著「午後三點，潘人木家中拍照」，我憶起她晚年的作息，都是中午過後才起床，開始一天的生活。

整整跟她約了三年要去拍照，但她總是說很忙，這時飛大陸，那時又飛美國，最後說家中正在裝修很亂不便見人，等裝修好再來拍吧！又隔了一年，知道她從美國剛回台，打電話給她，她說時差還沒調整好，那你禮拜四，下午三點來好了。

第三次前往潘人木家中之前，以為室內已裝修的美輪美奐，牆面應該刷的粉白且煥然一新。搭上電梯到了六樓，輕輕推開半闔的鐵門，飯廳微暗的光線從陽台上引了進來，木塊的地板以及灰了白的牆面，都原封不動的保存著，如同我幾年前來過的記憶。

屋裡有一股剛沐浴後所餘留的水氣與香味在屋裡盤旋。她一手梳著未乾，微微發亮的頭髮，另手拿著一本書走過來，坐在客廳窗邊背光的沙發上，說最近正在讀這本姚篷子的傳記，她向我解釋姚篷子就是文化大革命時，四人幫成員之一姚文元的父親，他是三〇年代的詩人。她說這本傳記的內容有不少錯誤，比如姚篷子在重慶開辦的「作家書屋」書店的地址，就寫錯了。

她憶起一九四〇年在重慶就讀中央大學外文系時，寫了一篇文章〈明日中秋〉，參加「蔣夫人文學獎」獲得第三名，姚篷子還特別來到中央大學的女生宿舍外頭找她，告知她獲獎的消息，也給她一些寫作上的意見，她才知道姚篷子是文學獎的評審委員之一，後來她還去過「作家書屋」找姚篷子，所以她記得清清楚楚是哪條路的幾號店鋪。

邊聊著天，她的手一邊拋著小沙包，雙手開攻，在左拋右接後即刻又右拋左接，她說這是從朋友那學來，小沙包則是買點綠豆、紅豆自己縫成的，沒事就來拋個幾下，聽說可以預防老年痴呆症。她說起丈夫走後，從銀行保險箱把丈夫收藏的世界各國的紙鈔錢幣取回，放在大樓地下室的儲藏室，後來想去拿出來把玩，卻怎麼翻找也找不到，過了一段日子，這些錢幣紙鈔居然出現在家中角落。家裡就只她一人獨居，她有次也發現廁所裡的捲筒衛生紙，居然會自動滾動，滑落一地，這些奇異的現象，讓她感覺到丈夫似乎還陪在她身邊一起生活。

秋日的季節，天幕總是降得特別快速，為了搶下將漸暗的自然光，不得不打斷她講了一半的故事，請她挪坐在我客坐的位置上，尋著光線的邊緣，為她拍下八十四歲的身影。坐回原位後，她說起一段陳年往事，在重慶後方八年，無法回去北京探視家人，抗戰勝利後她終於如願以償，回到北京與家人團圓。她母親拿著一張她中學的作文考卷，讓她看看，上面有她寫的作文以及寫上的姓名，原來是家人在市場裡買花生時給包回來的紙張，攤開來居然是她的作文考卷，她看了為之驚訝，這張考卷從學校開始流浪到街頭，到最後居然回到自己的手上。她說可能是她的本名潘佛彬有一個「佛」字，所以冥冥之中有神明保佑著她，讓她的一生，遇到的很多險境，都化險為夷的平安度過。

二〇〇五年潘先生從美國探親回台後，直覺身體不適，到台大醫院檢查，發現已肺癌末期，最後住進安寧病房，她不想見任何人，只感嘆一切來得太突然，讓她自己也措手不及，她渴望能再有多些的生命，去處理她未了的事。

潘先生往生後，我才得知她生前已經修訂好一本未出版的小說稿，託付一位資深編輯，代為打字，後來資深編輯也向國藝會申請出版補助，隔了兩年還是未見出版，遇見她時，問了出版狀況，只輕輕的說：「沒時間處理，撤銷了補助案。」再過幾年問她，也是輕輕的說：「小說稿不知放到哪裡去了？」

喔，我的天啊！

——原載二〇一二年三月二十六日《中華日報》副刊

於心有愧

——黃文鉅

一九八二年生，台灣新竹人。東吳大學中文系學士，國立政治大學中文研究所碩士，現為國立政治大學台灣文學研究所博士生、兼任東吳大學中文系講師。曾獲林榮三文學獎散文首獎、教育部文藝創作獎散文特優、雙溪現代文學獎散文首獎、全國學生文學獎散文獎、新詩獎、國藝會文學創作補助等。

著有散文集《感情用事》。

分手後的戀人，如何追憶曾經逝水的年華？

威尼斯的下一站就是米蘭。我們當年從羅馬入境，先南下再一路繞回北部，最終站在米蘭出境。預計從米蘭直飛巴塞隆納。人算不如天算，我們終究沒有抵達朝思暮想的西班牙邊境。你為了工作必須臨時折返台灣。我們只好不得不取消內陸航班的機票、西班牙所有行程的旅店、阿布拉罕宮的門票……我事先苦心規劃的旅途，付諸東流，真真是起手無回。我滿心殘念，你卻不改樂觀地說，「沒關係，下次有機會再一起來吧」。

結果再也沒有下次。

常聽人說「分手旅行」，彷彿讖言。旅途隨時會遇到不可設防的變化和磨難，那是最足以測探人心的關鍵。我們在米蘭發生爭執，我負氣奪門出走，在街頭迷了路，夜半才回到旅店。你心急火燎氣瘋了。直到回台前，我們都不言不語。

義大利，如此綺麗、浪漫的地方，我們卻在這裡大肆揮霍彼此的崇拜、信仰和愛意。以至於今後每每回憶起來，總是悲喜交集。奈何我們總是無法在愛情裡成熟地溝通。人和人相處到某個境地了，似乎就開始產生厭膩、排拒、終而免不了分道揚鑣，尤有甚者，老死不相往來。

人性最初輻射出來的純淨、極致與善意，真可以這樣子被傾軋？分手後無數個夜裡，我忍不住想撥電話問你，如果時光能夠倒轉，我們會不會再給彼此一次機會，在拋擲煙硝彈藥之前，放對方一馬？

你還記得位處南義大利的蘇連多（Sorrento）海岸嗎？為了看藍洞，我們從蘇連多前往卡布里島（Capri Island）。大清早長途跋涉，搭乘遊艇前往。那是一個自給自足到連精品店都一應俱全的觀光小島。難吃的義大利麵攤令人失望，兜售商品的小販像蒼蠅穿梭來去，但那片湛藍的海是怎麼也忘不掉的記憶。

我們在長長的人龍裡，意外獲悉風浪太大，無法出海前往藍洞（Grotta Azzurra）的消息。事先就曾聽網友說過，這輩子要進藍洞還得看運氣，不是有錢就能去。不少旅客連續乘興而來卻敗興而歸。

我喪氣了好久，明明豔陽高掛，何來莫名其妙的風浪。你提議說，不如先搭纜車爬到高處的安那卡布里（Anacapri）逛逛，再下來碰碰運氣吧。我們只好前往另一列人龍排隊（只要是夏天，不管身在義大利的任何觀光區，都不得不排排排排排隊煩死人）。好不容易搭上纜車已是半個多小時後了。安那卡布里位在小島的制高點，俯瞰而下，海洋和島嶼的輪廓更加清晰。除了精緻的小餐館、手工藝品店、任何可以想像得到的歐洲精品專櫃，一字排開好不嚇人。

恍如置身在希臘。小巧多彩的磚房遍布叢生，貓群毫不怕生出沒在人群間，被餵食、拍照，好不幸福。我們穿梭在窄小的巷弄，底下不遠處的海面上，隱約能看見，有幾個金髮洋人正在衝浪。路邊的小朋友追逐嬉戲，人手一支義大利冰淇淋邊走邊舔好過癮。

我滿身大汗，風一搔來，清涼無比。兩個小時後，我們下山。前往藍洞的售票櫃已經人滿為患。匆忙擠進人堆裡買票，準備出發。

藍洞，顧名思義，其中因海蝕穿所形成的洞窟，受到光影的折射，呈現一片水藍迷離的色澤，好不誘人。船夫邊划槳邊吟唱義大利的古老民謠，透明的波光近在手邊，忍不住就想跳下去。為了來看藍洞，折騰老半天（也花了大把銀子），然而真正進去的時間，根本不到三分鐘，簡直所費不貲下不為例。

回程的路上，我們拐去拿坡里（Napoli）吃某家地道的義大利披薩。聽說柯林頓當年有來過，後來茱莉亞羅勃茲拍攝《享受吧，一個人的旅行》也曾在此取景。拿坡里給人的印象就是「亂」。印象所及，村上春樹曾在某本遊記裡寫說，羅馬的交通像蜜蜂成群吵雜而令人不悅。十幾年後我所見的羅馬，並沒那麼驚人，反而是拿坡里不謀而合。人種混雜、交通慌亂，旅遊書上紛紛告誡遊客，南義大利比起北義大利的治安危險許多。我們小心翼翼，在亂七八糟的道路指標中，好不容易尋得目標的。吃飽喝足就再度上路，不敢逗留。

事後回想起來，在異地迷路的那些片段，印象總莫名深刻，反而不小心就本末倒置忘了觀光景點本身的意義。再來就是一天之內往往流連好幾次超市論斤稱兩，掐著計算機盤算物價匯率的時光。當年歐元一度漲至四十八塊好可怕，預算有限（且泡麵吃盡）的情況下，只好去超市東挑西撿找便宜。

去了歐洲才知道，身在台灣有多幸福（當下驚覺原來我好愛台灣）。水果、麵包、鮮奶、優格，我們每天的餐點幾乎都不外乎這些貨色。只有在佛羅倫斯吃過一次牛排大餐。在台灣從未曾體驗的小器節儉生活，一旦在歐洲卻得身體力行。不瞞你說，這居然讓我有某種「貧賤夫妻」（百事不一定哀）的快感。

身處滿身體臭、人高馬大的外國人之間，兩個人在旅途上互信互賴，似乎有了相依為命、共體時艱的氛圍。然而這種體驗，有時是微小而確定的幸福，有時卻是步步為營的考驗。磨擦一旦發生了，殺傷力往往更強。

再多的愛也禁不住，一次又一次的齟齬。早晚都會失去耐心。我們別無選擇，因為我們是伴侶。具體旅途的伴，同時也是愛情的伴。若是哪天不小心淪成了「羈絆」，這樣的愛情就宣告病入膏肓了。誰都沒有錯，誰都不是明知故犯的壞人。我們只是無以為繼了。

人類究竟可以物傷其類到什麼樣子的地步呢？

這麼說來，當年回國之後不久，你選擇用劈腿的方式對待我，似乎情有可原了？或是我冥冥中注定要被傷害？

《王牌冤家》（Eternal Sunshine of the Spotless Mind）可能是我這輩子看過最驚悚的愛情電影。描述未來有個科學機構叫作「忘情診所」，可以協助自願忘情者，刪除大腦中的情感記憶。整部片串聯著男、女主角邂逅、相戀的美好曾經、也不乏互相爭執、傷害的片段。當男主角決定刪除記憶之時，卻暗自懊悔了。一場記憶的拔河於焉展開……

他們也曾經對彼此信仰過吧？曾經渴望生活在他方？渴望共組家庭、生兒育女，過著平穩的生活？擁有絕佳的默契和生活習性？這些決定彼此進一步交往的契機，何以到最後，卻煙消雲散了？我們真的以為，錯過了這一個之後，下一個會更好？

我也可以把你忘記嗎？可惜現實之中並沒有忘情診所。否則我必定頭一個去掛號。

愛情是最暴力的甜蜜。痛並快樂著。電影中，有句經典對白是「若我們可以重新來過……」。如果那些記憶仍然存在，真的能夠和好如初、破鏡重圓嗎？或者一切只是自欺欺人的童話？

有多少人可以跟你一起飛十幾個小時前往遙遠的異國，然後拖著沉重行李，找旅店，check

in，落腳，自助行程。若非有足夠的信任和情感，又豈會開啟這樣一趟旅程？或者打從一開始就注定了，要以辜負對方為前提？

情何以堪。

出國前，你因工作壓力而宿疾復發。我們挨家挨戶，遍訪盆地的各家醫院。深怕出國病發，就孤立無援了。撇開誰照顧誰不談，兩人相處總是該互相幫忙。沒有誰天經地義非得幫誰不可。沒有這回事。感情從來也不是論斤稱兩求取平衡等值的關係。我們向來不太跟對方耍客氣。真正的感激是無需言謝的默契。

兩個人要是太熟了，反而不好意思說出太煽情的話語：謝謝。不客氣。我想你。我愛你。你想我嗎。你愛我嗎……

有些話在日益失修的日常生活之中，情同多餘的贅字，被漸漸遺忘。嘴唇甚至忘了詞彙的發音。每部愛情字典總是從最初的「滿紙荒唐言」，翻到最後只剩「一把心酸淚」。

事發之後你硬要我原諒。有些事可以原諒，但永生難忘。你知道創傷是怎麼來的嗎。你並不知道。給予創傷的人永遠不會理解接受創傷之人，何以深陷創傷的泥淖無由自拔。某種程度而言，像你這樣的人是最殘酷的吧。

在日本，似乎被默許某種理所當然的不倫文化。偷吃劈腿如家常便飯。人性所能挑戰之極限，都在倫理綱常的背面被反覆實踐著。乍看最有禮節的背面，原來才是人性罪惡之淵藪。或者說，日本人其實比較坦然面對人類的慾望。如果我們無法從一而終，何必對感情投奔信仰？找個炮友發洩生理不就夠了？或者礙於寂寞難耐，人終究還是需要一個信靠的對象，擱在身邊隨時拿來背叛？

分手後，我總是揣想著，當時你究竟是以一種什麼樣的心境，從我們的圈圈（或者囹圄）裡義無反顧跨出去？你曾經猶豫不決嗎？歸來也無風雨也無晴之後，從此，你就得像個精神分裂症患者在我面前演戲，戲一旦開始，就非得撐到落幕不可。

你可曾於心有愧地想過中途喊卡？

前前後後，我給過你兩次機會。卻只是徒勞。我不懂，你怎能輕而易舉跳脫常軌，簡直如入無人之境。

當時，我眼睜睜看著另一個人，離開屬於「我們」的房間。該說是早有某種哀愁的預感嗎，那趟義大利之旅令我預先做了心理建設。旅行的意義即是，猶有自知之明地離開。

離開。自尊心嚴重受創，誰還有臉留下來。那像電影情節般的殘酷場景，活生生自我的生命中具現，逃無可逃。我沒有被徵詢過意願，也沒有堅強的意志，就被推上台即席表演。我只是一個平凡而軟弱的男子，憧憬過穩定平凡的愛情，想望著簡單誠懇的伴侶。我不想演戲。

我封鎖了所有聯繫。像是斷尾求生的壁虎倉皇走避。更具體的形容是，哪怕感情狀況步入低谷，卻仍藕斷絲連，如今快刀斬亂麻，情同剪去了臍帶，從此你我兩人宣告獨立，再無瓜葛誰也不欠誰——不，你欠我一刀才對。

心軟者如我要做到這般地步，萬分要命。眼淚與酒精的消長關係，在我夜不能眠的身心交替互補著。

你不死心，奪命連環叩。你要自由我還你自由。我不知道你還要我怎樣。

忍不住接起電話，用僅存的意志力對你說：我恨你（其實我更想罵聲三字經，但我醉翻了大腦完全不聽使喚）。

其後，我的人生步入遙遙無期的冰河期。世界末日與冷酷異境。萬年寒窗。無人可問津。最低窪的時刻，我訝異我居然還能想起零雨的詩句：「親友曠絕」。在盆地南端，夏季多雨潮濕的房子裡，把冷氣開到最低溫，徹夜放送，我就這樣心有罣礙地讓自己變成冬眠的熊，從此足不出戶。坦白說，我是從那一刻開始才充分地學習當一個宅男（我應該感到榮幸嗎）。當了宅男之後就是無窮輪迴地宅下去（我應該向你鞠躬致謝嗎）。

無間阿鼻地獄無止無境無休無歇。我拒絕所有外來的噓寒問暖。眼前最不需要的就是關心與慰問。雪融以前我不需要陽光。在劫難逃的時候，任何幫助都顯多餘。只能靜靜地等待死亡，小小的，寂寞的，抽象的，死。死而復生或有破繭的一天，但更多的可能性是胎死腹中從此尋無救贖。

那陣子我最常做的事就是眺望墳墓。邊境的山區總有成群成落的亂葬崗，上面抄滿潦草的碑銘。我摘下眼鏡以退化的裸視凝望。人何寥落唯有鬼多。他們懂我。他們愛我。鬼若多情亦為鬼，人若多情不成人。我沒有選擇。影子與鬼，是我的溫存。

日復一日夜復一夜，太陽穿過破損的紗窗爬過臉頰，像要在我臉上燒出洞般炙燒，我在蓬門酒臭中醒不過來。僥倖醒來了就坐看一整天的山墳，想著把那碑上的草書全部臨摹幾遍，把山的軀體掘出一個巨大的土坑，掩埋我自己。我真的萬分認真想像過。我甚至興沖沖跑去附近的全聯買了好幾包炭。店員瞧我面色土灰，差點嚇得以為我要搶劫。

你的奪命連環叩仍沒日沒夜地響徹我桌上的手機。我把鈴聲切換成震動，但不關機。我當時的潛意識是否企盼任何扭轉乾坤的轉圜？我想我只是耽溺在自虐成性的快感裡，測試一個人在傷心欲絕之時可以痛到什麼地步。

很長一段時間，我忘記你這個人的存在。那就像是剝開免洗筷的包裝忽然被刺到、然後邊罵聲幹邊性急地將刺剝離、丟掉一樣。沒有任何理由，讓你繼續存活在我的腦海。沒有。

後來不知何年何月，當我從漫身惡臭的迷醉中甦醒，發覺自己苟延殘喘熬了過來。我沒有燒炭。沒有死。我還是我，但不是原來的了。

即便被我絕情地切斷聯繫，你仍幾度積極地表達關切。「至少繼續當朋友，好嗎？」我有義務要答應這項請求嗎。我並不想當翩翩君子。在我看來，這要求和你當初不顧一切出軌同樣可鄙自私。受傷之人總有權利躲起來靜靜療傷吧。既然做不成情人了，遑論朋友。當初你辜負了我的信任和感情，如今何以要咄咄逼人，連我僅存的尊嚴也要剝奪殆盡？

電話仍然時常響起，我沒有刪去你的號碼，因為我要拿來銘印，這傷痛。我用長長的沉默當作抗辯。於是，你開始盡可能釋放前所未有的善意，只為了見上一面。

我終舊還是心軟了。

姑息了一段若即若離的關係。此後交流，你總識相地點到為止，從不逾矩。也罷。偶爾同桌吃飯，很是尷尬。更多時候我們傾向去看電影。任那些快速流動的畫面和對白，填塞面面相覷時的不知所措。奇妙的是，我們之間竟無人率先逃開這樣的窘局——既非重新開始（起手無回大丈夫），也不是一笑泯恩仇（我畢竟沒那麼博愛）。而是狹路相逢的陳年仇人，論劍長短不問是非。從你身上我才了解到，恨一個人也是需要動用真感情的。

再後來，將近一年，我們習於如此常態，並且相安無事。

某回，你故作神祕地約我在某餐館晚餐。剛好我也有事想宣布。席間酒水下肚，上菜之前，你說你升職了。我真心獻上祝福。同時，報以新戀情的消息。你臉上倏忽寫滿錯愕。你故作鎮定問起我的新對象。我淡淡答，很好，你會祝福我嗎。你窮追不捨渴望探問更多細節。不知何故，你被調查局探員附身似的，對長相、年齡、職業異常感興趣。我回以「對方很低調，不願透露太多細節」為由，選擇性地釋出官腔。

選擇告知是因為，今後我必須終結與你這樣若即若離的異質關係。恰好你升職，我投奔新戀情，如此完美的分水嶺。只見你坐立難安，幾度離身如廁。你的表情好像是曾經擁有的玩具，拱手讓人了之後，仍有不服輸的賭氣。

我視若無睹。

你若是在此時此刻才感到於心有愧，覺得對不起我了，恐怕為時已晚。回到朋友的這一條線已經是我的極限，不可能再回去更多了。我不確定下一個對象是否會更好，但我必須告別過去。否則前方的路我怎麼也走不下去。

「若我們可以重新來過……」

若我不曾遇見過你。該有多好。

——原載二〇一二年三月二十六日《自由時報》副刊

本文收錄於二〇一二年十一月出版《感情用事》（聯合文學）

物質的美好

——李維菁

台大農經系畢業、台大新聞研究所碩士。長期投入當代藝術觀察與評論寫作，著有《程式不當藝世代18》、《台灣當代美術大系——商品與消費》、《名家文物鑑藏》、《我是這樣想的——蔡國強》、《老派約會之必要》等，小說集《我是許涼涼》獲台北書展文學大獎。

池塘邊，他遞出小便當盒，要我打開，裡頭是炸蝦。

他說，蝦子買的時候比較大條，不知道為什麼炸了以後，縮水似地。黃金小蝦子彎彎曲曲地躺滿盒子。他一早起床上市場買蝦子，在廚房裡頭裹粉，親手炸。

我瞅著他，然後問，怎麼，你不會餵我嗎？

這是我收過的唯一情人節禮物。

人送你什麼禮物，多反映他自己的價值觀。不久以後，他也要我用食物表達我的在乎。他堅持要我下廚煮菜，難吃也沒關係。

換我端出的小盒子，裡頭是紅黃相間的甜椒炒牛肉。

他吃到一半，我實在看不下去，搶過小盒子阻止。肉太老了，太鹹了，別吃了。他面無表情說，還行。然後吃完了。

想想我收過的禮物好少，左手一隻就數完了。

我收過一首歌。

對方拿起吉他，要我坐在對面。

我有禮貌地掛著笑。他中斷三次，忘了下面，吉他彈錯。他中斷問，不好聽吧。我搖頭，很好的，你繼續。

事實上，旋律怪，詞很土。他走音嚴重，我也不太明白音痴為什麼想作曲當禮物，唯一可能是他沒發現自己是音痴。

唱完了他尷尬，說，我送你別的？

我點頭，開口要一瓶指甲油。

物質是很重要的。在物質上慷慨的人，在情感上未必大方。但物質上吝嗇的人，在情感上必然吝嗇。

心意光用嘴巴說，卻沒禮物，這種人絕對不可信。那感覺就像是懷念祖先，用心就好，何必掃墓祭祖。很重朋友，何必寫信電話或見面。總在夜裡懷念舊人，所以根本不需照片。

現實是不去掃墓你三年都不會想起列祖列宗，不聯絡見面，卻說是好友，這種話是做直銷的愛講。不翻照片，你不追悔曾辜負過誰。

人沒有那樣高尚。形式很重要。

所有藝術史的演進就是物質與形式的一再革命與突破。以詩為例，因為既有的語言表達方式再也不能表達內心激切的感情了，因此我打破了現有的形式，打碎了慣例，創造新的語言型態，滿足那份亟欲溝通的渴望。視覺藝術的進程也出自物質形式的一再變革，因為對這世界的看法新穎充沛，必須創造新的物質組合，形式到位，精神的進步相隨，前衛因此誕生。

愛情也是，必然飽含某種創造性的慾望。將心意轉化成某種印記，對過往賦予重要性與象徵性。物質是虛幻情意的穩固支點，物質與精神從來不站在對立面，而是彼此的救贖。

這不是拜金戀物，我真正明白物質的美好。

我身邊就有這樣的人，每天說思念，跟你談傅柯，卻連一杯美式咖啡的錢都不願替你付。還有長髮瀟灑男，你從家裡帶出兩顆大水梨，他吃完他手上的，還指著要你手上的那顆。你聽到他說，你家反正比較有錢，你常吃。

一個習慣掠奪或支配不屬於自己物質的人，必然貪婪無義。

當我摩搓喀什米爾披肩，感受到頸項之間的細緻柔滑，我總覺得，情人不死也會跑，物質與回憶會天長地久。

物質不滅定律，可情感無常。

很多年後，我一上捷運就看到他。心漏跳了一拍我本能轉身背對，然後我覺得蠢，頭低低趕緊避走到另一個車廂。我又忍不住從遠遠偷看。他雙腳夾著購物袋，閉眼打盹，我放心了，那代表他剛剛沒看到我以及我的蠢樣。

那個炸蝦給我的男孩，老一點，蓄鬍子了，現在不知是誰的父親與丈夫。但仍然明朗穩重，還是我當初一見鍾情的那張側臉。

遲鈍而飽滿的什麼東西在我裡面發作。

廣播到站，他以前總在這裡陪我下車。我抬起頭，想看他最後一眼。

他突然睜開眼，與我四目對視。

我驚叫出聲，往外疾衝。我對遲遲不能放手的憤怒難消，對已經放下的，那股護持的溫柔又強大到連自己都吃驚。

軟軟的，漲漲的，我在喘息中也才驚覺，過去了，都過去了。

——原載二〇一二年三月三十日《中國時報》人間副刊

本文收錄於二〇一二年九月出版《老派約會之必要》（印刻）

台大外文系學士，Villanova大學電腦碩士。曾獲僑聯總會華文著述獎散文類第一名、首屆東方文學獎、第一屆長榮寰宇旅遊文學獎；並在一九九八至二〇〇〇年連續三年贏得北美《世界日報》主辦的極短篇小說獎與旅遊文學獎。任職電腦軟體設計，新近獲選為海外華文女作家協會第十三屆會長。

著有《那一夜，與文學巨人對話》、《天涯何處無芳菲》、《吟詩的劇神——莎士比亞》、《吹奏魔笛的天使——音樂神童莫札特》等書，譯有泰戈爾的《漂鳥集》。

焚稿斷痴情

——張純瑛

兩岸〈富春山居圖〉合併版在台北故宮展出，引起一片討論熱潮。吳洪裕臨終焚燒〈富春山居圖〉的行徑過於怪誕，自是議論焦點，有人將此舉和林黛玉離世前「焚稿斷痴情」相提並論，認為都是「痴」到最高點的表現。

吳洪裕熱愛〈富春山居圖〉，吃飯睡覺都不離身，他焚毀愛圖可能出於兩種心理：第一，相信身後世界仍有靈明，焚圖猶如燒紙錢，可以帶到極樂西方繼續享有。第二，他無法忍受日後別人也與愛圖長相左右，妒火中燒下，以烈燄永久占領〈富春山居圖〉。無論那一種心態，也不論其胸襟狹隘自私，他對此圖確實痴愛不渝。

然而，林黛玉斷氣前掙扎起身焚稿，卻不是吳洪裕式的痴愛不渝。讓我們一起來重溫那「讀之不落淚者幾希矣」的一幕吧！

林黛玉焚稿斷痴情

近年不少人重新考據，聲稱紅樓夢後四十回亦出於曹雪芹之手。你可以質疑這種論調，但無法否認第九十七與九十八回，以蒙太奇手法描敘寶玉、寶釵、黛玉一婚一喪的生死對照，堪稱全書一百二十回最最動人心魄之章回。僅讀回目「林黛玉焚稿斷痴情，薛寶釵出閨成大禮」和「苦絳珠魂歸離恨天，病神瑛淚灑相思地」，就不能不震撼作者雙線鋪展，兩相對比，萬鈞筆力環環緊扣，豈是阿貓阿狗作者皆可達成？

話說黛玉聽聞寶玉將娶寶釵，頓失生存意志——「唯求速死，以完此債」，健康情況急遽惡化。那廂雙寶舉行結婚大典，這頭黛玉又咳又喘，吐血連連，身骨虛弱下尚要示意丫頭紫鵑和雪雁開箱取物，挪移火盆。

她先要求丫頭拿來題詩的舊帕，「狠命的撕那絹子，卻是只有打顫的分兒，那裡撕得動」。繼之授意丫頭將火盆放上炕，她苦撐起身，將舊帕撂在火上燒了。然後，「回手又把那詩稿拿起來瞧了瞧，又撂下了。紫鵑怕她也要燒，連忙將身倚住黛玉，騰出手來拿時，黛玉又早拾起撂在火上……那紙沾火就著……雪雁也顧不得燒手，從火裡抓出來撂在地上亂踩，卻已燒得所餘無幾了。」

同段清清楚楚地寫道：「紫鵑早已知她是恨寶玉。」是的，林黛玉出於恨意，才將舊帕與詩稿俱焚。回目就很明確提示了「林黛玉焚稿斷痴情」，請注意「斷」字，投入赤燄的舊帕與詩稿，都是黛玉的痴心表徵，焚成灰燼也燒盡斬斷了所有痴情。這與吳洪裕毫無恨意，焚燒〈富春山居圖〉全然出於至愛，豈可相提並論？

焚帕與稿的前因後果

嚥氣前，這可憐的痴心少女直聲叫道：「寶玉！寶玉！你好……」作者高明地保留了「好」字後面的形容詞，讓讀者自己去填。我個人認為應是「狠」字。「寶玉！寶玉！你好狠。」既然今日娶入寶釵，那一晚，你何必叫晴雯送來手帕表明心跡呢？

寶玉因輕薄惹出金釧跳井風波，又被扯入伶人蔣玉函出走事，遭到父親棒打成創。療傷期間惦記黛玉，差遣晴雯去看黛玉。晴雯覺得莫名其妙去看視，啟人疑竇。寶玉因此給了兩條半新不舊的絹子帶去，黛玉乍看一頭霧水，旋即了解寶玉心意。

西方文學評論家有謂，中國古典文學只重情節進展，缺少心理剖析，那是他們沒讀過〈紅樓夢〉才有此偏見。第三十四回描述黛玉收到手帕的複雜心理反應，絲絲入扣：

> 想到寶玉能領會我這一番苦意，又令我**可喜**；我這番苦意，不知將來可能如意不能，又令我**可悲**；要不是這個意思，忽然好好的送兩塊帕子來，竟又令我**可笑**了。再想到私相傳遞，又覺**可懼**。他既如此，我卻每每煩惱傷心，反覺**可愧**。如此左思又想，一時五內沸然，由不得餘意纏綿，便命掌燈，也想不起嫌疑避諱等事，研墨沾筆，便向那兩塊舊帕上寫道……

此段一共用了可喜、可悲、可笑、可懼、可愧五個「可」字形容黛玉五味交集的感懷。就在她題了三首詩於手帕上後，感覺身體嚴重不適而起身照鏡，「只見腮上通紅，真合壓倒桃花，卻不知病由此起。」我懷疑「病由此起」應是「此由病起」之誤，意指兩頰通紅乃是由於罹患無藥可救的癆病，將不久於人世。若為「病由此起」，則是說爾後奪去黛玉生命的病，罹患於她帕上題詩的這晚，暗示她用情過深所致。無論哪一解釋，九十七回寫黛玉臨終前撕帕焚稿，不可不與三十四回同讀併看。

雖然作者沒有明說，焚稿斷痴情時刻的黛玉顯然亦有五可：原先的可喜被可恨取代，餘下的三可則有不同早前的詮釋：可悲（痴心一片換得見棄別娶）、可笑（自己太天真幼稚才會編織不切實際的鴛夢）、可愧（女孩兒家一再對寶玉表明心跡，如今看來徒留笑柄）。唯一不變的是可懼。

原本黛玉「想到私相傳遞，又覺**可懼**」，當她面臨大限，這種懼怕更令她憂慮。可以自由戀愛或亂愛的現代人，無法理解「私情傳遞」在舊時社會是何等壞人名節的行徑，閨中女兒有此作為，尤其被視為十惡不赦。九十七回賈母明知黛玉命在旦夕，還在她背後嚴厲譴責：「孩子們從小兒在一處兒頑，好些是有的；如今大了，懂的人事，就該要分別些纔是做女孩兒的本分，我纔心裡疼他。若是他心裡有別的想頭，成了什麼人了呢！我可是白疼他了！」

黛玉沒有聽見外婆的責備，但冰雪聰明的她絕對了解，多年來大量抒情寄意的詩稿，斷斷不能於身後落入那些不懂「世間情為何物」的庸俗之輩手中，成為他們為扼殺寶黛愛情自找的良心開脫藉口。於是，宛若葬花的動機，她必須將詩稿如辭枝的花朵——掩埋於火，方得以「質本潔來還潔去」的清白離開濁世。

朱淑真父母焚其稿

宋代女詩人朱淑真，有另類的焚稿斷痴情。

朱淑真是北宋錢塘人，她在〈璿璣圖記〉中自云父親做過官，酷愛蒐集珍玩，不惜高價購買看上的文物，可見家境不錯。

天資聰穎的朱淑真，自幼飽讀詩書，嫻諳繪事，精通音律，展現多方才華；可惜她那「好拾清玩」的父親仍無法擺脫「女子無才便是德」的陳規陋見，竟將她許配給一個庸俗不堪的官宦俗物。兩人志趣扞格不入，話不投機，讓朱淑真慨嘆夫妻倆「鷗鷺鴛鴦作一池，須知羽翼不相宜」；在另一首詩〈自責〉內，她幽怨訴說自己的文學愛好長期受到夫家壓抑：「女子弄文誠可罪，那堪咏月更吟風？磨穿鐵硯非吾事，繡折金針卻有功。」

常年忍受所嫁非人的苦悶，逼得朱淑真下堂求去。之後，她有過一段甜蜜戀情，可惜為期短暫即被拋棄，帶給她另一波打擊。更不幸的是，朱淑真抑鬱以終後，父母竟將其詩稿一起火化。

朱淑真的父母為何將女兒畢生心血付之一炬？連他們都不能欣賞自身骨肉的天賦才華？還是怨責女兒舞文弄墨造成婚姻悲劇？是懷抱著吳洪裕同樣的想法，讓愛女攜帶詩稿進入九泉？還是朱淑真如黛玉一般，羞愧不容禮教的情愛告白豈可公諸於世，而於臨去前交代父母銷毀詩稿？

於是一代才女唯有詩集〈斷腸集〉傳世而已。

卡夫卡知音存文稿

捷克小說家卡夫卡（Franz Kafka 1883–1924）比朱淑真幸運多了。

卡夫卡有一位極端嚴苛的父親，為他心靈烙下難癒的創傷，嚴父化身為不可捉摸與抗拒的各種威權形象，出現在他的眾多小說中；但他比朱淑真幸運的是，有一位如同伯樂賞識千里馬的知己好友布拉德（Max Brod）。

卡夫卡熱愛寫作，但文名始終不彰。四十一歲死於肺結核，離世前顯然對作品意興闌珊，因此寫信交代好友布拉德將其出版與未付梓的小說、手稿、日記、信件、隨筆……全部燒燬，他的遺願亦可視為「焚稿斷痴情」——斷的是對寫作終身不渝，而知音卻寥若晨星的痴情吧！

幸好布拉德深知卡夫卡的作品必將在文學史上享有崇榮評價，而違逆其焚稿遺願。這些逃過火燄的書寫，日後果真讓後世視為深入探索卡夫卡靈魂的瑰寶，卡夫卡地下有知，當會感謝好友惜材之恩。

卡蜜兒砸毀作品的愛與恨

差堪與黛玉「焚稿斷痴情」相比的，大概是法國悲劇性女雕塑家卡蜜兒（Camille Claudel 1864–1943）砸毀自己的作品吧！

十八歲那年，卡蜜兒愛上了年長二十四歲的雕刻家羅丹。她是羅丹的學生、模特兒，也是情人。兩人本就才華出眾，熾熱的戀情激發了彼此的創作靈感，交互影響到對方的風格。然而，藝術家的心高氣傲，也令兩人相愛容易相處難。羅丹不肯拋棄與他走過貧困，忍受他紅粉知己不斷的糟糠伴侶Rose Beuret，尤其是兩人勃谿時起的主因。

墮胎、爭吵、承諾、等待、食言、周而復始的分分合合，卡蜜兒終於了解，她無法全面贏得羅丹身心，不堪承受一次次因愛受傷的情況下，忍痛終結了與羅丹十五年的感情糾葛。然而情傷難以癒合，依舊日夜啃蝕卡蜜兒。七年之後，她流露迫害妄想與精神分裂的病徵，指責羅丹抄襲她的作品，阻止她的作品展出，唆使別人謀殺她等等……她憤怒地砸毀一座座嘔心嚦血雕塑的作品，看得旁人膽戰心驚，她卻毫無所惜。啊！會對自己的作品下毀滅毒手，是出於多大的絕望與怨憤？

或許，唯有因愛成痴的黛玉方能明白卡蜜兒自毀雕塑的痛楚。親手創作的詩稿與雕塑，無不摻揉了愛情、憧憬，與共同的回憶。在摯愛絕情離去後，那些戀痕斑斑的作品，徒然見證了曾經全然付出的純情，是何等的可笑復可憐！

——原載二〇一二年四月一日《中華日報》副刊

我看

——萬劭晴　陳芳燁　王姵媗

萬劭晴——一九九三年秋生於台北。二〇一二年畢業於北一女中。喜用音樂、影像、文字記錄生活軌跡、窺探人生光影。

陳芳燁——一九九四年生，高雄人。台北市立第一女子高級中學畢業，現於國立台灣大學就讀。國中時期曾獲得校內文藝獎新詩組第二名，並載於校刊。嗜書，閱讀範圍不限於文學，但憑興之所至。目前持續練筆中，希望能活到老讀到老也寫到老。

王姵媗——筆名魚眼，一九九四年於台北土城出生，高中畢業於台北市立北一女中。高一時曾參加學校儀隊，擔任白槍職位。現就讀中央警察大學。

之一

我睜著眼的這十七個年頭裡，我一直都在看，一直讓光線及色彩反射進我僅有的一雙眼，投射入我的腦海，成為我的記憶。

從小就生活在擁擠的城市之中，城市中什麼不多「人」最多，當然我雙眼所及最多的也是人群。國小放學後，我坐在母親辦公室的一角，聽不清辦公室裡正討論著不知什麼話題，但大人們臉上表情的變化，卻成了我那時最大的樂趣。有些人敘述事情的方式極為誇張，眉毛在一句話之間牽動了數次，一下挑眉一下皺眉，眼尾的皺紋也真像隻小魚一般，跟著在情緒裡悠游，而手勢更是不能少，小小一件事演得像莎士比亞的舞台一般。當然，也有一種人專門在一旁答和，也不知到底有沒有在聽，就只一逕地點頭。然而，最讓我感興趣的是一位坐在自個兒座位，漠視一切的女生，她不參與八卦時間，但我相信她一定全知道了，因她嘴角變幻的角度早已洩漏她的偽裝。

到了大一些，我對人群的觀察從街頭到電影，雖說人群的觀察總是多變有趣，卻不能解除心頭上日漸增加的煩憂與壓力，我開始渴望天空的無邊。城市中看不到真正的天空，總似蒙上了一層灰，加上高樓大廈的層層阻擋，我期盼的天空成了一種遐想。終於，趁著探望外婆的機會，我看到了清澈的天，當我站在山坡上仰觀這蒼穹，感到了一種永恆的開闊與包容，而不是壓迫，彷彿一個輕鬆的跳躍，我就可以跟隨其中的一片雲，一起飄遊相同的自由。到了夜晚，只要仰起頭，隨處都有星兒在眨，連灰暗中的雲也清晰。

我看這世界，從地上的人到天上的雲，從不厭倦。藉著這雙眼，我看這人間，也看清自己。

之二

一直覺得自己是個沉默的人，總是獨立在談天的圈子外，冷眼注視世界：看山，看水，看花，看紅塵眾生。看這個事就久了，總想轉移目光，去看那如煙如雲的歷史，看那消散已久的風雲。

那該是多麼華麗的年代。經過百餘年的濡養，京戲的風華在清末民初達到了鼎盛——四大名旦、四大鬚生——京劇史上喊得出的人名，都是在那時出頭的：孟小冬、程硯秋、梅蘭芳……可惜！戰亂把一切都燒成灰燼；那麼絕代的風華，硬生生地落了幕！不管要多少代價，都只管拿了去；我只想親睹大師風采，看看那個生機勃發、中西相會的年代！我想看，那段歷史活著的樣貌，那個傳統真正活著的年代！如果這輩子的壽命不夠付出代價，那就拿下輩子、下下輩子的來抵……要多少輩子來抵都行！只要讓我親眼看見那個華麗的年代！

只可惜，我是看不見的了……那個華麗的、京劇的年代遠矣，只剩下古舊的唱片、影帶可供悼念追思。屬於名角兒的年歲早隨大江東去。只能哀嘆自己生錯時代吧！無緣親睹，只好伸長了脖子，拚命瞭望沖天飛鶴的影子。我想看，卻無法看；即使拿命來換，也換不回逝去的那個時代，和一門藝術的生命。京華煙雲，當真如煙如雲，遠矣！變動的風帶走了京戲的風華，留下了千古絕唱。

只得將眼光從歷史抽回，看著身處的紅塵世間了！即使不是那麼喜歡，我還是看著，看這個傳統奄奄一息、甚至是氣數將盡的年代。畢竟，這才是最真實的世界。

之三

我看，看深邃的風景裡隱隱作動的草木連綿著，光在鮮豔的反射線上映照著，不能被打斷而源源不絕；我看，用眼底下的神色目光，轉動一片又一片似電影風格的畫面，鏡頭帶向躍動的靈魂與生命，看似活動不已的狀態！

曾有那麼一次，是在東台灣的旅行上，我在車廂中享受從未有過的「陽光普照下的寧靜」，那是亮彩不斷在眼前掠動的景象！我努力張大雙眼，希望能多攫取幾分屬炎黃顫動著的小生命，讓那些流過心頭的記憶多些停留，最好能多幾條突出記憶設限的分支，而在瞳孔與虹膜的通道上，這樣地駐足下來。那時用雙眼開始仔細紀錄生活週遭一切，而視覺領域的神經抓住每一刻的瞬間。

自然的靈魂就這麼地宿在我的心房之中，看一段風與雲飄動時的舞步與姿態，似乎也能勾動我深藏已久的韻律與步伐，我開始打開那段生命靈活而真誠的感動。草色如茵的平野，能被化作綠色風俠憑著地平線上的漩渦而冉冉上騰；一塊溪旁小石淋著水的姿態，則是汗水滲透著的山林勇士，而一段段平地人少有耳聞熱烈故事，就從眼底的世界波浪般流出。我所看不見的虛幻魔力和看得見的光影繪動，隨時同步伐地在地面上演著！

我看著，有時也許是紊亂字跡留下的古文之間的記號；有時也許是人與人的互動頻傳的雷射光束；有時也許是生活小芝麻留下來的微粒，然而在我內心的光影之中，揮散不了曾得到過的風景，是填入滿載的感動而慢慢綻開來的美麗。希望我能把這純真美好的瞬間景象排入人生不斷行進的畫格，把眼中的世界都化成能得出故事的動畫板。

——原載二〇一二年四月十五日《中華日報》副刊

本文收錄於二〇一二年四月出版《閱讀王鼎鈞‧通澈文心》（爾雅）

父親與民國

——白先勇

一九三七年生，廣西桂林人，為北伐抗戰名將白崇禧之子。台灣大學外文系畢業，愛荷華大學作家工作室（Writer's Workshop）文學創作碩士。一九五八年發表第一篇小說〈金大奶奶〉。一九六〇年與同學陳若曦、歐陽子等人創辦《現代文學》雜誌。一九六三年赴美國，到愛荷華大學作家工作室研究創作，一九六五年獲碩士學位後旅居美國，任教于加州大學。曾獲國家文藝獎等。近年投入愛滋防治的公益活動和崑曲藝術的復興事業，製作《青春版牡丹亭》巡迴兩岸、美國、歐洲，獲得廣大迴響。

著有短篇小說集《寂寞的十七歲》、《台北人》、《紐約客》，長篇小說《孽子》，散文集《驀然回首》、《明星咖啡館》、《第六隻手指》、《樹猶如此》，舞台劇劇本《遊園驚夢》、電影劇本《金大班的最後一夜》、《玉卿嫂》、《孤戀花》、《最後的貴族》等。

父親白崇禧將軍出生於公元一八九三年桂林六塘山尾村，一個回民家庭。祖父志書公早逝，家道中落，父親幼年在艱苦的環境中奮發勤學，努力向上，很小年紀，便展露了他過人的毅力與機智。一九〇七年，父親考入桂林陸軍小學，這是他一生事業奠基的起點。父親生長在一個革命思潮高漲的狂飆時代，大清帝國全面崩潰的前夕。桂林陸軍小學正是革命志士集結的中心。一九〇五年孫中山成立同盟會，次年便派黃興至桂林發展革命組織，陸小總辦蔡鍔等人鼓吹「推翻滿清，建立民國」，父親深受影響，與同學們紛紛剪去長辮，表示支持。

公元一九一一辛亥年，十月十日晚，武昌新軍工程營的成員發出了第一槍，武昌起義，展開了辛亥革命的序幕。那一槍改變了中國幾千年的帝制歷史，亞洲第一個共和國中華民國誕生了。武昌起義那一槍也改變了父親一生的命運。

武昌起義的消息傳來，廣西人士反應熱烈，組軍北上支援。父親參加了陸軍小學同學組織的「廣西學生軍敢死隊」，共一百二十人隨軍北伐。家中祖母知道父親參加敢死隊的消息，便命父親兩位哥哥到桂林城北門去守候，預備攔截父親，強制回家。誰知父親暗暗將武器裝備託付同學，自己卻輕裝從西門溜了出去，翻山越嶺與大隊會合。那年父親十八歲。踏出桂林西門那一步，他便走出了廣西，投身入滾滾洪流的中華民國歷史長河中。

學生軍敢死隊水陸兼程經湖南北上，父親肩上荷「七九」步槍一支，腰間綁著一百五十發子彈的彈帶，背著羊氈、水壺、飯盒、雜囊，身負重載，長途行軍，抵達漢陽時，父親與許多敢死隊同學們腳跟早已被草鞋磨破，身上都生了蝨子，癢不可當。時清軍據守漢口、漢陽，與武昌方面的革命軍隔江對峙，廣西北伐軍和學生敢死隊，奉命在漢陽蔡甸到梅花山一帶，配合南軍作戰，威脅敵方側後。一夜，父親被派擔任步哨，時適大雪紛飛，頃刻間父親變成了一個雪人，那是父親第一次上前線，而且參加了一場驚天動地的革命行動，內心熱情沸騰，刺骨寒風竟渾然不覺。那是父親一段刻骨銘心的回憶。親身參加武昌起義，對父親具有重大意義。他見證了中華民國的誕生，由此，對民國始終持有一份牢不可破的「革命感情」。

●

辛亥革命成功後，父親考入保定軍校三期，接受完整的軍事教育。父親在保定前後期的同學，日後在國軍中皆任要職。保定畢業，父親與二十多位同學，自願分發到新疆屯邊，效法張騫、班超，立功異域，他曾經下功夫研究左宗棠治疆的功績，中國邊防一直是他戰略思想的要點之一。治疆的抱負後因俄國革命交通阻斷，未能實現。民國六年，父親返回廣西，結識李宗仁、黃紹竑，共同從事統一廣西的大業，時稱「廣西三傑」。

民國十五年，北伐軍興，蔣中正總司令力邀父親出任國民革命軍參謀長，這是父親軍事事業第一個要職。當時北洋軍閥各據一方，中國四分五裂，其中以孫傳芳、吳佩孚勢力最大。中國人民經過辛亥革命、五四運動，革命新思潮高漲，對國民革命軍有高度期望，革命軍遂能以少擊眾，從廣州一路摧枯拉朽打到山海關。那是國軍士氣最旺盛的時刻。北伐是民國史上頭一等大事。

北伐時期，父親立下大功，重要戰役，幾乎無役不與，充分展示他戰略指揮的軍事才能，尤其是民國十六年「龍潭戰役」，關係北伐成敗。時因「寧漢分裂」，蔣中正下野，國民革命軍內部動盪不穩，孫傳芳大軍反撲，威脅南京，形勢險峻。父親臨危受命，指揮蔣中正嫡系第一軍，與孫傳芳部決戰於南京城郊龍潭，經過六晝夜激戰，不眠不休，終於將孫軍徹底擊潰。行政院長譚延闓在南京設宴招待龍潭戰役有功將領，特書一聯贈予父親：

指揮能事迴天地
學語小兒知姓名

北伐後期，父親任命東路軍前敵總指揮，率領第四集團軍，揮戈北上。民國十七年六月一日，父親領軍長驅直入北京，受到北京各界盛大歡迎，成為歷史上由華南領兵攻入北京的第一人，天津《大公報》主筆名記者張季鸞在六月十四日發表社論：「廣西軍隊之打到北京，乃中國歷史上破天荒之事」。當年太平天國的兩廣軍隊只進到天津。父親時年三十五歲，雄姿英發，登上他戎馬生涯的第一座高峰。

父親繼續率部至灤河，收拾張宗昌、褚玉璞殘部，東北張學良易幟，最後完成北伐。

北伐期間，廣西軍屢建奇功，桂系勢力高漲，功高震主，蔣中正決意「削藩」。民國十八年，發生「蔣桂戰爭」，掀起「中原大戰」序幕，中國再度分裂。北伐成功，原為國民黨統一南北，建設中國最佳良機。北伐甫畢，南京開編遣會議，計畫裁軍，父親由北京拍千言長電致國民黨中央，請纓率領第四集團軍至新疆實邊，可惜未受採納。中央派軍攻打廣西，父親等人一度流亡安南。後再潛返廣西，展開兩廣聯盟，與中央對峙。期間父親致力建設廣西，不到七年，廣西由一個貧窮落後的省分一躍而成為全國「三民主義模範省」。民國十二年，父親曾在廣州晉見孫中山先生，受到極大鼓勵。父親對孫中山創作的《三民主義》、《建國大綱》、《實業計畫》中的建國理想及方針心嚮往之。建設廣西，如土地改革、「三自」、「三寓」地方自治等計畫，可以說都在實踐《三民主義》的精神。胡適等人參觀廣西，大加讚揚。建設廣西，展現了父親的政治抱負及行政才能。

●

民國二十六年「七七事變」，地方將領中，父親第一個飛南京響應蔣中正抗日號召。日本各大報以頭條新聞報導「戰神蒞臨南京，中日大戰不可避免！」，廣西與中央對峙因一致對外而暫時化解。

父親出任軍事委員會副總參謀長兼軍訓部長。對日抗戰，父親的貢獻不小：

民國二十七年，軍事委員會在行都武漢開「最高軍事會議」，父親提出對日抗戰大戰略：「積小勝為大勝，以空間換時間」，以游擊戰輔助正規戰，消耗敵人實力做持久戰。日軍軍備遠優於國軍，與日軍正面作戰，難以制勝，淞滬會戰，國軍傷亡十五萬精兵，犧牲慘重。父親認為應該同時發動敵後游擊戰術，困擾敵人，不必重視一城一鎮的得失，使敵人局限於點線的占領，將敵軍拖往內地，拉長其補給線，使其陷滯於中國廣大空間，從而由軍事戰發展為政治戰、經濟戰，向敵發動長期總體戰，以求得最後勝利。父親自承抗日戰略思想，是受到俄法戰爭，俄國人拖垮拿破崙軍隊策略的啟發。父親的提議得到蔣中正委員長的採納，並訂為抗日戰爭最高指導原則，對抗戰的戰略方向，有指標性的作用。父親有「小諸葛」之稱，被譽為中國近代傑出軍事戰略家。他的抗日戰略，顯露出他高瞻遠矚的智慧。

抗日期間，父親奔馳沙場，指揮過諸多著名戰役：「徐州會戰——台兒莊大捷」、「武漢保衛戰」、「桂南會戰——崑崙關之役」、「長沙第一、二、三次會戰」等。其中尤其以民國二十七年「台兒莊大捷」至為關鍵。

時首都南京陷落，日軍屠城，國軍節節敗退，全國悲觀氣氛瀰漫。台兒莊一役給予日軍迎頭痛擊，被國際媒體稱為日軍近代史上最慘重的一次敗仗。全國人民士氣大振，遂奠下八年長期抗戰之根基。父親與李宗仁等將領，登時被全國民眾尊為「抗日英雄」。

●

民國命運，自始多乖，內憂外患，從未停息。抗戰剛勝利，國共內戰又起，而且不到四年間，國民黨竟失去了大陸政權。國民黨在大陸上的失敗固然原因多重，然父親在他的回憶錄中卻認定軍事失利是導致國民政府全面崩潰的主因。戰後父親出任首屆國防部長，其後又調任華中剿總司令，雖然身居要職，但職權受限，並未能充分發揮其戰略長才。國共戰爭，國軍在戰略戰術上犯下一連串嚴重錯誤，終至一敗塗地。

首先父親極力反對戰後貿然裁軍，內戰正在進行，處置不當，動搖軍心。本來國軍部隊有五百萬人，共軍只有一百多萬。裁軍後，大批官兵，尤其游雜部隊，這些八年抗戰曾為國家賣命的士卒，流離失所，眾多倒向共軍，共軍軍力因此大增。裁軍計畫由參謀總長陳誠主導，父親的反對意見，未獲高層支持。

民國三十五年五、六月第一次東北「四平街會戰」，那是國共戰後首度對陣，雙方菁英盡出，蔣中正派父親往東北督戰，旋即國軍攻進長春，林彪軍隊大敗，往北急速撤退，孫立人率新一軍追過松花江，哈爾濱遙遙在望。在此關鍵時刻，父親向蔣中正極諫，自願留在東北繼續指揮，徹底肅清林彪部隊。蔣中正由於受到馬歇爾（George Marshall）調停內戰的壓力，以及對共軍情況的誤判，沒有採信父親的建議，竟片面下停戰令。林彪部隊因此敗部復活，整軍反攻，最後吞噬整個東北。事後多年，國民黨檢討內戰失敗原因，蔣中正本人以及國軍將領咸認為那次片面停戰，不僅影響東北戰爭，而且關係全盤內戰。

民國三十七年底、三十八年初之「徐蚌會戰」，乃國共最後決勝負的一仗。原本蔣中正屬意父親指揮此次戰役。父親時任華中剿總司令，北伐抗戰父親在淮北平原這一帶多次交戰，熟悉戰略地形。他向蔣提出戰略方針：「守江必先守淮」，應將軍隊集結於蚌埠，五省聯防，由華中剿總統一指揮。未料臨時蔣中正卻將指揮權一分為二，華東歸劉峙指揮，而指揮中心卻設在徐州。徐州四戰之地，易攻難守。父親曾如此警告：「指揮權不統一，戰事必敗。」「徐蚌會戰」開戰前夕，國共兩軍各六十萬，嚴陣對峙，國府高層深感勢態嚴竣，劉峙不足擔當指揮大任，國防部長何應欽、參謀總長顧祝同聯名向蔣中正建議，父親替代劉峙統一指揮。父親飛抵南京開軍事會議，發覺國軍戰略部署全盤錯誤，大軍分布津浦、隴海鐵路兩側，形成「死十字」陣形。父親判斷大戰略錯誤，敗局難以挽回，況且開戰在即，已無時間重新布置六十萬大軍。父親斷然做了一項恐怕是他一生中最艱難的決定：拒絕指揮「徐蚌會戰」。後「徐蚌會戰」國軍果然大敗，蔣中正下野，李宗仁出任代總統。蔣、白之間，嫌隙又生。

內戰末期，林彪百萬大軍南下，父親率領二十萬部隊與共軍盤桓周旋，激戰數月，但當時大局已瀕土崩瓦解，國軍士氣幾近崩潰。父親軍隊一路奮勇抵擋，由武漢入湖南，退至廣西，與共軍戰至最後一兵一卒，但孤軍終難回天，父親於民國三十八年十二月三日離開大陸，由南寧飛海口。

●

父親十八歲參加辛亥革命武昌起義，見證了民國的誕生。北伐軍興，父親率部由廣州打到山海關，最後完成北伐統一中國。抗日戰爭，父親運籌帷幄，決戰疆場，抵抗異族入侵，立下汗馬功勞。國共內戰，父親率部與共軍戰至一兵一卒，是與共軍戰到最後的一支軍隊。為了保衛民國，父親奉獻了他的一生。

民國三十八年十二月三十日，父親自海南島飛台灣。在風雨飄搖之際，父親選擇入台，與中華民國共存亡，用他自己的話，是「向歷史交代」。父親在台十七年，雖然過著平淡日子，但內心是沉重的，大陸淪亡一直是他痛中之痛。他念茲在茲的仍是反攻復國的大業。民國五十五年，離過世前不久，父親託人攜帶一封長信給旅居香港昔日同僚廣西省主席黃旭初，信中言不及私，通篇都在分析國際大勢及國軍反攻大陸的可能性。當時越戰正打得熱火朝天，父親認為如果越戰繼續擴大，中共可能出兵，一旦與美軍起正面衝突，便是國軍反攻良機，父親並詳細列出反攻大陸的戰略，犖犖大端。信中最後結尾：「弟待罪台灣，十有七年矣！日夜焦思國軍何時反攻大陸，解救大陸同胞。現在國際形勢已接近反攻時機，屆時我總統蔣公，必統三軍，揮戈北指，取彼凶殘也。」

我曾親聞父親吟誦南宋詩人陸游〈示兒〉詩：

死去元知萬事空
但悲不見九州同
王師北定中原日
家祭無忘告乃翁

我想這也是父親晚年最後心境的寫照吧。

——原載二〇一二年五月一日《聯合報》副刊

本文收錄於二〇一二年四月出版《父親與民國：白崇禧將軍身影集》（時報）

一隻愛吃辣的狗

——桑品載

筆名司陽、翟彬商、杜朝。政治作戰學校政治科畢業。曾任《東引日報》總編輯，《青年戰士報》上尉記者，陸軍供應司令部《精誠報》記者，《中國時報》人間副刊主編，《自由日報》、《台灣時報》、《民眾日報》副總編輯，《落花生》、《企業世界》雜誌主編。曾獲第一屆國軍新文藝報導文學獎，中國青年反共救國團第一屆社會優秀青年獎。現專事寫作，並為《中華日報》特約主筆。

創作文類以小說為主，作品有《過客》、《微弱的光》、《流浪漢》、《餘情》、《舞》等，以及鬼怪小說「聊齋餘緒」系列。二〇〇一年由爾雅出版自傳體短篇小說集《岸與岸》。

幾年前，我搬到這個社區第一週的某天午後，見到四十多年沒見過面的「小袁」；他按了門鈴站在門外，我應門後與他面對面站著，他是社區警衛，搬家時進進出出，在警衛室外見過他幾次，所以還以為他是來談論關於社區的事。

「我是小袁——袁日生，長官一定不認識我了。」他說，操著湖南腔。

一霎時我想不起和他的關係；他滿頭白髮，背微駝，估計年紀總在七十多歲。這個年紀和「小」字很難聯想，這必然意味，這個人在我記憶裡消失很久了。

我請他進來，雙方坐定後，從他談話裡終於想起，他果然曾叫「小袁」，那已是四十多年前的事了。

一九五一年深秋，我官校畢業，二十二歲，分派到一個叫「反共救國軍」的單位，任少尉幹事，駐地在馬祖前哨的東犬島。

船在黃昏時分靠岸，天空飄著毛毛雨，幾位水手正在碼頭上忙著打纜要把船身穩住，灰濛濛中見有個人縮著身子快步踏著木板上了船。他穿著士兵軍服，東張西望像在找什麼人，見到我，目光就打住了。

他向我舉手行軍禮。「報告長官，你是不是桑——桑幹事？」

我點頭承認。他立刻很高興地說：「我一看就是，你肩膀上兩條槓槓還是晶亮晶亮的，官帽官服也是新的，年紀也像。」

我在他言詞引導下記起了四十多年前和他初識的這一幕，就立即升起了和他熱絡的感覺。接著，我又想起了一些事。

「大夥都叫你小袁，因為你是這個單位裡最年輕的。」我說。

「是啊，見到你那年，我還不到三十歲哩；不過你來了之後，你就是最年輕的了。」

我又想起，他在這支部隊裡是少有的「外省人」。反共救國軍，背景是游擊隊，共有一萬多人，浙江、福建人最多，其次是廣東和山東人，原本都是烏合之眾的老百姓，一九四八年後，國民黨軍隊撤離大陸，他們就在沿海地區活動，陸上和海上都有。原本很活躍，漸漸失去了優勢，就被國軍整編為正式部隊。不同於其他部隊的是，他們被限制長期駐在外島。台灣採行徵兵制後，三軍各部隊出現了「新兵」，唯有這支部隊卻維持原汁原味，全是後來被稱為的「老兵」。

一個湖南人怎麼會出現在這個部隊裡？故事是：袁日生的部隊原本駐在浙江臨海縣，共軍打到臨海時，他趁著部隊撤退，「開小差」成了逃兵，想不到的是，他沒被共軍俘虜，倒被游擊隊俘虜。

我在東犬島工作不到一年就調離，不過仍在反共救國軍，只是從陸地單位調到海上單位，在一個叫「長江艇」上當政工指導員。沒再和袁日生聯絡，漸漸忘了這個人。

「你什麼時候退伍的？」我問他。

「我沒有退伍，我開了小差。」他臉上透著神祕，也有些得意。

「你畢竟還是開小差成功了！」我笑著說。

「是啊，有志者事竟成嘛。」

他是在社區住戶名單中看到了我的名字才來相認，否則，路上相見，絕不會認得。

袁日生是我老朋友，也是我在這個社區第一個新朋友，在中庭常相見，打個招呼，說幾句話，他下班時會來我家小坐。他如今居然還是單身，令我驚訝。

有一天黃昏，他下班時我正在中庭，他問我要不要去他住的地方看看？我說好呀，就跟他去了。

他住在社區附近的一間鐵皮屋裡，稱為「一間」不是「一棟」，是因為那的確只有「一間」，而且左右前後都沒有別的房舍，像一個廢圮的碉堡。屋子建在一個小斜坡上，四周長滿了雜草，其間有許多高矮不一的灌木樹。鐵皮屋只有一個門，門外有個小平台，有隻黃狗正趴在那裡睡覺。

聽到腳步聲，黃狗立即起身，搖著尾巴走向袁日生，眼睛卻盯著我這個陌生人。

「這條狗是我養的，跟了我七、八年了。」

「叫什麼名字？」我問。

「王八羔子。」

「王八羔子？怎麼叫這名兒？」我露出怪異的表情。

「呵，牠原本是條流浪狗，我是個粗人，叫牠做啥就是啥。叫慣了，你不叫牠王八羔子，牠還懶得理你哩！」

屋裡有一張單人床，一個單人座沙發，一把木椅，都很舊。床鋪左後方有個小冰箱，冰箱旁有小爐台，台邊有小瓦斯桶，一個飯鍋和鐵鍋。地是泥地，隱隱聞到泥腥味。

他把椅子搬到屋外，請我坐，另隻手提著塑膠桶，說要去不遠處的公共廁所接水煮飯。

「你別走，在這裡吃飯，我炒湖南菜給你吃。」不等我回應，他就快步走了。

太陽正迅速西沉，黃昏心急地要去赴夜的約會。「王八羔子」下顎貼地，趴在我面前與我四目相對。牠顯然已明白我是牠主人的朋友，但我輕輕向牠招手，牠卻不肯過來。

袁日生在房裡炒菜，菜香飄向屋外，任何鼻子都聞得出他炒的是辣菜，我雖在屋外，都被辣氣薰得流淚。

一盤回鍋肉，一盤青椒炒肉絲，一小碟蒜苗臘肉，還有一大碗酸菜魚湯。我們面對面坐著喝金門高粱。「王八羔子」靠著桌沿坐著，眼睛盯著主人看。袁日生不時將肉雜丟給牠，牠吃得津津有味。

我曾在江西部隊當兵，是經過吃辣訓練的，但江西人的重辣，似乎比不上湖南人，面前這幾道菜，辣得我直哈氣，但奇怪的是，「王八羔子」竟不怕辣。

一隻愛吃辣的狗，這麼怪的事，我從沒聽過。

「這狗也吃辣？」

「我吃，牠就得吃，不吃，餓死活該！」

「你們倒是人狗一體了！」

袁日生說，七、八年前，他就在台中當大廈管理員，有天一大早，從市場買菜回來，一隻黃小狗就跟聞屁似的跟著他；他走快，牠也快，他走慢，牠也慢，他停牠也停，他揮手踢腳趕牠，牠盯著他不動，就這麼一路跟到家。

袁日生沒錢買屋租屋，只好自己動手蓋鐵皮屋，這幾十年來，唯一的工作就是當公寓或大廈管理員，一個地方被辭退，就另找一家；一個都市不想待了，就到別的都市。那個經濟起飛的年代，台灣到處蓋房子，管理員或稱警衛，反倒成為熱門行業。

鐵皮屋盡可能蓋在工作處附近，因為是違建，常有警察來取締。他就和警察扯皮，皮得過就繼續住著，皮不過另找地方再蓋。反正鐵皮不會被沒收，不消一天就蓋好了。

王八羔子跟著他住、吃、流浪。狗本不吃辣，他的訓練方法是，不吃拉倒，受不了走了也無妨。

袁日生說，狗開始時當然是拒絕的，奇怪的是，牠寧可挨餓就是不走。有一天，袁日生看牠餓得口吐白沫，以為活不久了，心裡覺得不忍，可是轉念一想，難道要我跟牠不吃辣？難道要我專為牠做不辣的菜？休想，我沒錢，沒功夫，受不了就快滾吧！

狗其實可以自己去找吃的，野狗不是這樣嗎？偏偏這王八羔子好像有了主人就有了身分，硬不肯與野狗為伍。但總不能真的在食物前餓死，於是，牠吃辣了。

袁日生冷眼旁觀，發覺牠是從啃豬骨頭開始，豬骨是用來熬湯的，不過，湯裡也常放了辣椒，只是沒菜那麼辣。王八羔子咬碎骨頭，骨髓總不辣，就這麼摻和著，走進主人辣的生活裡了。

如此自我煎熬，自我鍛鍊，沒過多久，袁日生能吃多辣，牠就能吃多辣。袁日生去上班時，狗看家，他會把前一晚的剩菜剩飯拌攪在一個鋁盤裡，他回去時，盤子被舔得乾乾淨淨。

我聽得入神，不由得對王八羔子產生了敬意。那以後，多次見到牠，好像不覺得牠是狗，是另一個袁日生。

回去和妻子談起去袁日生住處經過，也提到狗。妻說，哪天約他來家吃飯，湖南菜她不會做，菜裡多放辣椒卻也簡單。

幾天後，他帶著王八羔子一起來，看狗吃辣菜，成為全家大小當日奇觀。

袁日生既然是單身，我和妻子都歡迎他常來。不久後是中秋節，他和狗便在我家過節。

有天我回家，在中庭被他叫住。他說，他要回湖南探親，請我幫他餵狗。

「這王八羔子就一樣事很嚕嗦，你也明白。」

「吃辣！」

「對對，小時候吃辣像要牠命，現在聞不到辣就不吃。」

這話別人聽了一定不信，我是信的。

「你放心，我每天餵牠一次。」

「剩飯剩菜加個小辣椒，拌在一起就行了。我回去頂多半個月就回來。」

他是逃兵，因此政府給老兵的補助、優待，他全沒分。警衛的收入不高，他每月領到薪水後固定省下一些，在郵局開個戶頭，存到一定數目，他才回去。

他向住委會請了假，動身前一天來看我，我塞給他一個紅包。

第二天起，我每天晚飯後就去餵狗。當然是辣菜辣飯。王八羔子遠遠見到我就發出應該是表示歡迎的嗚嗚聲；我打開塑膠袋，把帶去的食物倒在牠慣用的鋁盤裡，坐在椅子上看著牠吃。

過了十幾天，算算袁日生回來的日子差不多了，意外聽到一個消息，說袁日生的鐵皮屋要被拆掉，因為地主要平地蓋公寓，那鐵皮屋是違建。

聽到消息後隔一天是星期天，我下午專程去袁日生住處看是什麼狀況，果然見到有輛怪手停在那裡，有三個戴黃色安全帽的工人，站在鐵皮屋前指指點點。同時聽到狗叫聲——不是普通的叫，是狂吠。

我快步走到屋前，明白工人要拆鐵皮屋，王八羔子卻不許他們動手。三個工人有的拿木棍，有的拿鐵鍬，王八羔子在他們面前像個快速轉動的機器，來回奔走，露出白森森的牙齒，兩眼充滿殺氣。

工人用工具在牠面前揮舞，還有人撿起石頭砸牠；牠頭上身上都挨砸，卻沒有退卻的意思，依舊狂叫。

那個拿鐵鍬的火了，走前一步對準狗身一鍬打下去，王八羔子很機伶往旁一閃，鐵鍬沒打到狗，倒把一棵小樹打折了。

我看情形不妙，連忙陪笑臉站在工人面前說：「別打，別打，狗主人去大陸了，過幾天就會回來。」

「我們可不等，老闆說今天就要拆。」

「再等兩天吧。」

「不行！」

我一時拿不定主意，王八羔子在我身後還叫個不停。我轉過身去，彎下腰拍牠的頭，安撫牠情緒。但這狗好像連我都不認識了，要跟那三個工人拚命似的，竄來跑去，守著門，沒半點讓路的意思。

「不許叫，王八羔子！」

但我的命令無效，牠還是狂吠，叫得嘴角溢出白沫，眼珠出現紅絲。

天已經黑了，工人越來越不耐煩，王八羔子卻不因為人有什麼感覺而停止叫聲。有我在，工人總不能把牠打死。彼此僵持了十多分鐘，大概工人餓了，就有一個對我說：「那今天我們就不處理了！」

「明天呢？」我問。

「明天一定要處理的啦！你先生還是把狗帶走吧，不能因為狗影響工程。」

工人走了，確定人影消失，王八羔子才停止吠叫。牠叫累了，趴在地上喘氣，喘氣聲又像是嘆息聲；一聲接一聲。

我和狗也都還沒吃飯，心中忽生主意——不如就把王八羔子暫時帶回我家住，等袁日生回來再做處理。

我彎下身，貼著狗的耳朵輕聲細語地把我的打算說給牠聽，我不知道牠是否聽得懂，然後，我進屋去拿掛在床頭的狗鍊。再出來時，王八羔子忽然像彈簧似地站了起來，對著我叫，身體一邊往後退。

牠這個動作，顯然是拒絕拴狗鍊；而拴狗鍊就意味是要離開這裡，牠拒絕離開。

「王八羔子，你不跟我走，明天就可能被他們打死，你是去避難——避難，你懂不懂？」

說著，我雙手撐開鍊頭項圈，要把它套在狗頸上，王八羔子左閃右躲，我一不留神，牠衝到樹林裡去了。

樹林裡一片漆黑，牠又好像為了不讓我找到，居然不叫了。

「王八羔子，回來吧！你要聽話呀，你主人明天不回來，後天也該回家了。你今天還沒吃東西，你去我家，我弄好的給你吃。」

我幾乎懇求、哀求，但不論怎麼說，王八羔子就是不現身。

萬般無奈，我只好回家。

第二天是星期一，辦公室有許多工作，但心裡一直想著王八羔子，不知工人會怎麼對付牠？也想到袁日生，他今天應該回來了吧？他不是說常搬家嗎？他一定有辦法把狗和他的傢俬一起帶走。

終於到了下班時間，我沒有回家，直奔工地。感謝老天，鐵皮屋和王八羔子還在。

牠一貫姿勢下顎貼著地守在門口，見到我，搖搖尾巴，身體卻沒站起來。我蹲下，摸牠的頭，牠低嗚了兩聲，是唯一回應。

我走進屋裡，打算給牠弄些吃的，因為牠有兩天沒吃東西了。在冰箱裡找到半個肉罐頭，幾根小辣椒，米桶卻是空的，我把辣椒用刀搗碎，拌在肉裡。

把狗食拿到門口，王八羔子嗅了嗅，吃了。灰暗中有個工人走過來，他表示自己的身分是工頭。

「這隻狗我們趕了一天牠都不走，先生你來了正好，明天我們一定要整這塊地，狗就請你帶走吧！」

「我昨天就打算把牠帶走，可是牠不肯跟我。」

「那怎麼辦呢？」

「我不是請你們緩個一兩天嗎？等牠主人回來會處理的。」

「這不行！」工頭堅定地拒絕，似乎主意已定，不想再跟我糾纏，掉頭就走。走了幾步，又回身丟下一句話：「這隻狗一定不能在這裡！」

我和工頭說話時，王八羔子停止吃東西，空出嘴，不停地對他狂吠。

等工頭走遠，我又勸王八羔子去我家，然而和昨天一樣，牠一見到狗鍊就叫，我走近牠，牠又躲進樹林。

第二天，我向公司請假，九點多鐘就去工地。下了車門，就聽見裡面傳來狗叫聲。我跑進去，見鐵皮屋外停著一輛藍色的公務車，那裡站著一群人，戴著白帽，原來是市政府環保局捕野狗隊人員。他們拿著粗長的鐵棍，棍頭綁著圓形的鐵絲網，也有人拿木棒。

王八羔子守在門口，叫聲更悽厲。我站在人狗之間，不待我開口，捕狗隊員之一說：「你走開，不要妨礙公務！」

「你們要怎樣處置牠？」

「有人報案，我們要把牠捉走。」

「然後呢？」

「三天內，等主人來領。」

再然後，我知道，若主人沒來領，那就打針讓狗安樂死。我想，這或許是個辦法——三天，袁日生總該回來了！

「可是，請你們別傷到牠。」

捕狗隊共三人，各拿工具，成包圍的三角形向王八羔子走去。王八羔子不間斷地狂吠，身體快速竄行，堅守門口。拿鐵網的要網住牠，牠被鐵棍打到，但沒被網罩住，尖叫一聲的同時，迅速退到屋內。

捕狗者同時跟進，我要進去，被阻擋，只好引頸從門口向裡看。屋裡空間狹窄，狗被逼到一個角落。

眼看就要被捉住，牠忽然一溜煙似地鑽進床下。

四個床角各由兩排四塊紅磚架起，這個高度，人是鑽不進去的，何況床下一片漆黑。

王八羔子大概叫累了，也或許覺得找到了安全庇所，叫聲小了，聽起來像嗚咽。

然而，人畢竟比狗聰明，更何況這些人有著豐富的捕狗經驗。倒是王八羔子的機伶把他們激怒了，先是有一人趴下拿木棒在床下亂揮，狗大概被打中了，發出哀悽叫聲。

另有一個拿鐵棍的，到床的另一邊，把床拉開，露出縫隙，他半個頭伸進縫隙裡，單手握著鐵棍向下搗。

狗被打中了，發出痛苦的尖叫聲。隊員得了手，打得更起勁。同時對另一邊使木棒的說：

「牠去你那邊了，你用棒子打。」

一張床的空間，一邊有鐵棍，一邊有木棒，交互擊打，想像中，王八羔子在棍棒中穿梭，牠豈能躲得了。

「不能打啦！你們不能打啦！王八羔子，你出來吧！出來吧！」我在門外大叫，和守門的隊員推擠想要進去。

人的吆喝聲、棍棒打擊聲與狗的哀叫聲在那小小空間交錯著……突然，傳來一聲悽厲的慘叫，之後，狗聲停止了。

「把床掀起來，狗拖出來！」裡面的人說，門口的聞聲進去。

不久，有個隊員拖著鐵棍走出來，棍尖沾滿血跡；王八羔子整個身體蜷縮在網子裡，我湊近一看，牠——已經死了。

牠口吐白沫，全身是傷，處處見血，牠的眼睛還睜著，眼角有紅色的液體緩緩流下；是血或許還有淚。

捕狗隊的工務車，車體就是個大鐵籠，一般捕到野狗後，關進籠子送走。不過，他們捕到的一向都是活狗，王八羔子卻是條死狗。

王八羔子，牠不是野狗卻被捕；牠沒有經過打針被處死，是被人打死的。但——總是死在自己的屋子裡。

——原載二〇一二年五月《文訊》雜誌第三一九期

浴女圖

——田威寧

一九七九年生。政大中文碩士，碩士論文為《台灣張愛玲現象中文化場域的互動》。曾獲台灣文學獎、林語堂文學獎、懷恩文學獎、台北文學獎、教育部文藝創作獎……等文學獎。自二〇〇六年起在北一女中擔任國文教師。

前些日子和朋友聊到洗澡的癖好，從用不用沐浴巾到慣用哪種沐浴乳都鉅細靡遺地交換心得。朋友說：「泡澡最舒服了！你喜歡嗎？」我說：「喜歡，但更期待被刷背的感覺。」朋友又問：「你被人刷過背嗎？」我搖搖頭，之後，才意識到脫口而出那句話的意義——原來我一直記得那名女子，尤其是她刷背的姿態。

那女子渾身散發一種發自內心的百無聊賴，所有的表情都設定了觀賞對象為男人。儘管曾同住兩三年，但年久失修，她的臉漸漸成為霧後的輪廓；但記得她的妝非常厚，用色濃豔，不常出門，在家也戴著妝。回家時只要看到家裡的窗簾全放下，就知道她在家。我們不可任意拉開窗簾，否則她會邊倚著牆觀察對門是否有窺奇人士，邊破口大罵。她罵人時喉嚨會變緊，聲音飆高，眼睛突出，額側青筋暴露，像是《聊齋志異》中被道士揭穿身分時的女鬼。

我曾經懷疑為什麼父親會讓她住進來，那女人看起來不年輕了，但我知道她的心細如髮。嗜吃甜食的父親自小牙不好，她會把甘蔗切成小拇指般的小段，讓父親吃得優雅與從容；不吃冷菜的父親喜歡上館子，於是她下廚時便是一道一道地煮，一道道熱騰騰地端上桌。即便有醇酒與婦人等著，父親仍然不常回家。家中唯一不習慣的，其實也只有自以為從了良的女子。可惜父親從來不是個良人。

父親不愛回家，若在非常偶爾的時候回來了，愛乾淨的他總是先洗澡。每每洗到一半，浴室會突然開一道口，蒸騰的白霧與熱氣從中竄出，後頭是一線父親全裸的背影。之後，女人便會進去幫父親刷背，半裸著。大概是因為當年我只是個小學生，這一切都在我眼前發生，毫無遮掩，服務與被服務的人一點兒都不彆扭，反倒是我每次都藉故走開，並不忘在離開前以一種最漫不經心的姿態再多瞥一眼。

一個平凡的夏日夜晚，悶熱濕黏的空氣將人渥得昏昏，欲睡。正當意識漶漫之際，從浴室傳來一聲不尋常的聲響，我和姊姊趕緊衝過去。浴室的門半掩，白茫茫的霧氣蒸騰，蓮蓬頭垂掛在浴缸邊，沖著地板的白磁磚，以及繞著排水孔旋著的鮮紅水流。女人套著印著扶桑花的白浴衣，坐在滿水的浴缸裡，仰頭，側著臉，睨著我和姊姊。她垂在浴缸邊有道深口傷痕的左手，以及左手下方的地板上那支深藍色的刀片式刮鬍刀，讓我和姊姊瞬間睡意全消。我兩腳發軟，眼前突然一陣黑；在幾乎要暈過去的同時，依稀聽見那名淌著血的女子不疾不徐地發號施令：「別愣在那！快打電話叫爸爸回家！」

在那個行動電話俗稱黑金剛，一支重達幾公斤，且要價四五萬元的年代，父親就有一支。我顫抖地按下那串熟悉的數字，卻連續按錯，在千鈞一髮之際還打錯電話，讓我又氣又怕。父親的聲音終於出現的時候，我幾乎是聲淚俱下地說：「阿姨躺在浴缸裡……手上流好多血。阿姨叫我趕快打給你！」父親聽了，以一種我至今仍感訝異的鎮定語氣淡淡地說：「知道了。」不過父親沒有接著說他會趕回家，便逕自掛上了電話。

救護車的喔咿喔咿劃破了夜晚的寧靜，也拉開了家家戶戶的窗簾，亮起了公寓格子的燈。那晚，我和姊姊在人牆與七嘴八舌中進了救護車，苦著臉陪那女人到醫院，一路上擔憂極了，只要沒聽到擔架上的女人濁重的呼吸聲，便徨徨不安。阿姨的傷口縫了許多針，包紮好，也就回家了。當晚父親沒有回來，隔天與之後幾天也沒有。

放學回家，總看到鄰居們聚在對面的雜貨店，挑著眉瞪大著眼指著我家交流資訊。她們看到我經過時，總是有默契地停下話題，從頭到腳地打量著我，眼神貼在我的背上直到我拿出鑰匙轉進公寓的大門。我上樓後，也開始會主動檢查家裡的窗簾拉得是否夠嚴密。那段時間，我不知不覺地會貼著牆，從窗簾和窗子的空隙往下窺探。

父親終於出現時，房裡並沒有傳出劇烈的爭吵，而我又看到父親在浴室的背影了！女子半裸著，殷勤地拿沐浴巾搓揉出白棉花般的泡泡，以一種嫻熟的節奏感幫父親刷背。即便只是霧氣蒸騰中的背影，也透露出父親是正享受著的；若不是女子左腕的紗布和膠帶，我大概不會記得中間發生了什麼事。

之後，接連幾次，女子又在父親缺席的夜晚，和著浴衣，敧在浴缸裡淌血了。我不再為此全身顫抖，眼睛也不再噙著淚。看到女子腕上汩汩而出的殷紅時，彷彿見到許多紅緞帶披垂而下，在白磁磚上繪出一幅妖豔的畫。眼前的浴女呈現一種莊嚴的姿態，只要父親看到那幕，他必定會跪在浴缸邊泫然欲泣。依著浴女的指示，我打電話給父親：「阿姨在浴缸裡。她問你會回來嗎？」父親依舊是木木地說：「我知道了。」之後當然就沒下文了。

那些夜晚，我和姊姊都是在議論紛紛中一頭鑽入救護車。在疾馳的車上與高調的鳴笛中，我的臉一次比一次誇張地高高堆著難堪與不耐煩；那女子在擔架上始終睜著眼，不停地問：「你爸知道了嗎？他有說要回來嗎？」我不知該不該說實話，而她仍急切地問著、問著，話語懸浮在車廂沉悶的空氣中，沒人伸手抓住。在救護車的喔咿喔咿中，我想著這一切真是徒勞，我累壞了，有幾次竟靠著擔架睡著了。女人的表情看來既淒涼又堅強，令醫生反而擔心起她，皺著眉說：「希望這是我最後一次看到妳。」

其實也不過隔幾個月吧，換另一個女人住進來了。我一樣在浴室的一線空隙中看見父親全裸的背，新人身上是件酒紅色的新浴衣，也半裸著，然而刷背的節奏不甚流暢。蓮蓬頭下嘩啦啦一陣驟雨，一股熱氣傳來，在煙霧蒸騰中，不禁讓人想起那個總是貼著ＯＫ繃或紗布的左腕。

某次，無意間聽見那名嫻於刷背的女子在進酒家前是在當護士，那也是唯一一次聽到父親提起已成為過去式的人。父親把剛沏好的茶徐徐地遞給朋友，不帶任何表情地說：「所以她不會真傷到自己的。」

——原載二〇一二年五月十七日《聯合報》副刊

從後火車站出發的人生

——劉克襄

一九五七年生，台灣台中縣人。自然觀察解說員，從事自然觀察、歷史旅行與舊路探勘十餘年。曾獲《中國時報》新詩推薦獎、台灣詩獎、吳三連獎、台灣自然保育獎、金鼎獎等。曾擔任《台灣日報》、《中國時報》美洲版、《中國時報》等副刊編輯，自立報系藝文組主任、《中國時報》人間副刊的撰述委員及執行副主任。

至今出版詩集《巡山》、《革命青年：解嚴前的野狼之旅》等；長篇小說《野狗之丘》、《風鳥皮諾查》、《永遠的信天翁》等；散文《劉克襄精選集》、《失落的蔬果》、《11元的鐵道旅行》、《十五顆小行星》、《男人的菜市場》等二十餘部。

上個月，後火車站華陰街失火，有三人不幸命葬祝融。大火前一個小時，我才在附近的批發百貨店走逛，尋訪舊時的商家。此一大火，不禁觸發我憶起一些往事。

四五十年前，從中南部搭火車上來，準備在台北打拚的人，人生往往只有兩個出口。老家的成長環境，似乎便命定了，要從前站出來，或者從後站下車。從前站噴泉廣場出來的，泰半擁有高學歷，可能已在金融商圈、廣告媒體，或者公家機關等單位，謀得一職位。也有繼續求學者，繼續其寒窗苦讀的生涯。但多數人是從後火車站認識台北。他們國高中畢業，十七八歲出頭，甚至有小學才讀完的十二三歲童工，攜著簡單家當，盤纏有限，恐怕連回家的錢都不夠。這些不及弱冠的少年，站在後火車站前，舉目無親地張望時，迎接他們的是一群職業介紹所的男子。每個口氣都像軍隊裡的教育班長，香菸不離手，髒話不離口，老到地吆五喝六。

下港人憨厚者多，傻愣愣地，常受不了幾個謾言催喚，便懵懂地跟著人家，像待宰的雞鴨，被塞進小貨車。有的還因年紀太小，屬於違法打工，必須藏在卡車後的帆布篷裡，躲避警察的追查。他們驚懼而茫然，被載至初次聽說也初次抵達的三重、五股或中和。在這些衛星小鎮的鐵工廠、成衣廠，以及某種加工廠之類，開始從事最卑微、艱苦的勞動行業。或有不願屈就者，繼續窩在華陰街附近，找間便宜的木造小旅舍下榻，日日出來閒逛，等候待遇較好的工作。附近炒麵炒粉的小攤生意，順勢也特別興隆。

大抵說來那時工作機會多，只要肯拚，願意積蓄置產，離鄉二三十年後，他們還是能完成心目中的夢想。在遠離家園的北部，成家立業，進而掙得一屋居住。如今毋庸貸款，或者只剩下零頭輕鬆繳交。當年歌手林強著名的閩南語歌〈向前行〉，轟動街頭巷尾，大抵道盡了這種打拚的可能。小老百姓不懂大時代變遷，但很清楚，那時的環境或許艱苦，卻人人有希望。現在社會富裕，機會反而大減。在這一最需要廣大勞力的時期裡，下港人戮力參與台北盆地的經濟建設，共同打造了今日的台北模樣。從後火車站開始的人生，應該是不少中生代市民生命裡最精彩的篇章，回憶台北最重要的起點。

如今後火車站不見了，除了一個北淡線的懷舊廣場。一輛舊時列車擺置著，掛個不知所云的「第三月台」牌子，一切無從記憶。儘管周遭依舊，仍是五分埔的擴大版，各式各樣便宜的批發百貨，密集地堆擠於街坊騎樓。更遠，還有亮麗帷幕大樓的京站百貨，預示著未來的繁華，我還是若有所失。這場不幸的大火，似乎也點著了一個失落的艱辛歲月。那是夢想可以燃燒的年代。年輕人只要胼手胝足，可以放膽結婚，建立美好家庭，勇敢生子。油電再如何飆漲，靠著雙手打拚都能捱過。房價再如何翻揚，也可掙得一席之地。

我若是相關單位，大抵會從這個角度考量，從周遭老舊的街屋，尋得一個代表性樓宅，規劃這樣一個藍領階級的下港人博物館。把六七〇年代的生活風物悉心整理，做一有意義的展示。不僅向半世紀以來北上打拚的人致敬，還想知道什麼是夢想，到底建基在什麼樣的社會人情和義理中。在那夢想可以燃燒的年代。啊，你若是下港人，還記得當年北上，是從前站出來，或者在後站下車？

——原載二〇一二年五月二十二日《聯合報》「名人堂」

黑暗裡；一盞一盞的燈

——張　毅

一九五一年出生於台北。十九歲即為備受矚目的短篇小說家，其作品兩度評為年度小說。一九七四年世界新聞學院畢業，開始導演生涯。所執導的影片《我這樣過了一生》贏得金馬獎及亞太影展的最佳導演；《我的愛》則被美國紐約的《綜藝》雜誌年鑑選為台灣電影百年（一八九五——一九九五）十大傑出電影之一。一九八七年，創立了亞洲第一個琉璃藝術工作室「琉璃工房」，現任琉璃工房創意總監、執行長。

著有《源》、《不死的力量——張毅的琉璃文化》等。

「因為琉璃工房要求讀好多書；所以我要離職。」

聽說這是最近很多夥伴離職的理由，聽後，覺得啞口無言，在這崇尚自我的世代，到底還能說什麼？

小時候，家裡大人都說：好好唸書。

為什麼要好好唸書？還沒有說清楚，人就長大了，學校，好像就成了好好唸書的同義字。那麼，在學校裡好好唸書，好像也對「好好唸書」這件事，有了交代。

年紀大了，回頭想想，學校裡到底唸了些什麼書？回想得起來的，實在不多。

為什麼？自己年紀不到，聽不懂；其次，有能力說得明白；能說到每個人心裡去的老師，難遇。更要命的是，學校，至少在我的年代，是個以考試為目的的地方，上學，全是為了考試的手段而已；為了考試，書，全拆成了一題一題試題，沒有什麼和生命攸關的內容，也沒有人想知道你的疑惑。

學校為什麼不教「愛情」？

今天，回想起來；覺得學校為什麼不教「愛情」？

或者，教教大家「死亡」是怎麼一回事？如何面對死亡而不害怕？誰答的有條理，誰就可以及格，而不是努力地計算著：雞兔同籠，計算一百零八條腿，問有幾隻雞？幾隻兔子？畢竟，真實生活裡，雞和兔子很少關在一個籠子，但是，愛情，死亡種種，經常碰得上。

離開了學校，很多人理直氣壯地不讀書了。理由是：生活的現實壓力好大，而為了謀生活，工具書，成了唯一好像不得不讀的書，「如何在三十歲前成功」之類奇怪的書，堆滿了書店。

人生的路，每個人就兀自向前走。每個人自求多福。

生活一旦面對抉擇，心裡甚少可供參考的價值觀念，只有訴諸生存本能。活著，也真就只是活著。福氣很好的家庭，雖然有時候不見得有什麼明明白白的祖庭寶訓，但是輩輩「寬以待人，嚴以律己」之類的身教，足以讓後生晚輩耳濡目染些智慧，人間行走，不至於惹些驚世駭俗的事端。

然而，時代畢竟進展驚人，一個人要面對的適應問題，誇張一點說；簡直是光怪陸離。見過我的師祖輩的長者，即令今天，進了公共場所，見有人戴著帽子，必然克制不住地要上前怒訓之，要人家摘下帽子而後已。我們當然知道在餐廳戴帽子算什麼？還有人戴帽子主持節目呢！這是無關緊要的例子，死不了人。每個人都在每一天學習適應他不了解的情況，但是，嚴重的問題呢？

譬如：為什麼我不快樂？

二〇〇四年，台灣大學調查十八所小學二千零七十五名四年級學生，結果顯示近百分之二十的小學生產生過自殺的念頭。

我們看過多少身邊的人，因為管理不了情緒，付出扼腕的慘痛代價？莫說別人，每個人檢視自己回顧走過的路，都少不了怵目驚心的歷程。說日子是步步地雷，一不小心，隨時粉身碎骨，可能不是小太保的俏皮話。

自己跌跌撞撞地過日子，算自己活該罷了，然而，自己轉眼竟也為人父母，眼看小傢伙的書包，裡面的書顯然比雞兔同籠好不到哪裡去，上學面臨的升學壓力也未必改善，很想大聲問每一個人：

誰來帶領我們過日子？

我不願這時候說：請多讀書。

但是，回想自己一路走來的路，我覺得最難的是能夠自給自足的過日子，我說的當然不是物質生活，官能之欲，是一塊米糕，還是黑松露，都容易買單。真正難過的是一種「慎獨」，是問你獨自一人，無論日子如何變化；是不是仍然怡然自得？是不是仍然充實飽滿？是不是面對充滿了各式各樣的「聲音與憤怒」的外在世界；你仍然自有自己的定見？

請讀書，尤其是文學。

在時間的長河裡；一本一本文學，是一個一個多樣的生命的探索，這一個一個的探索，呈現了一種一種的生命面相，無論它呈現的是黑暗，是光明，我覺得給我們一種生命經驗的借鏡。

我在十三歲讀羅曼・羅蘭的《約翰・克利斯多夫》，我幾乎是不吃不睡地讀，完全一個小瘋子，因為我突然發現了它是一面鏡子，在鏡子裡的我是卑瑣到可憐。突然，我不太關心我是不是一定要有一雙當時流行的高跟的小太保馬靴。

當然，當你六十歲，回想起《約翰・克利斯多夫》，你完全是「山不是山，水不是水」的另一番心境。但是，我仍然由衷感激它在我慘綠的年代，給了我一個啟發性的視野和生命價值感。

那麼，做為琉璃工房夥伴，如果，我們真的相信琉璃工房永遠不斷創作有益人心的作品，我們不可能只要求「作品」有益人心，推廣作品的「人」，是不需要「有益人心」的，或者說推廣作品的「人」，只在琉璃工房的藝廊裡有益人心，回到家裡，面對父母、丈夫、子女，「有益人心」難道就像一個公事檔案夾一樣，是不「把公事帶回家」的？

我想我需要再把「有益人心」的觀念再澄清一次：

一九九六年，當我正式地強調「有益人心」的價值，是延續著工房創業的「誠意」的價值。在歷經一九九六年的種種挫折衝擊，琉璃工房仍然不強調「利潤」、「競爭」等等一般企業的核心目標，是因為我們更堅信我們要過我們自己選擇的生活。

那種生活，仍然充滿光明和黑暗，仍然有各種苦痛煎熬，和欲望的試探；種種疑惑，仍然沒有答案。然而，漫漫的黑暗裡，我們安靜地讀書，你終將發現那些圍繞著我們縈縈不去的悲痛、歡喜、貪婪、關愛，在無盡的過去，甚至未來，周而復始地發生著。這樣的分享著那些經驗，是生命最本質，最深邃的學習。

今年是托爾斯泰冥誕百年。如果有人對於時代混亂，對文學如果「邊緣化」悲觀，應該看看俄國如何冷落這個俄國的巨靈。如果有人對自己的人生伴侶頗有微辭；我想應該看看托爾斯泰和蘇菲亞夫人的生活。

一定要問為什麼讀書？

書，是黑暗裡，一盞一盞的燈。

——原載二〇一二年六月三日《人間福報》閱讀

本文收錄於二〇一二年十月出版《不死的力量——張毅的琉璃文化》（天下文化）

馬華文學無風帶

——黃錦樹

生於馬來西亞柔佛州居鑾，一九八六年留學台灣，國立清華大學文學博士。曾獲時報文學獎、馬來西亞《星洲日報》花蹤推薦獎等。自一九九六年迄今任教於國立暨南國際大學中文系，現為專任教授。

出版小說集《烏暗暝》、《刻北》等；論文集《馬華文學與中國性》、《謊言或真理的技藝》、《文與魂與體》；散文集《焚燒》。

物種類別以及與這些類別相聯繫的神話，也能用來組織空間的知識，於是分類系統被擴充到土地和地理的方面。……當圖騰名稱可適用於家畜時，它有時也超出了不只是社會學意義上的，同時也是生物學意義上的人類界限。——《野性的思維》

我手頭這本《野性的思維》扉頁有注明「一九九〇年三月五日台北」那些年書買不多，故還有閒情注日期。關於一九九〇，「治洪詩人」陳大為寫過一篇〈大馬旅台文學一九九〇〉（《台灣文學館通訊》33，二〇一一年十二月：四十～四十三），談「大馬青年社」，談他「前治洪期」的準備功夫（狂讀三百本台灣現代詩及散文），也連帶提到我們。文中四度提到我的名字（文章共四頁，剛好每頁提到一次），前兩次比較有意思，可以抄下來換幾個銅板：

「雖然我念的是中文系，但馬華文學在我的腦裡是不存在的，生平第一部馬華（純）文學作品集，是黃錦樹一九八八年十二月送我的《龍哭千里》，當時我根本弄不清楚溫瑞安和神州是什麼東西。」

「印象中除了黃錦樹，似乎沒有人閱讀或談論馬華文學。大陸新時期文學引進來的很有限，我們真正承接、吸收的是台灣現代文學。」

那是台灣政治解嚴的第二年。送書一事，我真的不記得了。大為晚我兩年來台，一九八八年十二月應該是他來台的第一個學期。他其實是局外人，不在我們的「故事」裡。

那些年，我在台北各家舊書攤，逐漸的把那「是什麼東西」的出版品幾乎搜齊了，且醞釀寫作那篇一九九一年宣讀、一九九二年刊於《大馬青年8》的神州論文。而那批書，多年前也借了人，在等待歸還中。

一九八九年，在台大學生期刊《新潮》48上發表〈夾縫中的小草——馬華文學的困境〉，談的是宛如處於赤道無風道、看不到前景的馬華文學。同年，和時唸台大醫的高中同學T等主編《大馬青年7》，該期也刊出我們旅台文學獎的得獎習作。組織鬆散、附屬於大馬旅台同學會的大馬青年社，在我們的年代，仍延續了前行代學長羅正文、陳亞才等對大馬國是及旅台人處境的關切。大概從我們接手開始，即有計畫的整理大馬青年在台灣的文學足跡。我在《大馬青年7》的〈編輯室報告〉裡即指出要做「旅台文學史料」的收集，因為「『旅台文學史』將會在『馬華文學史』中占有一個非常重要的位置，而沒有史料就無所謂歷史。」該期即做了不少資料彙集的工作，且範圍不限於文學。

一九八九年，大學四年級，其實深深受困於前途茫茫之感，不知何去何從。

那年四月，一行五人走訪隱居宜蘭羅東的小說家草原王子。其時他未婚，長得像秦祥林最俊俏的時候。訪談之餘，我們好奇的要求看看他的蟄居處。郊外稻田間的老舊農舍平房，昏暗潮溼，看來閒置已久。房角窗下一張墨色原木小書桌，桌上沒有書也沒有紙筆，收拾得乾乾淨淨。窗外即是稻田，秧苗翠綠，一方一方的，遠方雲氣蒸騰。屋內大紅眠牀，米白紋帳半掩。

離去時細雨霏霏，他好似有點憂傷有點憂鬱，陪著我們沿著濕滑的田壠小心翼翼的一步步向前走著。

多年以後方依稀知悉，那是他女友娘家的閒置老房子。大學畢業八年了，只想寫作、一直不想投入職場、剛完成兩部長篇小說的他，三十三歲了，人生面臨重大的抉擇。大概是交往多年的女友和他攤牌，拋下他遠赴異國旅行去了，舊的路已走到盡頭。難怪訪談中他會突然幽幽的說：「完成這兩部長篇，就算死也無憾了。」半真半假的說他喜歡日本文學、三島、芥川、川端，對櫻花美學甚有感觸似的，自語：「三十五歲是人生一大關口。」

原來他即將結束多年的單身隱居慢活生涯，生活的擔子將呼嘯而來。畢竟在這島上，要靠寫作維持一個家，是不可能的事。雖然他也說，「回到馬來西亞，可能我連一本書都完成不了。」

為了解星座詩社還訪問時在師大任教的T教授，看到許多連彼時的舊書攤都絕跡的星座詩刊，及他們出版的詩集。和學弟P共同整理了〈被遺忘的星座〉、〈專訪T教授〉身為留台第一代的詩人學者，T教授後來可是「治洪詩人」的恩師呢，對他有著深遠的影響。

那一九九〇呢？

延畢的一年。別無退路，只有考研究所。大部分中文系保守得發霉，歷史系也差不了多少。考慮過改唸政治學，經濟學，人類學，到處去聽課。常借機車到政大，台大法學院旁聽，均無疾而終。唯一的收穫是，對其他人文學科的知識不致太陌生。

經濟陷入困境，在台中幹苦差事的小哥哥不定期少量接濟。亂投稿賺點生活費。寒暑假到台中打工，砍草挖泥種花植樹。一度借住大坑山區一處破洋樓，或者國光路旁中興大學的老舊宿舍（老教授過世後子女移民美國，占而不用，需人管理）。

小哥人緣好，是個陽光男孩，深受老教授的喜愛，總是借得到地方住。而今他可是馬六甲的龍珠果大亨呢。

那年發表了簡略的〈「旅台特區」的意義探究〉（《大馬青年8》）、〈「馬華文學」全稱之商榷〉（《新潮》49），前者是「旅台文學史」的一個嘗試，而後者則是「重寫馬華文學史」的一個試探了。大概也都是前一年在大坑山區洋樓附近一處工寮寫的。那地方傍晚時蚊子像蜜蜂那樣大隻，被咬幾口你就只好貧血了。工寮附近有座小樹林，裡頭也有間小工寮。有一條水流清澈的小溪。

有一回散步，碰見一位鼠鹿般驚惶的女子，看來曾經慧黠秀麗。小哥說，聽說她自從一次聯考考壞之後就不知道自己是誰了。但看來比較像是毀於一場曾經異常狂熱的戀情，偶爾理智清明的時刻還會默默心痛流淚的吧。

我想，她在為自己的愛情守喪，以失去自己為代價，守護著愛情的灰燼、餘溫。她的頭髮並沒有明顯的散亂，衣服看起來也乾淨，顯然還沒有全然的自暴自棄。神態像七等生小說裡的人物，一個隱遁者，或許也是個窺視者。

故事中的英雄很窮，他唯一的財產是一粒麥子，他用欺詐的手段以那粒麥子換到一隻公雞，再換到一頭豬，然後是一條牛，後來又換到一具死屍。最後他用那具死屍換到一位活公主。——《憂鬱的熱帶》

一九九〇上半年尤其有急迫性，六月就要畢業，沒考上研究所的話，只好回鄉教書或割膠了。女友說：「教書？你這種爛脾氣！」所以後者的可能大些。「唸完大學回鄉割膠？你媽受得了？你爸受得了？你那些哥哥姐姐——」

三月買的《野性的思維》，有心情看嗎？四月或五月就要考研究所了。

三年後寫碩論時，指導教授放牛吃草，這本書倒幫上大忙。

一九九〇年一月十六日，比《野性的思維》早了一個半月，買了手邊這本聯經版《憂鬱的熱帶》。這部「散文傑作」迄今仍是我最喜歡的書之一。

但注記說是送給那時的女友現在的妻的，寫著她的名字。

時在秋冬之交。寒假時許是大致讀了一遍罷。

兩本書均初版於一九八九年五月。訂價加起來共七百元。即使打八折，也要占去好多餐的錢。

《憂鬱的熱帶》扉頁另有鉛筆註記：「九十九年十一月二十日重讀畢（包括九年前跳過去的章節）於龍潭。」那是九二一地震那年了，時任校長的勵志作家李博士（「李跑跑」？）英明果斷的帶領全校師生北上落跑，借台大舊教室上課，意圖博取社會同情。

在友人協助下，有幸借住於龍潭大說謊家的隔壁；一間荒廢的、沒有傢俱的小房子，睡在塑膠墊板上。那年冬天非常冷，而龍潭風又急又緊。每每一張口，風就灌進肺裡去了，涼到心底。

兩棟房子間砌了座及頸的矮牆，因而常看到他在前方院子裡抽菸，會寒暄式的隔牆聊上幾句。

比我長十歲的小說家新婚不久，長子還在地上爬。而我兒子一歲多了，每回大搖大擺在他家地板上前前後後來回兜圈子踱步，他看了露出無限羨慕的表情：「他媽的，這小子踱得像個小王子似的。」

而之前一年，我刀光劍影的論文方讓如日中天的他勃然大怒。

他且愛炫耀讀了多少公斤的書。愛以斤論者，大概會喜歡精裝百科全書，甚於薄薄的詩集吧。

有時天初黑，會看到袁哲生夫婦到隔壁探訪他們以師禮事之的前輩作家。

我們會遙遙揮個手，多年前還一起修過課呢。

駱肥一家也會不定期的來看他們的老師，歡歡喜喜的，天南地北的聊。那小房子裡日照佳、空氣流通，很容易讓人放鬆下來。後院的姑婆芋長得像雨林裡的魔芋，盾狀大葉子幾片就把空間給塞滿了。

頗宜於隱居讀書寫作，未來也會是座雅致的紀念館吧。

那麼重的《憂鬱的熱帶》，幹嘛辛苦帶著？唯一的解釋是：不知道會遇到地震，開了哪門愚蠢的課指定閱讀這本書。

那年多次無照駕駛破車走高速公路飛奔往返埔里租居處取書。

我們漸漸接近赤道無風帶，以前的航海者極度恐懼的赤道無風帶。在這片海域內，兩個半球特有的風都吹不到，所有的帆下垂好幾個星期之久，沒有一絲風吹動它們。空氣停滯，使人覺得是被關閉在一個封閉的空間裡面，而非置身大海；深色的雲朵，沒有風去擾亂其平衡，只受到地心引力的影響，慢慢的解體往海上掉落。——《憂鬱的熱帶》

四年，春，齊侯以諸侯之師侵蔡。蔡潰，遂伐楚。楚子使與師言曰：「君處北海，寡人處南海，唯風馬牛不相及也。不虞君之涉吾地也。」——《左傳》僖公四年。

大學那幾年，確實如身處憂鬱的熱帶。

台大附近在蓋捷運，工廠似的喧鬧，到處在挖洞。

一長列的鐵皮牆擋盡了風，天天沙塵漫天。

尤其是夏天，懊熱難耐。每片樹葉都不動。

無風。

大部分老師顯得疲乏而冷漠，在他們眼中，我們都是一些廢材朽木吧。

同學疏離，台大呢，每個人高中時都是班上的尖子，誰也瞧不起誰。

全班第一名的女生巧笑倩兮，唇紅齒白，衣著總是得體合宜，像個小公主似的。她總是直挺挺的坐在第一排，專心的抄筆記，時不時與老師含笑對視，乖巧的點點頭。

僑生總是被認定是來占本地生位子、來搶資源的，且課業往往墊底。

唸錯音，寫錯字了都不自知。講話怪腔怪調。

衣衫襤褸。髒兮兮的，像剛從臭水溝爬上來。（有史瑞克的味道）

那且是學運世代最壯麗的年代。

一九九〇年三月，野百合運動，六千學生集結中正紀念堂，靜坐，提出「『解散國民大會』、『廢除臨時條款』、『召開國是會議』、以及……」次年，李登輝政府廢除《動員戡亂時期臨時條款》，並結束「萬年國會」的運作，……民國——台灣一轉而為台灣——民國。僑教政策，那不正是萬年國會的轉喻嗎？

沒著襪子，腳套破布鞋；褪色上衣，短褲，鬍子雜亂，臉上青春痘東西南北長。

或上課吃早餐被山東老太太痛斥。

《左傳》課，她老人家靜靜的發考卷，直至最後，突然尖叫道：「黃××你寫那些是什麼字都寫成一團下回再這樣就把你當掉！！」

或姍姍來遲。唸著楊牧或余光中的句子，突然停下來，臉長長的現代散文老師高聲叫道：「×××你不要每次遲到了還大搖大擺走進來。」其實我是「躡手躡腳」的從後門溜進去，期末成績六十八分。坦白說，他的散文課講解得還滿用心的。

上課不專心，老師一轉身就翻過窗出去踢足球找女友或猛灌冷水或到對街書店翻書吹冷氣。

那時那裡還沒有誠品，只有聯經和遠景門市。前者也就是那兩部書的出版處。

那些幾年反僑生、反僑教是社會運動的重要訴求之一。一股民族主義的大洪水席捲而來，「外省人」被發明。

而這一切何其熟悉。

本省人在自我土著化。

僑生，準外省人，比外省人更外部更非本土的存在。民國的毒瘤之一。「沒納稅、沒服役、享用國家教育資源、搶奪就業機會……」立委大人說。

知道不受歡迎，正當性被質疑，我們也在《大馬青年8》裡做了個「僑教專輯」，撰文針對箇中諸多弊端，做了深切而悲傷的自我反省。

到那裡都不受歡迎。

看不到路在哪裡。

魯迅的那句膾炙人口的話其實太輕巧了。

很多沒人走的路都是獸徑，亂草間縱使沒有老虎也會有捕獸夾。

不是傷了心，就是傷了腳。

我想我不是台大中文系的理想學生，一如不是某些書的理想讀者。

格格不入。但似乎也只能那樣。

所以幾年前台大中文系為「我的大學夢」徵文，我只能回以：「仔細想想，我大學時確實無夢。」

日頭雨，玻璃山

野半島，烏暗暝。

馬緯度，赤天謠
馬華文學……
無風帶？

——原載二〇一二年六月六日《聯合報》副刊

夜躑躅

——王盛弘

一九七〇年生，台灣彰化人。寫散文、編報紙，市井裡生活。曾獲金鼎獎、時報文學獎、林榮三文學獎、台北文學寫作年金、梁實秋文學獎等。

著有《十三座城市》、《關鍵字：台北》、《慢慢走》、《一隻男人》、《桃花盛開》等散文集。

淡淡的三月天，杜鵑花開在新公園。

新公園如今已經不叫新公園，一九九六年它改名為二二八紀念公園，紀念館偏安東南一隅，獨有一勺靜美，紀念碑則矗立公園正中央，像攘臂呼一個口號，多少驚動了抒情的氛圍。杜鵑花散布公園各個角落，平日裡隱姓埋名，一俟三月紛紛現身；自西徂東，衡陽路出入口橫貫公園至常德街這段步道最見繁盛，遠遠望去，修剪得團團簇簇的灌木叢上像披掛了一床又一床白的粉的紅的花被單，依這態勢，若在野地裡任它野生野長，肯定鋪天蓋地，莫怪乎杜鵑花有「映山紅」的別稱。

「躑躅」是杜鵑的另一個名字，日本用的就是這個古漢名，山躑躅、岩躑躅、蓮華躑躅、皐月躑躅……品類繁多；「羊躑躅」一名則專指黃花杜鵑，有大毒，羊食其葉，躑躅而亡。

剛來的這個春天延續剛走的那個冬天，冷雨尖酸冷風刻薄，晴日只是點綴；我在晴日淡淡三月天來到新公園，遠眺活像喜氣洋洋花被單的杜鵑花叢，湊近端詳，才發現盛放的花朵全讓風雨摧折了，破碎，殘敗，傷痕累累，一朵朵一片片沾黏在枝枝葉葉上，一路看去讓人好捨不得，又好像不小心目睹旁人的難堪，當事者不一定以為意，我自己反倒尷尬了起來。

唉，如果有夜的掩護就好了，一如那些年我所穿梭過的那些杜鵑花叢。

那些年，我好像患上了一種好想談戀愛的傳染病，尤其好發於假日前夕晚飯過後八九點鐘，心中有止不住的騷動，也許約三兩朋友，絕多數時候就單槍匹馬前往公司。

迎著博物館直走館前路，經過左右兩隻銅臥牛，黑黝黝樹蔭底有一盞盞幽微燭火像漂浮於黑暗大海之上；每盞火光後，各有一名算命師坐在板凳上，燭映出他們不動聲色的五官。越過算命師，不管自左方或右方旋轉門入園，穿來繞去，最終總是抵達春秋閣前蓮花池畔。立於池畔水泥護欄旁，自幾步台階高俯視，一隻又一隻男人站在一蓬蓬蔭影底，等著另一隻男人來解除他們被變身為樹的咒語；間或繞著水池一遍又一遍，宛如籠鼠永不知休地跑著轉輪；或是走下台階，成為花間樹叢裡人影子中的一隻。

常有機會與陌生人聊上幾句。在真正聊上幾句之前，全靠眼神的試探、接收與對焦，一個微笑的示好。請問現在幾點鐘？可以跟你借個火嗎？你在等朋友？有看對眼的人嗎？總從一個老掉牙的問句開始，接下來是迎是拒很快就真相大白了。

在隱藏了用以標誌身分的資訊，套進暱稱的軀殼好像更能夠暢所欲言，那些無人可以傾訴、旁人難以理解的情感情緒，全都因為「我知道你懂的」而傾瀉而出。老的小的都把自己打點得體彷彿正逢花季，但一開口便有掩不住的滄桑，破碎，殘敗，傷痕累累。滄桑的人卻更懂得自嘲。自嘲是煎熬的水藥吞下肚後給一片山楂糖含在舌間。多少年後回想，某些故事的殘山剩水像映在夜行列車窗玻璃上的影像，那樣以重點提示整體——

一名開朗少年說，期末考時接到通知，他的父親在獄中過世了；他回家奔喪，提醒自己應該掉幾滴眼淚以示盡人子義務，但當他看著那個男人的遺體，試了很久都無法如願。我盡力了他說。

一名斯文上班族說，當他因為失愛的痛苦而寫下遺書，打算自頂樓躍下，誰知一開風屋木門，卻有兩條大狗對他暴怒狂吠，頓時他明白了什麼。他說，我終於懂得了為什麼地獄的大門有兩條惡犬守著，牠們在告訴我，我還怕痛、我還怕身體受傷害，那才是我內心底對生命最真實的感受。

一名清秀男孩說，曾經他以為性可以換來愛，所以他們要他就給，他們卻像衛生紙那樣要完了就丟。你要一張用過的衛生紙嗎？促狹的笑容裡似有一絲淒楚，他自嘲說，我知道你不會要我的……

也許就是人的故事，而不一定關乎性別與性向，說故事的人的臉孔已在時間風沙裡磨損至模糊難辨，但聲音還記得，故事還記得。

也有些夜晚百無聊賴，眼神與眼神互相閃躲，熱與熱無法交感。且自得其樂。我想像自己是一名園丁——那時候剛退伍，在軍中我負責的就是園丁的工作——照顧這座熱帶花園——為園子裡的花木晚點名：

直插天際與月亮比高、又細又瘦怕風將它攔腰吹折了的是椰子樹，散漫無章一頭蓬鬆亂髮的是蒲葵，樹冠廣袤的是茄苳，深刻的樹幹紋路裡埋著一張好老好老的臉孔，每有新進園的同路人，便現身領他走一段路。三月開的是杜鵑，六月開的是阿勃勒，十月輪到白千層，苦楝、羊蹄甲、水皮黃也會開花你注意過嗎？扁櫻桃樹下有人問我你還要在這裡繼續站下去嗎，龍柏群樹暗影裡有影子啣著另一隻影子團團轉，九重葛棚架底浮滑少年打打鬧鬧囂聲攘攘。蓮霧樹結的果子叫蓮霧，楊桃樹結的果子叫楊桃，最後的兒子和最後的兒子結的？不了，不結了。

一路算數過去，雀榕、楓香、蘇鐵、菩提、尤加利，還有榕樹、榕樹與榕樹……

人們像風像雨來來去去，這些花樹全都看在眼裡。我想，公園裡我們的命運，沒有誰比這些花樹更了然於心的了。它們與夜聯手，給人以隱蔽；沒有葉與夜，不會有這麼多同路人往這裡投奔。

當午夜奔臨，傳來廣播，「各位遊客，本園即將關閉，請各位遊客提早離園，離去前不要忘記隨身攜帶的物品」，一時人群自各個角落往出口湧流，人行道上摩托車、私家車噗噗啟動，也有些人朝常德街走去，繼續他們的下半夜。

常德街在同路人口中叫「黑街」，「公司」則是新公園的暱稱。

新公園原名台北新公園，一八九九年著手起建，博物館、露天音樂台、日式池泉庭園造景，以及園區木樹皆大備於日治時期，博物館還曾經是台北最高建築。做為官方政績展示場的新公園，周遭陸續建有銀行、總督府、司法院等經濟、政治、司法最高權力中心，以及醫院。國民政府來台後，則在東側運動場原址砌起一閣四亭，春秋閣立於蓮花池正中央；雖稱蓮花池，但在我初履斯地的上世紀九〇年代，已經一枝蓮花也無，汙濁池水裡又肥又壯的錦鯉浮浮沉沉，我盯著牠們慢緩緩的行動，總覺得牠們比人們靜定許多。

據推測，一九四九年國民政府來台前已有男同志在新公園出入，但遲至一九九七解嚴十年過去，那個夏天一個凌晨，十餘名警察在黑街以莫須有的名義強行將四、五十名男同志帶回警局盤查、登錄。我並不在這群人裡頭，但常德街事件過後一段時間，夜的新公園人心惶惑，杯弓蛇影，一名前輩出言警告，「大家都在同一條船上，你們這些小gay若還只是自顧自的，以後怎麼死的都不知道。」

新世紀，二〇〇三年十一月一日，首屆同志遊行就是由新公園這座同志堡壘踏出第一步，近兩千人走衡陽路抵西門町紅樓。隊伍裡一張花被單，近看是一床百衲被，一針一線縫縫綴綴，各有各的巧趣與心意；遠遠望去，繁華多元，生命力蓬勃。那個下午，我也在人群之中，陽光豔烈，晒得臉頰紅通通，也或許是因為興奮莫名的緣故；往往夜裡才會碰面的同路人相互解嘲：從來沒把彼此看得這樣清楚。我們不僅要看清楚彼此，也要讓人們看清楚「活生生」的同志並不是百鬼夜行，也沒有三頭六臂，就是他們的朋友，他們的鄰居，他們的同事，他們的顧客，他們的，兒子。

這些年現身出櫃、走上街頭，儘管不畏懼日光與目光，但是夜的溫柔夜的包容，仍是我的居心地。下班後在火車站轉車，偶爾興起我會踅到新公園晃悠；才幾年，公園樣貌已有很大的改變，先是捷運台大醫院站沿公園路設了兩個出入口，燈火大亮，緊接著拆去圍牆，失去了遮蔽性，過去主要流連於紀念碑以北，春秋閣蓮花池畔、九重葛棚架周遭、TAIPEI綠雕後方群樹的人們，一時都往紀念碑以南，以迄凱達格蘭大道這一端徘徊。那裡高高立著一尊小小的邱比特，誰來到這裡都希望中祂一支金箭吧。

找個不顯眼的地方坐下，看著眼前人來人往，我既身在其中，又置身度外。有時發現愁苦的面龐，好捨不得，便渴望自己有能力伸一把援手，好像把手伸向過去那個自己的愁苦。然而，人生這條路誰能夠代勞呢？痛苦和快樂等值，一樁樁一件件鋪陳成人生的道路。

網路時代以降，新公園已不再是結識同路人的主要管道；智慧型手機崛起，更是不管走到哪裡，手機攤在掌心、桌面，按鍵、點撥、滑動，忽地螢幕上按距離序列，幾十上百個同路人的頭像羅列，雲端型錄一般。新公園在同志圈的地位雖無法被取代，卻不能不說已不在鼎盛期。

自從圍牆拆去，如果你打算竟夜新公園裡躑躅，再也不會有人趕你；但是，但是青春已不站在我這邊，我再沒有大把的時間可以虛擲了。

——原載二〇一二年六月十一日《自由時報》副刊

做一位「內外」兼顧的知識人——清華大學畢業典禮致詞

——高希均

一九三六年生於南京。先後在台北商職與台灣省立農學院農業經濟學系畢業，並獲兩校傑出校友獎。曾獲頒美國威斯康辛大學經濟系榮譽教授，並任教於該校（河城校區）經濟系、台灣大學講座教授、海基會董事、國統會研究委員。一九八〇年代在台灣發起創辦《天下雜誌》、《遠見雜誌》與天下文化出版公司，二〇〇二年又創辦「小天下」少兒讀物，同年獲行政院新聞局金鼎獎特別貢獻獎。現為行政院顧問、監察院諮詢委員、財團法人遠見．天下文化教育基金會董事長、《哈佛商業評論》全球繁體中文版發行人。

中文著作在台北出版的有二十餘種，在大陸出版的有七種。

一九五四年（五十八年前）我參加大學聯招時，台灣祇有一所大學，三所學院。新竹清大在我讀大三的時候創辦，避掉了「我沒考上」清大的失望。

今天首先要向一千四百二十六位清大同學取得學士學位，表達道賀。當你們獲得了一所卓越大學的文憑，你已經比大多數的年輕人領先出發了。以後的路程，以後的速度，就要靠你們自己的選擇。

我一生的工作，就是讀書、教書、寫書。每當有機會要和畢業同學講話時，我當然會先做一些功課。美國媒體告訴我：近年來有二篇「畢業致詞」被認為是特別傑出的。

一篇是賈伯斯在二〇〇六年史丹佛大學講話。結尾中的二句話大家一定很熟悉。Stay hungry（求知若渴），Stay foolish（虛心若愚）。

另一篇是哈利波特作者羅琳（J. K. Rowling）女士在二〇〇八年六月的哈佛演講，她細述「失敗」帶來的好處以及「想像力」的重要。

擔任畢業典禮講話的人，深怕講錯了話，會影響年輕學子的一生。羅琳女士坦率地承認：「不要擔心，我根本記不得我畢業典禮中致詞者講的任何一句話！」

這給我很大的勇氣，向大家繼續講下去。

一、三種可能的答覆

今天的題目是「內外兼顧的知識人」。如果要問聰敏的清大同學，「內外兼顧」是指什麼？我想可能會有三種有趣的答覆：

(1)「內外」兼顧是指：內心思維要與外在世界和諧相處。

(2)「內」是指家庭美滿；「外」是指事業有成，二者要同時並進。

(3)「內」是指對本國的事很關心，所謂本土化、在地化；「外」是對外國的事很注意，所謂全球化、國際化；也就是本土與國際連接。

這三個解釋都很合情合理，但因為我的題目是指「內外兼顧」的「知識人」，我所要講的是：我希望清大畢業生都能夠做到：

(1)專業內要「內」行

(2)專業外不「外」行

我就是希望每位清大人是兼具專業與通識的知識人。也就是陳校長勉勵大家要「具備科學與人文素養的清華人」。這樣的勉勵也早融入你們在清華四年的教育規劃中，如跨領域學程、通識課程、不分系雙專長計畫、國際志工、國際交流學習等。半世紀前我們讀書時的大學課程，全是狹義的專業科程，畢業後就變成了通識的文盲。

自己最痛苦的發現是在美國讀了五年書，二十八歲去威斯康辛大學教書，從經濟系的助理教授開始，那是一九六四年。每到星期天打開二百多頁的「紐約時報的星期天」版，就會發現其中一半的題材是看不懂的，如科學、宗教、藝術、音樂、建築等等。

在「咖啡時間」（Coffee break）聽美國同事們談到他們觀賞過的歌劇、畫展、球賽，以及注視的國會立法及社區發展等時，就像啞巴一般無從加入。我就強烈地體會到：僅有一些專業領域的知識是不夠的，自己必須要把知識領域擴大。

在相識的美國同事中，很快發現，除了專業知識，他們都喜愛音樂、體育、藝術、歷史、文學、宗教，這即是我日後嚮往的所謂「文藝復興之人」（Man of Renaissance）。他們的淵博提醒自己專業外的不足。這即是為什麼我認為通識教育的重要，一定要讓在美國出生的兩個孩子在大學接受完整的Liberal Arts課程；這也是為什麼我要向大家鼓吹：專業內要內行，專業外不外行。

二、圓滿的人生

與年輕朋友交談，我常向他們提醒，不要羨慕那些大官、巨商、新貴；而是要學習那些專業以外也不外行的人！學習他們在專業中，可以沉醉其中；學習他們在專業外，也享有人文情趣。

對專業以外的人與事，對專業以外的知識與環境沒有時間及興趣去了解，就會變成專業外的孤獨，甚至變成專業外的「文盲」。

一九八〇年代的美國社會曾流行過「功能性文盲」（functional illiterate）一詞，它是泛指那些缺乏處理生活及周邊環境能力的人：如不會讀傢俱組裝的說明書，不能修理家中水電的細微故障，不會填報所得稅。把西方社會這種「實用性」的定義用到台灣，我就擔心愈會用筆考試的年輕學生，愈不會用手來處理生活上的問題，愈少有心來關心自己以外的世界。

要判斷一個人的一生成就，只要認真觀察他自身是否擁有較高的學習意願、較強的反省能力、較大的包容態度、較深厚的專業知識，以及持久的閱讀習慣。

一個沒有學習能力的個人，他（她）的知識水準就會停留在二十歲左右的大學時代，他（她）的心智成熟也就停留在青少年時期，這將是一個多麼殘缺的人生！

人的一生就是在尋找各種因素的平衡：家庭與工作，所得與休閒，儲蓄與消費，小我與大我。要做一個內外兼顧的人，我想七成或八成時間用於「專業」，二成到三成時間用在吸取「專業外」的知識；否則，就容易變成「太多專業，太少人味」。

一個圓滿的人生是指：專業領域內是內行，專業以外也不外行。

三、面對「資訊超載」的叮嚀

——用「注意力」（Attention Economy）克服

現在年輕一代最使自己困惑的一個問題大概是資訊太多，時間太少，即所謂Information overload（資訊超載）。要減少這種困惑，二位美國管理專家（T. H. Davenport，J. C. Beck）十年前提出了一個很實用的觀念：就要善用「注意力」，克服資訊超載的焦慮，「注意力經濟」（Attention Economy）一詞也就應運而生。

「注意力」的定義就是把精神集中，投注在特定資訊的項目上。這些項目進入我們「意識」，經過篩選，然後決定是否採取行動。「意識」是靶，「注意力」是靶心。

- 「注意力」的最重要功能不是在收納資訊，而是剔除資訊。
- 得來容易的資訊不容易引起注意；自己花時間與金錢取得的資訊，才會受到重視。
- 「資訊疲倦症候群」的症狀就是煩躁、易怒、胃痛、失眠、倦怠。
- 諾貝爾經濟獎得主賽蒙（Herbert Simon）說得對：「資訊消耗了接受者的注意力，因此資訊過多就產生了注意力匱乏。」當大家忙於四處收到的電子郵件，就少有時間專心在思考與反省。

●注意力有報酬遞增傾向，不能濫用注意力。

由於經濟學的基本思考就是環繞在優先次序、機會成本、比較利益、最有利選擇等法則上，自己也就不自覺地歸納出要如何善用「注意力」的六個要點：

(1)自己既然不可能讀遍一個領域中相關的書，就祇能把自己的注意力集中在「一流書」上。

(2)不需要把自己當成「消息最靈通的人」，做資訊的奴隸，但要做善用資訊的人。

(3)善用「注意力」，「捨」才會「得」，就是善於掌握「優先次序」——分清哪些是重要及不重要。

(4)注意力難以聚焦的最大敵人，就是不肯說「不」。做人面面俱到，做事拖拖拉拉，講話拖泥帶水，決策左顧右盼，這就會產生「注意力匱乏症」。

(5)獲取資訊的原則：不在量，而在質；不在快速，而在精確；不在免費提供，而在是否實用。

(6)喪失注意力的人，等於喪失了自我；集中注意力的人，才能孕育創新；善用注意力的人，才能發揮生命力。

各位優秀的清華畢業生，當你們戴上了「注意力」的鏡片來看周邊一切，忽然一切都變得比以前清晰，它使你清楚地掌握優先次序，分辨那些該做，那些該放棄，那些該堅持。

這樣你才會有時間，有心情，優雅地做一位「內外兼顧」的人。

四、受人尊敬的沈教授

在台灣社會中，我尊敬那些在專業領域中表現出色的人，也嚮往一些在他們專業領域以外，表現得博學多才，擁有人文素養的人，清華前校長（一九九四——一九九七）沈君山教授，就是這樣傑出的一位。

我與沈教授相識四十多年，可惜近五年來他一直在清華校園的住宅中沉睡未醒，令所有認識他的海內外朋友心痛與懷念。剛才我和黃秉乾院士一起去看了他，輕輕地告訴他：「等一下我會對你最掛念的清華同學講話。」

沈教授一生瀟灑，自在地出入於科學與人文之間、學府與廟堂之間、台灣與大陸之間、本土與國際之間、愛情與友情之間。

沈教授最大的財富不是他擁有財富，而是他擁有專業與通識以及深厚的中華情懷。這真是清華同學值得向這位老校長學習的榜樣。

——原載二〇一二年六月十八日《聯合報》副刊

無名浴伴

——景　翔

本名華景疆。一九四一年生，祖籍浙江省紹興縣。台北工專三年制土木科畢業。退伍後在電腦界服務九年，入《中國時報》，歷任副刊編輯，編譯，《時報周刊》副總編輯，總編輯。中時藝文組主任，社會服務部副總經理等職。為資深影評人，曾任四屆金馬獎評審。從事翻譯工作五十年。

成書近百本，類別繁多，代表作有《中性》、《他們》、《猶大之窗》、《瘋子》、《教授》、《大字典》、《午夜牛郎》、《惡搞研習營》、《順水而下》、《骸骨與沉默》、《毛巾頭》、《布朗神父探案》全集等。著有《長夜之旅》。

這則小小的插話和寫詩無關，卻的確發生在那段日子裡。以現代同志的眼光看來，也許會覺得匪夷所思，甚至荒謬得難以相信。但在那無知、無膽、無經驗的「三無狀態」下，只更讓人有無力和無奈的感覺。

我的宿舍在小軍區裡，和一位以軍為家的退伍編譯官陳老先生同住。房間很小，兩張單人床，中間夾著一張小書桌。是兩人共用的，所以我常到辦公室去寫稿，而沒有怎麼陪陳老先生聊天。這樣一個如英國俗語說的「連耍貓的地方都沒有」的狹小空間，當然不可能附有衛浴設備，必須到外面使用公用的廁所和浴室。

據說海軍的階級分得特別清楚，士官和軍官各有專用浴室，士官浴室裡是一個大水池，洗澡的人圍在外面舀水來洗：軍官浴室則是一個大房間裡沿牆裝了一排蓮蓬頭，兩兩之間沒有隔板，甚至連布簾也沒有。但是在這樣一個春光無限好的地方，反而不能東張西望，不過洗澡的時候也不見得一定面壁之外只能眼觀鼻、鼻觀心，眼角餘光還是看得見左右鄰近的人。

不知道什麼時候開始，我覺得在我左邊的人常常換動，右邊卻似乎一直是一個熟悉的身影。這種事一旦注意到了，就會留心。經過好幾天，證實了的確如此。

每次我開始洗澡一兩分鐘後，他就會進來站在我右側。和當時偏瘦的我比起來，他的身材要壯碩得多，也許是因為年輕的緣故，有時會有生理反應，則每每讓我想起「偉岸」這個很少用到的形容詞來。

他為什麼會固定站在我身邊？當然可能是習慣於用那個蓮蓬頭，就像我習慣於用我的這個蓮蓬頭一樣。但我還是有些別的想法，因此在一天人比較少的時候，我刻意地向左移了三個位子。

開始洗澡沒多久，他就進來了，一直走到我旁邊。

所以他是習慣於站在我右側？

我當然對他很好奇：他也和我一樣是預官嗎？還是軍校畢業的正期生？官階是什麼？在哪個單位？叫什麼名字？

我還沒見過他的長相呢。

更重要的是：我怎麼才能認得他？

我想了很多不同的情況和開場的話，但從未和陌生人主動搭訕過的這件事，卻讓我始終跨不出那一步。

時序入冬，即使是在南部，天氣也相當冷，軍官浴室每隔一天供應熱水。可是我是個每天一定要洗澡的人，因此每兩天得忍受一回寒天沖冷水的刺激。像我這樣的人不多，有時甚至只有我一個人。但不久以後，那位浴伴也開始每天報到。結果有一天整間浴室裡只有我們兩個人。

我們當然還是各洗各的，然後我突然發現在冰冷的水沖洗下，他居然勃起了。我正在考慮該不該抑制自己的反應時，卻聽見他發出一聲悶哼，側眼望去，不禁被眼前的景象嚇得呆住了。我沒有想到他的反應竟然會如此之激烈。

我還沒回過神來，他已經車轉身，快步地走了出去。這是他第一次比我先離開浴室，而我愣在那裡，甚至不敢回頭去看他的背影。

第二天是供應熱水的日子，浴室裡的人很多，他還和以前一樣站在我的右側，之後也一直如此，只是冬天不供熱水的時候，再也沒有出現過了。

時間過得很快，我退伍的日子越來越近，但始終下不了決心把心裡所想的付諸實現。等到退伍的前一天晚上，在浴室內仍然想著這件事，然而明知是最後的機會，卻還是直到洗完澡，出了浴室，依舊鼓不起勇氣。回到宿舍裡，陳老先生正在等我。他拿出一個小紙包給我，說：「你明天就要回家了，這是我送你的一點小東西，做個紀念。」

我打開小紙包，裡面是一本梁實秋先生主編，遠東圖書公司出版的袖珍英漢字典。其實以我當時的程度來說，這樣的小字典用途不大，但是那份心意卻讓我很感動，除了謝謝他之外，我也很不好意思地說：「對不起，我的私事太多了，這幾個月來我都很少陪您聊天。」

陳老先生說：「哪裡，你還是和我聊得最多的幾個小朋友之一，而且和你聊得很愉快。」

我突然想起不知是戲文還是小說裡的一句話：「鐵打的營盤，流水的兵。」以軍為家的陳老先生等於是營盤的一部分，來來去去的預官則真如流水一般。只希望以後來的人比我私事少些，也比我更體會到老年人的寂寞，能多陪他說說話。

至於那位無名浴伴，要到多少天之後才會意識到再也看不到那熟悉的身影了呢？到那時候，他會不會也像我一樣覺得有些後悔和遺憾呢？這些問題隨著我退伍返家，再也得不到答案。

——本文收錄於二〇一二年七月出版《長夜之旅》（爾雅）

今昔驚夢

——亮軒

本名馬國光。一九四二年生於四川北碚，遼寧省金縣人。國立藝專影劇科畢業、紐約市立大學布魯克林學院廣播電視研究所碩士。曾任中國廣播公司「早晨的公園」節目主持人及其他節目製作人、美國史丹福大學在台中文中心與師範大學國語中心等外籍學生進修學校教師、廣告公司企劃以及聯合報專欄組副主任、國立藝專廣播電視科主任、世新大學口語傳播系專任講師。曾獲中山文藝散文獎、吳魯芹散文推薦獎。近年專注於散文、小說創作。

著有《亮軒極短篇》、《邊緣電影筆記》、《壞孩子》、《青田七六》等。

在寫這一本書之初，每天清晨七點，我就到了這個院落，台北市青田街七巷六號，整條巷子綠蔭參天，那是冷冷的深秋，我一早就開始寫作，寫這一座日式木屋在記憶中的種種。

我想我可以來得更早，像當年的父親一樣，清晨五點就起身，做了運動，立刻開始工作。早起跟狂讀書狂工作，就是我從父親那兒學來的全部了，雖然是否刻意的學他，自己也不怎麼清楚。但是這裡，青田街七巷六號，再也不是我的家，不僅是產權，使用權也不是我的，更沒有參與經營。黃金種子他們讓我可以在七點到這裡工作，是他們的善意，大概是體諒我在這裡寫作比較不會找不到靈感吧？為我開門的水瓶子先生，六點多就要起床趕來，很不容易。通常他打開了大門，也就離開此地，去忙別的事了。我一個人可以短暫的擁有整座屋子，直到十點。

那個時候，我總在電腦前面，忘我的浮沉在過去的歲月與感觸中，活在四、五十年前的青田七六裡。我聽得到父親那雙皮拖鞋踢踢踏踏走來走去的聲音，還有他那伴隨著我整個童年與少年的打字機的劈劈啪啪。我又見到我那一生都在失意中的姑父，他在長長的走廊上跟我錯肩而過，就像他跟別的家人一樣，視若無睹，誰也不搭理誰，影兒也似的疏離與飄忽，然而我忘不了他那憤怒中空空茫茫的眼神。他不想在這裡，卻不得不在這裡，生命之於他已無任可自主的空間，要是我，就會一走了之，接受貧困、痛苦、寂寞，乃至於死亡，我不會讓自己活在這樣的，幾近絕望的氛圍裡。然而人人有他自己的不捨，他就這麼樣的活了那麼不見天日的一生，短短的五十八年，比我目前的年齡還要年輕十二歲。我看到了在再也不可能回復成為花房的，今天經營者稱之為「陽光屋」的那邊。已經半夜了，姑媽還踩著縫紉機，嘎啦啦嘎啦啦……，為六個不斷長大的孩子做衣裳。我看到了自己躺在現在已經連屋子都不見了的，夾在陽光屋跟榻榻米屋中間的小房間裡，被姑丈姑媽又吵又打的馨音嚇醒，中間摻雜著表弟妹的哭聲。我也看到了這裡曾經高朋滿座的黃金時代，父親爽朗的笑聲在高大的樹影間迴蕩。我嗅得到當年一進門就撲面而來的七里花香，夜晚從花台上傳來的夜來香，還有在睡夢中繚繞的茉莉花香。當然，那一池睡蓮是我永遠的記憶，在如今，只要見到一兩朵貼水浮動的蓮花，剎那間便墜入童年，烘烘然的暖意，刺眼的陽光，寂靜的午後。

正寫得入神而忘我，不用看錶，就知道，上午十點到了。青田七六要在上午十點開門，接納四方來客入園參觀，雖然離供餐時間還早。耳邊嗡嗡然的聲音喚醒了我，悠然回到當下，我坐在客廳當年父親打字的位子上，聲音吸引著我抬頭觀望，只見院子裡已經人頭浮動，男女老少，自然還有人往裡面張望，指指點點。有的用手機拍照。場面更大的是來拍婚紗的新人，打反光板的、補妝的、牽紗的、攝影的、指揮的，七、八個人呼來喝去，引來更多的看客。

我就會想起了童年，父親正在客廳裡打字做研究，我們小孩子只敢用最輕最輕的腳蹤走路，生怕打擾了這位無上權威的地質學者，雖然我們也不知道他的偉大是怎麼一回事？我們受不了這樣子窒悶的氣氛，就索性出門去野去。

但現在的世界不一樣了，我安靜的看著他們，希望他們看得滿意，還肯再來。要是父親還在，包管躥出屋外，揮揮手直問看什麼看快走快走！

我依然用著他們允許的十一點之前的時間拚命趕工，耳邊聽到有人說，這位先生請你讓一讓好嗎？眼前就出了那一對拍照的新人，工作人員要我立刻騰出空來，他們看中了我坐的位子。我在一疊聲的對不起中讓座。開放拍婚紗，也是經營者的營業項目，生意比什麼都重要，我最怕擋人財路。青田七六，是別人的店，不是我的家。

我當義務導覽，免不了為參觀者簽書，偶而多簽幾本，耳邊就聽到一聲對不起，我要備餐了。原來十一點半開始供餐，十一點就要把座位空間還給服務生。這樣的事情遇得多了，後來也有了對策，在一開始導覽就先問有沒有人今天中午在這裡訂餐？於是常常利用客人訂的座位簽書，不太會受到服務生催趕。

有的時候我也會在此地用餐。朋友有的遠從國外回來，打個電話給我，說是「想去你們家看看」，我樂於作東，雖然不見得能把「不是我們家」的這一件事說清楚。有的還是當年曾經到這個院子裡一起玩過的老朋友。我們在老屋中相會，驚見彼此的白髮與皺紋。

每間屋子裡都是食客，聽說常常滿座，那麼，每天就有上百位訪客來往入座，父親最終的十年間，直到他去世，加在一起也沒有那麼些人到訪過。他在病床上的最後幾天很受了些禮遇，一部分的原因是，對岸中共對他的病與貧很做了些指責國府當局的宣傳。

餐桌餐椅餐桌餐椅……布滿了全部的屋子，書房、臥房、客廳、花房、小孩房，還有在院子裡原先的游泳池上，當然更包括了餐廳，全都成了用餐的地方，所有的來客到時候只是低頭吃吃吃的。他們彼此不相干，只顧聊自己的吃自己的，我走過每一間屋子的門口，這些真實的場景，對於我，比什麼荒謬的夢境都要荒謬，這就是我的人生嗎？對於當下自己的存在，那個我，不住的懷疑著。

是啊，這個屋子曾經滿滿的，似乎在任何一處可以藏書的地方都藏滿了書，有各種不同文字的古今圖書。走廊上方依然見得到一長排檜木的書架，花房兩邊聳立著快碰到屋頂的大書櫥。小孩屋的牆面是幾層書架，也一直連到天花板，都是書。一進門通過玄關右手邊拉開拉門，可以看到堆得滿滿的書，是當年齊世英、雷震等組織反對黨的時候的藏書，這個櫃子，總讓我想起這一群想要跟老蔣對抗的書生。還有在今天的客廳裡，我從小到大，六十年間都捨不得扔掉的檜木書櫥，有印花的玻璃門，我跟黃金種子他們說，只要你們在此地經營，我這件最寶愛的就放在這個客廳裡。那是日本時代足立教授的書櫥，今天，連他的兒子也都辭世而去了，這一台書櫥，還有機會回到我的身邊嗎？

感謝父親無所不容的藏書，讓我一生嗜讀如狂，因而無視更無覺於現世詭異的風浪，絲毫無悔的當了一生簡單的人。

但是這些書都不見了，青田七六的最後，有兩年的時間荒廢無人，所有留下來的大小物事都被不知道是誰搬運一空，好在我還留著幾冊父親的藏書跟大字典，可以為這個稱之為馬廷英故居的地方，做幾個微小的註解。

許多當年從不會懷疑會不見了的，現在卻無影無蹤了。比如說，任何一個親友都可以不經約定的到你家作客，任何一家的小孩都可以爬上任何一家的屋頂上玩，任何一家的果子任何人只要摘得到，都可以摘來吃。我們院子裡原先有二棵檳榔樹，任何人想要，都可以敲門探問。中秋節，我們是真的在月下圍坐，中間一方凳，擺著裡頭有豬油的甜甜的月餅，還有水水的白柚。大人小孩搖著一把扇子，時不時的抬頭看看當空皓月，想著嫦娥還是那隻兔子，我們就是這麼樣的度過了中秋。那個時候沒有人在這一晚要烤肉，保證全台灣都沒有。更不見電視台的綜藝晚會，那時連收音機也未必家家都有呢。我們小孩子安安靜靜的享受著難得的月餅跟柚子，靜靜的聽著大人說回到大陸之後要怎麼樣怎麼樣，老小都信以為真。我們從來沒有懷疑過「台灣是一艘大沉的航空母艦」，在那樣濃蔭蔽空，飛鳥往復，只有輕寒沒有冰雪的世界裡。

至今我還會捂著雙手吹出號音，那是小孩子呼朋引伴快點出來玩的暗號。在整個台北市的地圖中都不起眼的那麼一點大，今天繞上一圈也用不著十分鐘的青田街，卻能讓我們玩上整個暑假，天天新鮮。特別是男孩，為了一場槍戰，想要伏擊對手，常常翻牆進入無來往的人家院子裡，很少讓人趕出來。想來主人也都認得我們，也就同樣的放縱我們。

小販的市聲遠遠近近，從早到晚不絕於耳。賣布的、磨刀剪的、賣油茶的、賣餛飩的、補破碗的、賣冰棒的、賣冰淇淋的、當場為你做爆米花的、賣烤紅薯的、拉著一座小廟也似的大木櫥，裡頭有上百種醬菜，搖著一個小博浪鼓的、晚上還有吹著短笛的盲人，等著有人喚他來按摩的……，他們都到哪兒去了呢？有人還記得他們的呼喚跟特製發聲招攬的器具嗎？

後來方知，那些鄰居有不少都是近代史上的大人物。我們在青田街口看到光頭白鬚的于右任，從沒想到幾十年後痴迷他的書法到了不行。有一年去南京中山陵，看到了他的蠟像，方知他在革命之初是辦報救國的先驅，輩分比蔣總統還要高呢！難怪他過生日蔣總統都要來賀壽。買了姑丈的房子的是陳果夫，跟他的哥哥也都是國民革命老將，蔣總統也會來拜望他，於是就有一兩個小時巷頭巷尾站滿了軍警。他家的斜對面是甲骨學大學董作賓的寓所，許多年後，我才知這一位常到我們家與父親談話的老人，是把中國的信史延長了幾百年的大學者。就在我們家的斜後方那個院子，是「蓬萊米之父」磯永吉的住所。而在董作賓的隔壁，是戈福江先生，一位農業專家，他的女兒是我小學同班同學，戈伯伯總是騎著一輛腳踏車來來往往，直到讀了齊邦媛的《巨流河》才知道，原來戈伯伯開發出來了許多富國利民的畜產技術，僅僅一種特殊的防疫酵母粉，就使得台灣的養豬業一飛沖天，政府所收的屠宰稅，便足以支付全國中學教師的薪水！在青田街還住過台大的校長陸志鴻、文學院長沈剛伯、空軍總司令徐煥昇、教育部長鍾皎光、史學家，也是敦煌學的權威勞榦、他的女兒勞延靜是我小學同班同學，還有地質學家林朝棨、水利工程專家，石門水庫的總工程師金城、駐日大使張厲生、數學家沈璿、擔任過中央日報社長的阮毅成，他的兒子阮大仁也跟我是小學同班。還有在電台講古的史學家師大教授陳致平，他有一位有名的女兒，筆名瓊瑤。還有一位章嘉活佛，他圓寂火化之後，留下好幾千顆舍利子。記得許壽裳嗎？那位與魯迅關係匪淺，至今死因讓人懷疑的台大中文系主任？他曾經在青田街六號，也在那兒遇害。他是台大校歌最初版本的作者，後來卻被廢掉代之以現在的校歌。

在日本，一座小小的廟宇，就可以寫成厚厚的一本書，圖文並茂。青田街的這些過客，要是通通寫下來，足可以成為一大部近代史的傳奇故事。

留下來的只有記憶，也只有記憶可能留得下來，那麼，只有記憶才是真正的存在。也許可以這麼說，一個人為後來的人留下了什麼記憶，就是這個人的全部了，跟他自以為是誰一點關係都沒有。而一個人自己擁有什麼樣的記憶，就印證他是什麼樣的人。要是我們說，一個人應該記憶下來的卻沒有記憶下來，也許，這樣就構成了生命的殘缺吧？擴大到整個社會，又會是什麼呢？一個沒有記憶的社會，是完整的社會嗎？

這樣的問題，對於我這樣的一個古稀之年的老人，也未免太沉重了些，其實也管不到了。每個時代的人都有他們自己的苦樂與承擔。穿著木屐可以繞遍整個台北的日子再也不會回來，便是那種用車胎跟木板釘成的木屐，也是再也找不到了。那天在一處觀光區見到了許多很不一樣的木屐，就說，我們從前的不是這樣子的，售貨員說，你說的那種我們沒見過，就是有，也沒有人會買了。這一句話，道出了大半世紀時代的變遷。懷舊，可以，復舊，不可以。在青田七六，我曾經好幾次的請教來客，這兒的餐飲真的很好嗎？因為古蹟保護法，這裡的烹煮與服務，有其無法等同於一般餐飲的限制。但是幾次下來我得到的答案都是不約而同的說，我們愛這裡的氣氛，不只是為了吃才來的。你不覺得嗎？他們甚至於會反問。

在導覽的時候，我有時會講到父親的學說，那有名的地球剛體滑動論。一邊說，一邊想著父親，他真的有知的話，恐怕會制止我講下去，他一定說你說的不對，事實上不是這樣的。好嘛，就請您老人家親自來說吧。我保證，他說的沒有任何一個人聽得懂。事未易察，理未易明，便是同一家人，記憶、理解、判斷，也會有許多的出入，我們說得出的，跟我自己的記憶有距離，我們記憶中的，跟當年的情況又必然不相等。此時記下的，未必在將來有同樣的認識，要我說出全部真正的青田七六的故事嗎？不可能。

怕不有十年以上，在黃金種子邀請我參加開幕典禮之前，我從不會打這個門前經過，那樣的荒煙蔓草，自從我的異母弟妹被逼得搬出去之後，我連探視他們都不忍，何況還要再回到這個院子裡來？原先以為，青田街七巷六號的結尾，應該就是這樣了。那曉得還有開朗的續集。乍然之間這兩百坪的老屋居然變得熱鬧滾滾，而我，每周一次的義務導覽也成了生活的一個重心，世事難料，無論是好是壞。青田七六的故事是說不清也說不完的，還在不斷的延展變化，或歸於沉寂，或另折高潮，誰知道呢？只有一件事可以確定：我們都是過客。

——本文收錄於二〇一二年七月出版《青田街七巷六號》（貓頭鷹）

生活練習

——林孟潔

一九九一年十月生於台中，畢業自衛道中學、台中女中。曾執行國科會大專生研究計畫政治學門、於北京大學交換學生。曾獲第十一屆台北文學獎散文佳作、第二十七與三十屆全國學生文學獎散文首獎及第三名、第十五屆台大文學獎散文第二名、入選二〇〇九年文建會「好詩大家寫」等。文章曾刊於《幼獅文藝》Youth Show、《文化研究月報》、《中國時報》人間副刊等。現就讀台灣大學歷史學系雙主修政治學系國際關係組三年級，輔修社會學系。

Dear you：

很多事情想告訴你，可是不知道為什麼，每每一開始書寫就辭窮。或許覺得不說你也會懂，或許是因為不相信語言和文字能夠真正精確的承載意義，或許我仍然不是很確定我究竟有沒有資格要求你做為我的唯一讀者，即使你可能並不是一個讀詩的人。

但那又何妨呢。

這陣子我常常想起許多關於生活的細節，經過和離開的人，已經斑駁了的記憶場景，那麼真實卻又那麼虛幻，或許它們已經趁著我不注意的時候，剝落了，失去了，成為無法挽回、似乎不曾存在的過往。然而它們曾經那麼真實確切的存在過，但我已無法向眾人辯稱那些記憶的有效性，因為甚至連我自己，都已經，遺忘了啊。

畢竟那遙遠的記憶已經褪色，在一個人獨處，天色黯淡的清晨或傍晚，如何不期然就想起了些許片段的那一刻，以為自己已然遺忘，已經能不去想起，能夠抵抗那些嚙咬舊傷痕的記憶，卻在一個生活片刻裡心驚的時分，像詩人寫過的：那樣敏感的記憶，在記憶裡起了遙遠的記憶，然後遺忘，這一切都似乎存在過，也似乎不存在……

親愛的我想留住一切，抵抗遺忘，那種遲鈍無感漸漸襲入，我害怕那些不被記得的便就此不存在，就此成為不被承認的真空，消散，逝去，不復。你知道我並不是一個容易妥協的人，我必須用某種方式挖掘記憶，留住生活本身。

我喜歡和你說話，叨叨絮絮，我喜歡那種感覺：我知道，我說著，你聽著。就像羅蘭・巴特所形容的：「無數片段的話語，一有風吹草動就紛至沓來。」

我決定寫下生活裡最深刻的一些姿態，詞條，經驗，話語，細細在你耳邊叨念一如巴特的絮語，把自己展成一個開放的文本，親愛的，我把自己打開，等待你進來，反饋、互文……用相近的頻率，一起呼吸，展開我們共同的，生活練習。

1 觀看

記得上個秋天來的時候，秋意漸次蔓延，從路樹到街燈，都染上一種微醺的秋色，人居住在城市中行走，總是一個人，走過相同或不同的道路，踩踏楓葉與菸屍，在人群裡很容易就越走越快，每個人都神色匆忙，彷彿必須即刻趕去某種遠方的必然。居住在裡頭，常常會遺忘自己究竟要去哪裡，和你約了的午後，等待得百無聊賴，我於是把別人都看得仔細。眉頭深鎖直瞧手機的人在等待，對看而不多話的兩人在曖昧，話怎麼說也不膩的情侶在熱戀。

青春在校園裡恣意蔓延，每日從宿舍出門擦肩而過的，總是許多美麗女孩，穿著顏色鮮豔、剪裁獨特、精心搭配的衣著（唯獨年輕女孩才能那樣穿搭），嬌嗲的回覆電話另一頭，那些總是緊跟女孩身邊，也不多話默默提起女孩包包的男孩們。在捷運上並肩的是穿著套裝或西裝的年輕上班族，認真的打瞌睡或讀簡報，準備自己的未來和努力地賺取生活。經過公園旁的豆漿店，還不用那麼早上班的母親將滾燙的豆漿在兩個碗裡重複傾倒，等涼了給年幼的孩子喝。父親則一面讀報一面和妻子有一搭沒一搭的聊著。公園裡，老先生老太太攙扶著彼此，慢慢的走。

總是看不膩生活裡的各種姿態，有時候在街頭，有時候在速食店或咖啡屋落地窗前，人的行走和交談就這樣映入眼簾竄入耳窩，整個城市構成了一部巨型自傳，每個人短暫的個人生命史就這樣或深或淺的交換，在城市裡，在下一個轉角處。我著迷於這樣的觀看，縱然我和這些被觀看者幾乎無關，縱然現代化城市的意義總是被以疏離歸納，縱然我的觀看實則不具備任何意義。但我仍然著迷。

2 擁抱

曾經你問過我，如果必然失去一種感受的能力，我最不願意失去的，是什麼？

擁抱。我說。不同許多人總是害怕失去的視覺或聽覺，我本能性的想到擁抱。你不解的笑了笑，沒說什麼。擁抱總指向兩人一種全新的關係：倚靠與束縛，從此以後，我們相互需要，也相互牽制。我想你都記得，而我從沒忘記。

我想感覺溫度，感覺柔軟的被碰觸，被珍視，被在乎。伴隨著氣味，像小時候被眾人擁在懷裡的那種觸覺記憶，母親說，你那時還那樣小，怎麼可能記得？但我記得，我都記得。觸覺穿過了重重時間序列遺忘所設下的阻撓，深刻的留下了觸碰的體溫和氣味，我認得母親年輕時慣用的香皂和香水，她訝異極了，說，小時候抱著早產的我，小小的身軀，總喜歡貼著她的鎖骨肩膀，把臉深深的埋進去。我記得那接近痱子粉和雞蛋花的香味，那時母親還年輕還沒有白頭髮。

我只知道我會長大，但從沒想過，她也會老。

擁抱是一種親暱和親密，從親人到戀人，我想你懂得的。在那些幾乎要起風的沉默時刻，彼此對峙著，話都說完了，長長的路也走到盡頭了，越過之後，那裡，會有什麼？屏息。感覺一陣輕微的麻痺感從指尖遞過來，而後是一股暖意襲人，於是從此之後，一個人的溫度變成兩個人的，關於擁抱，也有了新的定義。

3 眼淚

我想你可能不知道，小時候的我很愛哭。就像《愛麗絲夢遊仙境》裡，縮小後的她放聲哭泣，然後被自己的眼淚沖走。那樣的嚎啕大哭。有時候並不是真正想哭，只是我一直都是個很貪心的小孩子，我要爭取大人的注意讓他們疼我抱我哄我入睡。眼淚其實不是示弱而是武器，在我還可以任性的時候，在還有人願意無條件容忍我的任性的時候。生命始於哭泣也終於哭泣，我們都會哭泣，但從不真正理解哭泣與眼淚。

長大後的我幾乎不哭。我害怕承受別人的眼淚，看見人哭，往往弄的自己也幾乎要陪著哭了。哭泣的成年人要的不是同情，而是陪伴，慢慢長大我知道我不可以輕易的哭，因為我已經是大人了，不可以哭。縱然哭了也無法像孩子那樣嚎啕大哭，只能一個人安靜的，隱匿的，緩慢的啜泣。不被理解也不能被看見，收拾好自己的情緒，等眼淚乾。

上次從家裡離開往北的路上我安靜的坐在靠窗的位置，怕吵到了人，只能節制的，小聲的掉眼淚。連自己都不知道為什麼。看著夜色和鏡中映照的自己忽然覺得好陌生。連哭都不能痛快。或許是在那個不期然的下午撞見母親偷偷的哭了，我知道她在想念我也很想念的那個人。而我們幾乎都已經要遺忘了。後來她窩在沙發上，睡著了。她的身體蜷曲如貓，時而發出細微的呼嚕聲。陽光透過落地窗和煦的包覆著她，這冬天午後其實還是有點寒意的，拿了條毯子替她裹上，卻發現，她比我想像的還要小好多。和從前兩樣的，我記得她曾經是那麼強悍，在過往的那些艱難時分，她絕不顯得軟弱或退讓。但此時她卻和這棟老房子一樣疲憊，皺紋慢慢爬上她的側臉，我以為她不會老的可是她卻老了。

到後來才明白，原來很多路只能一個人走，於是最後只剩下眼淚，苦苦的。有一點澀，無鹽，而不反光。

4 遷徙

在一路向北的旅程中我一直在思考著，關於遷徙。像候鳥鮭魚？你問。再殘忍一點。或許回頭再看都已是，無家之人。

外婆生日的時候，她的女兒們都回來了。帶著她們的孩子回到自己長大的地方，給她做大壽。小表弟表妹圍繞著她，爭相握著她的手一起切蛋糕，吹蠟燭，她笑得闔不攏嘴，我從來沒見過外婆那麼開心。

我從來沒見過外公。只能從舅舅們的樣貌揣想他從前的硬朗姿態，北部口音，被海風和太陽日日吹晒的黝黑皮膚，堅毅得一如海明威筆下不畏搏鬥的老人，只是後來，仍被他奮鬥一生的大海給帶走了。只剩下外婆。

我只在神桌旁掛著家族合照的相片裡見過他。我在想，或許每個人家裡都有一種記憶著時光的方式，在一張張泛黃斑駁的老照片裡，我幾乎看見了那一整代人的遷徙，爺爺奶奶那邊也是，那時島嶼和彼岸正混亂，離開和留下的人，都一樣辛苦。他們背負著一整個家族，不斷迷航，遷徙，尋求安定的生活。但這路走得異常艱難。就像這島嶼的地震颱風，總是殘忍。

後來外婆的女兒們擁有了各自的身世，大阿姨放棄學業出去工作養家，二阿姨早早嫁了人，小阿姨小的時候送給了好人家養大，跟了人家的姓，但和外婆卻還是一樣親。我的母親在顛沛流離了人生前半段之後，終於遇見父親，接著是我。再也不必過著四處遷徙租屋的生活，終於有一把屬於自己的鑰匙，直通往家門口。

我知道總有一天我也會離開家，然後真正的長大。我會一直不斷的遷徙和尋找，世界的盡頭，那裡到底存在著什麼。就像外公一樣，在湛藍廣闊的大海裡航行，尋找自己可以短暫停駐的地點，卻終究必須繼續漂泊。或許真正的生活從來就只存在他方，而遷徙，讓每一個這裡，都成為了不可久駐的他方。

可是外婆，我很害怕，會不會，其實世界的盡頭，那裡，什麼都沒有？

5 行走

想到走過的許多街景。你知道，記憶的源頭總是那麼鮮明，小時候長大的原鄉，每一個街角和沿途風景，總是那麼熟悉。那時陪我走的是父親，他喜歡散步，據母親說，從前他菸抽得凶，怎麼勸也不聽，母親只好退讓，於是父親養成傍晚時分，晚餐前出門散步的習慣：好在通風處而非家裡抽菸。但奇怪的是，在印象中，我幾乎很少看見父親抽菸，但他卻保留了散步的習慣，小時候總帶著我出門，緊牽著我的小手，慢慢地走。父親很高，我喜歡央求他把我背到肩膀上去，可以看到很遼闊的風景，和彷彿伸手就能夠觸及天空。

父親並不是一個多話的人，我還太小，來不及理解太多大人的世界，和他一起走著，我知道，很長一段日子他並不快樂。但他偶爾俯身和我說話時，我發現，高大的父親舉措間還是一樣的溫柔細膩，很多年後我想起他跟我說話時的神情，才驚覺，原來我們是那麼的相像。再也不會有人為我戒菸，陪我走過長長的路了。

後來我總是在等待和父親相像的身影，能夠陪我，走上一段路。於是後來，當我漸漸長大，在路上，斷斷續續，遇見了願意陪我一段的人。一開始我總是擔心對話陷入沉默，後來才發現原來，我們的沉默並非因為找不到適合的話題，而是沉默本身就具備了某種意義。

起風的時候特別適合沉默。我開始比過去喜歡行走，因為並肩走路可以看到更多的風景。細微的，安靜的，一些原本容易忽略的細節。一起行走過的沿途風景，匆匆掠過的人事物，我都記得。要是走慢了我也不慌，因為我知道，會有人等我，前頭不會再有讓我心慌的陌生風景，因為多了可以倚靠的高大身影。沒有原因沒有目的就只是走。不說話，只作伴。第一次發現原來在一個我以為已經很熟悉的地方，原來還有那麼多新鮮的風景。我好喜歡這種感覺。我想你一定懂得的吧。

6 慾愛（Eros）

你總是笑我執著於相信幾千年前柏拉圖的說法：在宇宙之初，有純陽性的人，有純陰性的人，有陰陽合一的人，因為得罪了天神，他（她）都被劈成兩半。從此以後，每一半都在尋找另外一半，陽性尋找陽性，陰性尋找陰性，陰性尋找陽性，或陽性尋找陰性——我從不和人辯證相戀的正當性，情慾的流動性，一如在某些島嶼盛夏水氣流動，蒸騰時分的燥熱：被放逐的孽子盤據公園，憂傷小調的孤戀花，如日日口腹慾望食色性也的填充，只要是身為人的，總感覺餓，總感覺慾望如潮水滿漲，像周而復始的潮汐，我們進食，擁抱，嘔吐，分離。

你說這是個悲傷的故事。

他（她）們總是在尋找，每一次都好像找到了，緊緊擁抱著，不肯放手，希望永遠合而為一，恢復完整。然而，不過多久，發現錯了，不對，不是最初的那一半，無論如何尋找，找到的，永遠都不會再是原來的那一半。於是慾愛（Eros）帶來了愛慾（erotic desire），我們尋覓，試探，確認，需索，像啟動叢林深處最原始的動物本能，學會等待、占有和嫉妒，既狂妄，又膽怯。

人注定不完整，慾愛是一種必然的甜蜜，或詛咒。

在我們之間流動的，若有似無，其實已經不太能確定，在那些行走過的街景、浮光掠影、話語或耳語裡，感覺已經過了許久，卻又彷彿剎那間，漫長的漂泊終於找到靠岸。究竟我們是否完成自己的尋找了嗎？

而我們究竟是否，談論到話題的核心呢？

鍵入收件人，我仔細斟酌字句口吻，在準備發送出去的前一刻，那人來訊。手心裡握著的機身，宛如心跳。

7 告別

有些清晨如此陰鬱。

站在巨大的火爐洞口，冰冷的臉一下子就被烈火散發出來的溫熱烘暖了。點了火卻怎麼也無法燃起，你說我太急，一股腦就把整疊丟入，難怪燒不起來，火苗好像都被蓋住了。頃刻，一條條的火舌竄起，毫無預警的，瞬間吞噬掉剛剛被擲入的一切，令人措手不及。讓我想起，在許多年前，喪禮繁瑣的細節，伏拜、起身，伏拜、起身。我裹在麻衣裡跟著行列行禮、跪拜、守夜，扶棺木下土。

然後就算是，永遠的告別了。

很長一陣子我再也無法記得所有關於告別場景的細節，生命中幾乎無法再擁有回憶。再也沒有，「我記得……」那種令人心顫的光暈。所有的記憶都是潮濕的。夜裡雨不間斷的下，雨季的空氣裡承載了過重的濕氣，一寸一寸的依附在我身上，揮之不去。異常輕盈也異常沉重。

或許我們都還不想說再見。

Dear，我寫下了一些瑣碎的、片段的、關於生活和記憶的絮語，企圖在生存之上，找到真實活著的姿態，在記憶崩解的時刻，也是重新建構的時刻。對抗遺忘的撕裂，超越時間的永恆片刻。關於觀看、擁抱、眼淚、遷徙、行走、慾愛和告別。這一切無非是想向你展開，關於我，如果還被記得，就不會遺忘。是你，我唯一的當事人，如果能落筆為文，我們就曾經那樣的活過。一次次的展開每日的生活練習，練習生活。

——原載二〇一二年七月《明道文藝》雜誌第四三五—四三六期合輯

本文獲第三十屆全國學生文學獎大專組散文第三名

藍天・大海・結婚曲——

從關島婚禮談婚姻與寫作

——林貴真

台灣台北人，政大教育系畢業，曾任職國中教師，現在是爾雅書房策劃。喜歡帶領團體閱讀聊文學……。

著有《第二名的生活藝術》、《讀書會加油站》等十六本書。今年即將出版新書《開自己的花，結自己的果》。

1 機場

夜晚清晨，夜晚清晨。

不論出發或回程，搭華航去關島，一定這樣輪流著。

似乎都在摸黑中行進，夜晚清晨，夜晚清晨交替著。

我親愛的新人們，我想說的是漫漫婚姻路就是這樣，有暗夜有天明，有挫折有成就，有甜蜜有痛苦，婚姻生活不只浪漫也很現實，所以有人說婚禮之所以需要眾人祝福，正因為預知婚姻路上不會永遠順遂。原先山盟海誓的兩人以為從此過著甜蜜的生活，以為從此「不變」？那我們都錯了。「變」是人生的本然，不然嬰兒怎麼期盼長大？美人怎麼最怕遲暮？花開必然花落，日出總有日落，潮漲潮落，事業興衰，四季冬春夏秋，春花、夏雨、秋風、冬雪，風水輪流。所以人身談保險，汽車要保固，那麼婚姻呢？只有「保鮮」二字吧！

我親愛的新人們，婚姻路上，「保鮮」談何容易。我只有這十二個字相贈「會爭吵能和好，有危機懂轉機」。

啊！黑夜清晨，黑夜清晨，不是指天空而已。婚姻路上多人飲水，「明暗」自知。

2 飯店

住進關島ＰＩＣ「太平洋島渡假村」，六天四夜自由行，行程滿檔。

有市區觀光：

「太平洋戰爭紀念公園」，顧名思義這兒儘管豎立著一尊自由女神像，但也遮蓋不了曾經有過的血腥。

殘殺，我不願意說對錯，只要是人總有愚昧的時候，所以戰爭的悲劇不斷上演，不幸人又是善忘的動物，「紀念」也者，只不過再次提醒吧？

「戀人岬」，關島原住民查莫洛族，流傳下來淒美愛情故事，也是偶像劇拍攝景點……

親愛的新人們，我想說的是，婚姻生活就像觀光旅遊一樣，隨時隨地都有景點，都有故事。有時悲壯像史詩般，有時淒美動人賺人熱淚，說真的有婚姻的地方就有故事，每一段婚姻都是景點，每一個景點又都風光無限。正如我們住的這家ＰＩＣ飯店，這幾天大夥都盡情享受水上歡樂時光，有人去駕風帆，有人去浮潛，有人玩滑水道，有人愛獨木舟（我就是），有人去射箭，有人想打羽毛球苦於找不到伴，有人明知玩水肺潛水有冒險性，據說，有人玩得頭暈嘔吐，但上陸後又津津樂道，眉飛色舞向那些不敢下水的人（如我者）……

這幾天住在ＰＩＣ飯店裡，玩不玩水上活動就是自己的選擇，譬如長輩如隱地先生，他拒絕所有水上活動（年紀有關），他選擇一個人安安靜靜在房間裡閱讀，他說把大陸作家賈平凹寫的小說《廢都》，五百多頁讀了將近一半，他說好精彩。而我呢？偶而選擇去划划獨木舟，從淺淺的人工湖練起，到後來敢下海上玩……

真的，人生充滿選擇和冒險，婚姻生活又何嘗不是？選了就不要後悔，擇了就不要抱怨，何妨學學這位參加水肺潛水的朋友，即使頭暈嘔吐仍能津津樂道，這就是生活，這就是婚姻吧！

3 教堂

這會兒要去的教堂似乎與宗教信仰無關，是一座婚禮禮堂。除了骨架外，全數透明玻璃，建築採金字塔造型，打開教堂門，眼睛一亮。南太平洋的風光盡收眼底，一片大草坪，椰子樹、芭蕉迎面來，沙灘、大海、白雲、藍天，搶盡鋒頭，夢幻極了，「偶像」極了。

大白理石的石階，透明桌上的燭台，三根蠟燭一閃一閃，牧師莊嚴站在前方，捧花新娘，英挺新郎，行禮如儀，親友們台下微笑觀禮，靜敬而肅穆莊嚴。真的和台北看見的婚宴氣氛不同，婚姻的神聖在儀式中宣告。我想我明白孔老夫子說的「爾愛其羊我愛其禮」，一場婚宴應不是吃喝熱鬧而已。

親愛的新人們，婚姻正像窗外那藍天大海般壯闊，如果新郎像藍天，新娘正是那片大海，海天一色，生命的大圓滿在此完成。

而沙灘、草坪是人生不同景致，綠樹、燭光充滿光明和希望。這座婚禮教堂簡約透明，我愛「簡約透明」四個字，這不也正是婚姻路途上的金玉良言？只是婚姻路上，我們常把簡約變複雜，將透明蓋滿塵埃。啊！

4 親友

婚禮除了男女主角新郎新娘外，親友團是最重要的配角。此行十六人中，有長輩如雙方父母的我們，平輩如雙方兄弟友人等，也有唯一的小輩才一歲半的新娘的小姪女。因為親友團大都初次見面，禮貌、客氣、疏離、陌生。說真的，所有人際關係不也都是這樣開始？然全團中共同的唯一焦點，就落在那一歲半名叫高沂岑的小女娃身上，大家都想逗她玩，因為童稚可愛。後來我和她的友誼建立，竟是從我唇下的一顆痣開始，每當我想逗她玩時，小女娃常會伸出小小食指來逗弄我臉上的黑痣，我也時不時仰起嘴邊的黑痣比一比，她就咯咯笑了，於是我們的關係就這樣建立起來。

我親愛的新人們，**婚姻生活無他：建立關係而已**。男女雙方尋尋覓覓不外想找到共同「焦點」？有人為信仰，有人因興趣。**因此培養共同的價值觀，成了穩定婚姻關係的重要法門**。所謂志同道合談何容易，但不容易並非不可能，**若能時時以「對方為中心」思考。當然這又是另一種高度，難怪有人笑稱婚姻就是道場，修啊！**

走筆至此，郵局送來一本法鼓文化出版書名《愛的花園》，巧不巧的是一本為夫妻伴侶而寫的關係指南書，副標——通往真愛的禪修習題。所以婚姻無他，時時刻刻覺察，修行而已。

我親愛的新人們，祝福祝福。

5 寫作

總之，一趟關島行的結緣情，我感動。

我親愛的寫作班朋友們：

我倒想借這趟關島行，順便和大家聊聊「生活寫作」。

寫作無他，寫你的感動，從生活中體驗來的。

當你選好你的材料後，組織結構，剪裁取捨——就如這篇關島行。我以機場、飯店、教堂、親友組合的題材，透過我剪裁、運思、結構後，文章風貌大致完成。一如你建築一座教堂，先是完成鋼筋骨架而已，更重要是你蓋這座教堂到底為什麼？所謂寫作最重要是靈魂——核心價值在那裡？以關島行為例，我只想以一場別開生面的婚儀，聊聊婚姻的真諦，藉機和新人們共勉。

寫一篇很另類旅行文字，你說是嗎？

總之，如前面說的，婚姻一如禪修。那麼寫作也如是，透過生活不斷的覺察，也一如古訓所言，你我是否能經常的從博學出發，審問、慎思、明辨、然後篤行之——寫，寫，寫就是。

——原載二〇一二年七月十日《人間福報》副刊

超馬行

——袁曉煒

一九六七年生，台灣台北人。畢業於台大財務金融學系與美國俄亥俄州立大學，從事金融業及企管顧問業近二十年。目前是國內某外商銀行的高階主管。

每以「闐闐良史，橫槊賦詩」的態度從事歷史創作，尤其對於歷史商戰、中外軍事、經濟史等題材情有獨鍾。作品可見於ＵＤＮ「無有堂」部落格。此外也定期在廣播節目「愛你22小時」裡闡述歷史在日常生活及企業管理上的現實應用。

五月五日，早上七點十五分，二〇一二年北宜公路超馬賽起跑。起點台北新店碧潭橋下，終點宜蘭礁溪五峰路旁，全程五十三・五公里，一千人參賽。我，是那一千分之一。

大清早的捷運車廂一路吞下滿滿的跑者，人人背著醜不拉嘰的紅色衣保袋（路跑協會）或紫色衣保袋（超馬協會）。街旁的男女老幼，有的看來強悍，有的卻像是典型的城市飼料雞——白白嫩嫩，不像是常在野外打野食的腳色。

我們，馬拉松跑者不像一般的田徑選手，通常不高、不帥、不起眼，也不求快。我們選擇用雙腳謙卑地感受地母的寬廣與渾厚。天覆地載，大地的端凝厚重，只用輪子輾過是感受不到的。

除了效法偶像——例如村上春樹或張鈞甯之類的名流美女之外，長跑者們的動機其實殊堪玩味，不足為外人道。我們，這些經常一大早起來練習自虐的上班族，每一個人心目中大概都有個狂野的夢——有朝一日，能用「身體的本錢」來賺錢。倒不一定是那種「水電工阿賢」賺錢的方式（不過真的有不只一個金融同行表示他們的dream job是舞男），而是那種可以提醒我們千萬年以前，當男人還是必須用肌肉與力量來證明存在價值，以獲取雌性青睞，讓自身基因能夠傳遞下去的工作。（不過那個年代的求偶方式稍嫌直接了些：拿根棒子，敲昏女孩，拖進洞房，就算完成了終生大事。）

俱懷逸興壯思飛

哨音響起，大家一陣歡呼，人龍開始往山上移動。感覺自從大雪山被雪隧開膛破肚之後，北宜公路應該已是一條寂寞、寧靜、驚險又美麗的路。二谿鳥鳴啼不住，輕步已過萬重山，這五十多公里該是能讓跑者結合自己心跳、腳步聲，再加汗水墜落大地的輕響，綴成一曲美妙的韋瓦第「四季」的罷？

結果完全不是如此。我們一路看到各式各樣的車輪驅動物體。獅虎般低吟的載重卡車，迅雷樣呼嘯的重型機車，輕風似咻呦的公路自行車。譜成的卻是一章章嘔啞嘲哳、心驚膽跳。

除了車聲，還有人聲。剛開始跑的時候，許多興高采烈的參賽者，此時都會不吝與素昧平生的人分享自己的光榮戰績：某年某月某日，某次某地某賽。當其他人氣喘吁吁的時候，自己能夠夸夸而談而面不改色，彷彿就已經是一種超越同倫的驕傲。

但是這些一開始看來厲害的，到最後未必都行。長跑與短跑不同——你沒辦法幾個小時都有腎上腺素的刺激，都酷使你肌肉細胞裡的潛力。長跑，是一種生存的態度，一種不停止呼吸的方式，一種逐漸適應環境的本能。

人類第一次征服南極點是在一九一一年十二月十四日，得到這頂桂冠的是挪威探險家阿蒙森，他的信仰是：長途跋涉或者運動之時，你必須自我調整行進的步調，不用太在意別人的腳步。杭佛的「阿蒙森傳」中這樣描述著大探險家的哲學：「愛斯基摩人從不趕路。他們抗拒過分使用力量。對他們來說，工作有一定的步調，必須要尊重。對外人而言，或許會覺得那是種難解的惰性；但一旦了解他們生活的氣候以後，就知道他們僅在發揮常識罷了。」

將進酒，杯莫停

山路又東，十公里的第一補給站到了。這場超馬的特點是：不像一般馬拉松二、三公里就有水有糧，這一次每十公里才設一個補給點。因此選手們得像西出玉門的岑參一樣，不只雙袖龍鍾著離愁與不乾的淚，背上腰間，提的扛的，該帶的補給品自個都得帶好。

少數馬拉松會搞得像嘉年華般，奢侈地一路奉上紅酒小食。但跑者們的胃口不大，水、鹽、梅乾、香蕉、滷豆丁、運動飲料，這些就已經是我們心目中的鐘鼓饌玉了。長桌前充滿了歡樂的氣氛，大家彼此協助著遞送並裝滿水壺，取笑著對方的狼狽。

我們期望營養，但不奢求飽足。像波蘭作家布魯諾．舒茲的《肉桂店》的開卷章那般的景象，是不曾也不會縈繞煩擾我們一分的：「雅黛拉從市場回來，絢爛的陽光從她的籃子裡灑落，有果皮吹彈得破、鮮美多汁的粉紅櫻桃，有聞起來比吃起來還棒的奇特黑醋栗，還有擺放了好幾個下午、包覆著金黃色果肉的杏子。在如此詩意的水果旁，她拿出如鍵盤般的排骨，以及酷似疏落有致的花朵枝枒的海帶。……這許多材料，一起散發出某種原始的鄉村野味。」

馬拉松跑者不需要盛宴，只需給我熱量，讓我向前。一份「南極點獎賞」就會是很棒的補給。這個典故是來自於雷諾夫．費恩斯與麥克．史卓，一九九二年的第一次「無協助橫跨南極之旅」——也就是不靠任何機械與獸力，自己拉著一雪橇的補給品走完全程。當他們到達南極點，雷諾夫給自己的獎賞是「一條馬斯巧克力棒……切成二半，並在吃巧克力的奢華氣氛中，賀喜自己到達極點。」

泥沙塞中途，牛馬不可辨

山路再東，到達二十公里補給站。長桌前還是有人絮絮叨叨地講著已往比賽的光榮。煩。

這種「我以前當兵的時候」式的對話，跟「我週末什麼都不做只上網和睡覺」一樣，被列為宅男釣女失敗的二大原因。辦公室的女同事們一聽到底下的話就做鳥獸散：「我跟妳說啊，我們當兵的時候，哪像現在這些少爺，三十二度不出操，冬天能洗熱水澡，吃飯還有沙拉吧，休息竟敢上網飆……我們當年——那是對岸的水鬼會上來摸腦袋的年代啊！」

對於這款「想當年」的話題我一向做壁上觀。理由無他，第一，顯老。似台北十一月的冬雨，綿綿密密，沒個了期，惹人厭；第二，會摻進自己也不想要的傷逝情緒，亂人意。

想起馬克吐溫的小小說。大意是本來人只能活一、二十年；但因為人會蓋房子，各種動物都想尋個遮風避雨的空間。於是人開條件了：馬、牛、狗各給人訛了二十年的陽壽，以換取頭頂那一片天花板。可是人在能活到八十歲以後，真正快樂的還是一開始那一二十年；其他從動物來的年歲，二十幾到三十幾歲像馬，愛慕虛榮，爭爭競競；三十幾到四十幾是牛的年紀，家計工作，食指浩繁，牛一般被壓得喘不過氣來。到了五、六十以後像狗，什麼都不會做，只吠。

別當狗啊，我提醒自己。

行路難，歸去來

山路續東，開始進入「牛」的距離——三十公里左右是大部分人的「撞牆」期。跑者們開始左來右去地換道，一下靠著山壁，一下又換到路緣。路其實是有情緒的，只有親身跑過才知道：看似平緩的路線，加上山與樹可以玩出什麼樣的錯覺詭計：平路其實是長坡，緩坡實則陡峭，一彎接一彎，長亭又短亭，爬到萬念俱灰的時候，卻發現像倒楣的哥倫布一樣，千辛萬苦地發現新大陸，並試著和第一個遇見的土著講印度語時，卻發現還有一整個北美洲要跨越，才到得了夢中的大汗之國。

路邊出現了有趣的標誌。三十幾到四十幾公里的距離牌旁，綠底白字地寫著：本路段加強監控。活似三四十歲的男子面臨瓶頸，苦悶壓抑，卻被婚姻事業生活的線綁住，不得自由亟欲出軌的心情寫照。這一時期的白領男子們通常西裝革履，詩禮衣冠，可是隱隱間瀰漫著一股躁熱的，不安的，期待改變的費洛蒙，騷動著那反抗與不甘心的潛意識。

我們正在被畜養馴化，中年男子心裡如是說。「畜牧業」的英文叫做Animal Husbandry，直翻就是動物丈夫化，聽來很怪，仔細想想到有點望文生義：畜牧就是圈養野生動物，用舒適環境滅抑它的野蠻，用定時餵食消滅它的獸性，用安全有守護的夜晚消磨它的警覺。這真的是結了婚的男人的寫照啊！

為什麼會騷動不安？因為「時亹亹而過中兮，蹇淹留而無成」的危機感。早上起床照鏡子時不覺得自己變老，但每次與新的照片比較，就發現自己又「不同」了一點。你講不太出來是什麼地方改變：皺紋沒多一條，黑斑不少一個，可你知道：事情就是不一樣了。頭髮還是黑的，但亮麗與光澤就差了些；體重計上的數字一如往常，可舊衣服就是穿不進去：地心引力與時間之神競相在你身上施展魔法，就像跳出阿拉丁神燈的精靈，你很難再把自己塞回去原來那副軀殼或那套衣服了。

就像《圍城》的感覺：牆裡的男人們，背著父親丈夫經理會長阿那答的枷鎖，不論青年才俊或中年徬徨或老年懊悔，都思索著跳出牆去的機會成本，也逡巡著代價最小的突破方式。大陸七〇年代末，在那改革與文革還不知誰領風騷的年代，有一首叫〈牆〉的詩描寫了類似的心境：

「我無法反抗牆，只有反抗的願望。我首先必須反抗的是：我對牆的妥協，和對這個世界的不安全感。」

我不反抗牆，我要征服走完的是眼下這還剩十幾公里的路。

大鵬飛兮振八裔，中天摧兮力不濟

山路轉往東南，即將攻抵四十公里，也快到了北宜公路的最高點，對抽筋的感覺已經麻痺。關於抽筋，我個人對這種生理現象有著仔細的觀察與體會。第一，有好幾根筋是從頭頂一直連到腳底，當真正抽搐的時候，這種「痛快」相當「徹底」；二，我們以為抽筋只會發生在小腿及大腿，錯，腰也會，脖子也會。如果說小腿抽筋像馬蜂螫，腰部抽筋就像螞蟻咬，綿綿密密地，不是很痛，但卻像失戀那樣，一直存在很久很久。第三，書上教我們抽筋了要立刻休息，錯，因為那會更痛；而且一停就很難再繼續。正確的方式是持續運動，但稍微減輕力道，你的肌肉自然會調整到OK的狀態。

人生的四十也有很多麻痺或是我們稱之為「習慣」的東西。當許多事情麻痺成生命的慣性之後，日子就愈過愈沒感覺，快。就像這場超馬，不知不覺就到了全程的頂點。我們之間的大多數人，不也是在四十到五十上下到達人生的頂點？高處不勝寒，怕。

怕什麼呢？怕老，怕會變，也怕落伍。成名較早的人物通常都會面臨這樣的挑戰：套句費茲傑羅在《大亨小傳》裡的話，「這一類型的人，……已經在某種局部範圍之內嘗到登峰造極的滋味，從此一輩子只好走下坡路了。」英雄極怕白頭，美人難忍寂寞，原因倒也未必是對於幽閉空間的恐懼；有時只是——他們並不像自己或是群眾想像的好。更多的時候是：他們沒辦法跟著時代一起進步，沒在該凋隱的時候消失。

已經遠遠地落後領先群，許多女性跑者開始超過我。我們這些驕傲的公雞也大概是在這個歲數，在職場上落後給女性的同僚，變成明日之星眼中的老士官長——而且一落後就注定再也扳不回來。孔子說：後生可畏，焉知來者之不如今也？他老人家沒講的是「女生可畏」，而且他還毒舌地下了聽來很傷男人自尊的斷語：四十五十而無聞焉，斯亦不足畏也已！

想不到什麼反例，好像只有七十拜相的姜子牙與六十創業的肯德基上校。所以張愛玲說「成名要趁早啊」。

知天命的我現在不講名次，只想跑完。

大道如青天

北宜公路五十九點五公里處，我們先轉向右下上新花園，再接「跑馬古道」，還有六公里。

從瀝青鋪面的平路，變成碎石砌就的古道。

最後的煎熬。眼睛只能盯著地上，世界彷彿凝定在腳下，嘴巴大口大口喘氣，前進變成十公分十公分的事。突然想起一幅諷刺工業時代的荒謬畫：畫的上端是成對翩翩起舞的時尚男女，中間是金碧輝煌的娛樂場銷金窟，還有各種工業的成果，電燈、電車、工廠，然後畫的下端告訴你所有這些工業成果的能源從何而來——兩隻不停地踏著輪圈的小白老鼠。

我現在就把自己化約成只是機械式運動的小白老鼠。不是我在前進，而是這世界在倒退。轉進平地，勝利在望。有一對穿著美國隊長衣服的跑者，跑過我時揮拳高呼：加油，你可以完賽的！這種莫名的鼓勵激振擠出了最後一絲腎上腺素。我只剩給他們一個感激的眼神的力氣，然後繼續顛躓前行。

衝過終點，濕漉漉、空蕩蕩的感覺。暫時不能露出精疲力盡的樣子——為了旁邊正在加油的人。我知道這時候我背負了一種社會的期待——yeah，那些人可能永遠也不會自己下來跑一次超馬，可是他們期待有人能完成，就像沙發馬鈴薯藉著看電視運動一般，別人的汗水，別人的痛苦，別人的氣喘吁吁，都能刺激觀眾分泌更多的腦內啡，達成與自己運動差不多high的效果。所以，抬頭挺胸，收小腹，得擺個英雄的姿勢！

老婆女兒埋怨我：爸爸我們等了好久，你為什麼不跑快一點？我則想起另一位南極探險家沙克爾頓的故事。他在距離南極點看似只剩一步之前，做出了撤退的決定；當時風雪肆虐，補給將盡，他深知：每多走一哩，便多削弱一分生存的機會。後來當他的妻子問他為何有這麼大的勇氣與力量回頭時，他只說：「我想你寧願要一頭活驢，而不享有一隻死獅。」

我說，女兒，馬克思的女兒燕妮曾請教一位歷史學家，如何用一句話來總結歷史的教訓。他講了四句德國諺語，其中第四句是：「暗透了，更能看見星光。」

現在，你爸累得眼冒金星，像條用過的抹布，且讓我暫時擺脫男人的Quan驕傲自尊心堅忍不拔納西瑟斯結，找家溫泉民宿，我們一起淡定地找尋礁溪的星光去。

——原載二〇一二年七月二十二日《聯合報》副刊

故事

——宇文正

本名鄭瑜雯，東海大學中文系畢業，美國南加大東亞所碩士。曾獲中國文藝獎章、作品入選《台灣文學30年菁英選——散文30家》等。現任《聯合報》副刊組主任。

著有短篇小說集《貓的年代》、《台北下雪了》、《幽室裡的愛情》、《台北卡農》；散文集《這是誰家的孩子》、《顛倒夢想》、《我將如何記憶你》、《丁香一樣的顏色》；長篇小說《在月光下飛翔》；傳記《永遠的童話——琦君傳》；童書《愛的發條》、《小靜想飛》；主編《99年散文選》等。

一大早幫小孩辦出院，他腳傷引起蜂窩性組織炎，住院了一星期。他很高興趕在周日出院，因為星期一，五月二十一日一早，他要看日蝕。

小孩就是小孩，腳都痛死了，住院第一天，中午吃醫院餐，他說：「哇，還比學校的營養午餐好吃！」一邊吃，自己一邊笑出來。「笑什麼？這麼好吃？」「我是想到平常每天中午一打開營養午餐，班上有幾個同學就會說：君要臣死，臣不得不死……然後才開動。」我也跟著大笑：「你們這些死孩子！」可是醫院餐吃不到三天，他開始嫌棄，「媽媽還是你去幫我買吃的來。」我怕他也對我說：「君要臣死……」只好每餐在醫院、公司兩邊奔命。住院一周，拄著拐杖回家，距基測不到三周，他居然歡天喜地，只因為能趕上看日蝕。孩子就是孩子。

一個禮拜沒有這樣一起吃早餐了，我做了蛋捲餅，煮了好咖啡，才坐下來，三個人的話題不是蜂窩性組織炎，不是國中基測，也不是討論看日蝕的工具，而是交換在醫院裡聽到的故事！

小孩剛入院時，雙人房裡另一床是位老先生，不知是什麼病，陪伴的家屬是個ＮＢＡ迷，病房裡的電視頻道老停留在體育台。我偶爾抬頭張望一下比數，熱火對溜馬的第二戰竟然失手……他發現我注意比數，興奮地對我們發表他的預測，說總冠軍一定就是熱火、湖人或雷霆了。我隨口說還有馬刺啊，七十六人啊，綠衫軍啊，他頗意外。其實在林書豪旋風之前，關於馬刺，我只知道《包法利夫人》裡提到老包法利當年「身上的馬刺叮噹作響」，那是年輕、美男子的象徵；綠衫軍不是北一女嗎？七十六人是什麼東東？至於熱火，我會以為你在說歐陽菲菲。兩天後老先生出院了，也不知道治癒了沒有。我從頭到尾沒聽到老先生說過話。

隔壁床第二位病人，不到中年，身高一百八，體重才六十二公斤，我這麼清楚是因為護士來仔細問過；有個身材相當壯碩的年輕老婆，大陸口音，用餐時間出現，又匆匆忙忙趕回去工作的樣子。病人面黃肌瘦，長期沒有胃口，勉強吃了也反胃要吐，查不出原因。他沒有酗酒，沒有菸癮、檳榔癮，也沒感冒、發燒；不是B肝、C肝帶原，過去也沒有慢性疾病。到底什麼原因呢？真令人憂心忡忡啊！

沒兩天中午來，高個子病人已轉換病房了。那個下午，我請假沒上班，跟兒子一人捧一本書，各自安靜閱讀，有時輪流使用iPad。護士索性把門帶上，一下午無人打擾，整個病房成了我們的書房。可惜在這醫院人滿為「患」的時代，怎可能空著病床，到傍晚，又進來一位老先生。先是他兒子陪伴，到晚上他妹妹來照料，開始敘說這家族精彩的故事。不過我沒聽見，晚間我回家休息，由老公接手看護。

我第二天一早趕赴醫院時，隔床老先生已經起床，他妹妹一旁叨叨絮絮說著話。我把兒子喊醒吃早點，讓老公回去梳洗、上班。我以為我們母子倆的醫院晨讀時光又可開始了，不料完全做不到，隔壁的聲波穿過布簾，且不是有一搭沒一搭的片言隻語，而是一個又一個完整的故事。兒子偷偷告訴我，「昨天妳回去以後我都沒讀書，在聽她講故事，真的太好聽了。」是啊，人人都愛聽故事！

我一樣受不了誘惑，捧著書，卻是靜靜聽她講述。到中午，伺候完兒子吃午餐，先生來載我去上班，路上我跟他報告：「早上聽隔壁那個女的講她是人家小三的故事。」「真的？她那麼老了！」「年輕時候的事吧。」「她昨天晚上就講一堆事了，我沒有聽，覺得那是人家的隱私。」「隱私？講那麼大聲叫隱私？」我老公有選擇性關閉耳朵的本事，譬如我叫他做家事的時候。

「你兒子不是用『隱私』，是用『聽她講故事』來形容。」故事故事，傳說的舊事，兩千年前的《史記》，太史公在自序裡便用了「故事」二字：「余所謂述故事，整齊其世傳，非所謂作也。」整理「世傳」之說而述之，非關論作；這位女士亦是述而不作。

她的獨白卻使我動容。男方的婚姻不幸福，老婆家世高，態度強勢，男方另尋慰藉，大約是這樣的普通故事。但女士對她老哥說：「你也知道，我早就不對愛情、婚姻抱一點點希望了，他來找我，我知道他不會離婚，我從不逼他，連想都沒有那樣想過；我也不要他的錢，如果拿了他的錢，我就覺得自己下賤了。我有工作，我不需要錢。但我再也想不到我這一輩子還會有機會享受男女之愛，這一生，我夠了！……我從來沒有對你們說過這些事，現在年紀大了，也不要臉皮了，我把這些講出來，我從不後悔這一段……」我把女士的大段獨白背誦給老公聽，聽得他瞠目結舌——主要是對我的記憶力！

趁著印象深刻，我要兒子把我沒聽到的情節講給我聽，他笑說，「我看我可以先畫一個他們家族的樹狀圖給你。」一個早餐吃下來，我總算把病房裡零零散散聽到的一些名字兜起來了，不禁嘆口氣：「她怎麼不寫小說呢！」她確實具有優秀的描述能力，口條之流暢，令我嘆為觀止。我自己常到校園或是寫作班、文藝營演講，事前一定準備綱要，而兩個鐘頭講下來，總有虛脫之感，講話必須心神集中，是非常累人的事。那位女士的談話，一天半的時間，除了晚上睡著之外，幾乎不曾停下來過，她哥哥只負責搭腔而已。她的嗓音，外省腔，略帶沙啞，大概是聲帶使用過度，磨損了吧。

她的話題不重複，有時雜以政治評論、養生之道；且辭彙豐富，是天生的修辭學家。兒子說，她還善用成語，譬如講哪個朋友家道中落，她就說「瘦死的駱駝比馬大」；講媳婦對付婆婆，鄰居來一看，明白了，大家「心照不宣」；她老哥抱怨醫院，她說：「現在你是病人，是人家刀俎上的魚……」，要他少在醫院裡批評。她的語言有時幽默、富生命力。比如講她二哥當年相親，見到女方，醜得意外，她二哥看到那女人笑起來的醜樣，「恨不得甩她一巴掌」……後來她二哥還是娶了那女人，「娶妻娶德」，她為二哥的故事做了這結論，並對照大哥娶了漂亮老婆而婆媳不和、婚姻破裂的悲慘下場。

她講述這些故事都是信手拈來便流暢如歌。我不禁想：這些故事，一日一日，一年一年，老反覆在她腦海中琢磨麼？這些事件，其實涵蓋其家族與她的一生，是她的百年孤寂啊。

她的愛情在這些描述中，所占比例甚低；幾日來，我卻總想著她的嘆息，「這一生，我夠了。」她說。

——原載二〇一二年七月二十三日《自由時報》副刊

河流——最後一堂國文課

——河岸

本名王智忠，一九七〇年生，台灣台中人。台大中文系畢，Miami University（OH）戲劇碩士。曾獲台中縣文學獎、竹塹文學獎、教育部文藝創作獎、林榮三文學獎，現為中學教師。

「長江離開群山圍繞的西陵峽，才從山地進入平原，水流豐沛浩大。在寬闊的兩湖盆地中，它與從南方奔赴而來的沅江、湘水會合，而在北方接納了漢水、沔水，水勢更加壯闊。到了赤壁底下，玄武岩構成的地形突兀堅硬，億萬年的沖激侵蝕，終於切出深廣的水道。江流滾滾日夜不絕，澎湃、浸漫，遼闊如同海洋。我的朋友張夢得貶謫黃州，在他住屋西南邊蓋了一座亭子來欣賞江山開闊浩壯，而我二哥蘇軾將它命名為『快哉亭』。」

上面的文字來自蘇轍〈黃州快哉亭記〉，妳們應該非常熟悉。

「江出西陵，始得平地，其流奔放肆大。南合沅、湘，北合漢、沔，其勢益張。至於赤壁之下，波流浸灌，與海相若。清河張君夢得謫居齊安，即其廬之西南為亭，以覽觀江流之勝，而余兄子瞻名之曰『快哉』。」

這兩天我利用課堂上妳們寫考卷的時間將它翻譯出來，希望能完整傳達這段文字給我的感動。大概沒有人比蘇家兄弟更了解長江切穿三峽時的澎湃激動——妳們應當不至於忘記他們兩兄弟正是來自四川，江水帶著年輕的他們進入一個廣大的世界，足履目睹嵩山、華山、長安、汴京……。山間匯聚的豐沛泉源讓這條河流再無猶豫，出發。我時而看著窗外草地上的陽光，沒多久烏雲積聚，開始降下大雨。妳們從考卷中抬起頭來，看著窗外的雨勢，然後無可奈何低頭繼續考試。我刻意選擇了一些詞彙，諸如：離開，會合，接納，使這些河流充滿意志（雨水對於草地應該是好的）。我希望我的體會不至於扭曲蘇轍的原意，因為這原本是一篇談論意志與生命的文章，而我選擇在這個時刻重新對妳們提起，是因為如果我們換個角度分析這段文字，會發現在敘述、寫景的背後，它的主題其實是：出發，相遇，挫折以及完成。

鈴聲響起，停筆，繳卷，教室一下子又充滿妳們的聲音。妳們已完成了這三年最後一次考試，在妳們即將重新啟程的時刻，這應該是適合的主題。

妳們即將畢業，大考之後，妳們的人生終於是條開闊的河流。我將考卷繳回教務處，因為如此想著，心情竟也跟著激動了起來。出發，多麼令人期待的字眼，妳們已為此準備許久，我相信妳們已經準備妥當——我知道妳們心中澎湃著對於未來的熱情，更重要的，妳們擁有令人欣羨的才質，例如：勇氣、同情與智慧，這些是一個對自己懷抱著憧憬的青年，所能擁有最好的資源。我回到二樓的辦公室，從我的座位往外可以看見四棵高大的木麻黃，即使陰雨，依舊蓊鬱。

智慧、同情與勇氣。這當然不是我的發明，高三下我們讀《中庸》，魯哀公問政，孔子回答：「知、仁、勇三者，天下之達德也。」智、仁、勇：智慧、愛與勇氣。（妳們不應該忘記，《論語》〈顏淵〉：「樊遲問仁。子曰：『愛人。』問知。子曰：『知人。』」而孟子則告訴我們「仁」是「惻隱之心」，一種偉大的同情。）我一直記得初讀到這段章節時心裡的震動——我覺得它們無比簡單、深刻，彷彿天啟，又訝異於它是如此「現代」，直接搖撼我們胸膛中跳動的心，當它們卸下文言的外衣。或許人們胸中跳動的心，本來就沒有古今、時代的區別。這也是我在妳們身上所看見的——妳們有分辨真偽的智慧，有不竭的愛與同情，有反對他人與自己的勇氣。我相信妳們已準備妥當。

雨稍微小了一些。

那麼出發，為精彩的相遇而準備。

妳們會在未來遇見更多志同道合的友伴，那是人生中最值得喜悅的事情之一，他們是匯入妳生命中的河流。他們可能如詩人楊牧所說，是妳們「年輕的飛奔裡」，「迎面而來的風」，他們或許不如自然這部「偉大的書」，卻也時常能讓我們在「苦惱時有安慰，挫折時有鼓勵，軟弱時有督責，迷失時有南箴」。

離開了三峽，湘、資、漢、沔、沅、灘正等待著長江。

高中時我花了許多時間在編輯校刊，過程絕非只是一本刊物的完成。某日午後，我慣例從課室出走，到社辦尋求「庇護」，卻意外地裡頭已經有人坐在最角落的位置，背對著門口，專注地忙些什麼。我認得那個削瘦的穿著卡其制服的身影——他是大我兩屆的學長，極具個性才華，我曾反覆閱讀所有他刊出的文章、設計，記得他在班級聯合會上對主任、組長咆哮（我並不鼓勵妳們如此，現在，當然），我請了公假但他肯定是蹺課，這大概就是平凡與不朽的差別……。總之，他是我的偶像。我並沒有出聲，而他也沒有回頭，我不認為打擾他是個好主意，或許我只是沒有勇氣與他交談。下課後我回教室一會兒，再回來他已離開。

有點遺憾，不過大概也只能如此。一年以後我上了大學，南下到中部一座山上的學校參加比賽，意外地發現他的身影——原來他也讀了中文系，在另外一所學校。這次我沒有猶豫，上前與他交談。那座學校以教堂和好大一片相思林聞名，我們隨意聊了些過去和現在的人跟事，然後道別，並沒有留下聯絡的方式，然而我卻感覺心中有什麼重大的事情於是確定，關於理想，關於我是誰或應該是誰。在那座山上。

四年後我畢業，然後退伍，教了一年書，換了一所學校，而那位學長也正好接了同一所學校的聘書。我們終於頻繁地往來，直到兩年後我離開那所學校，但那時候我已經了解：朋友給你的安慰，鼓勵，督責，給你的力量，可以超越空間與時間。

妳們一定不會驚訝蘇轍的〈快哉亭記〉是為一個他們兄弟共同的朋友而寫，一個會在寒冷落拓的冬夜裡陪你一起看竹影月色的朋友：

「元豐六年十月十二日夜，解衣欲睡，月色入戶，欣然起行。念無與為樂者。遂至承天寺，尋張懷民。懷民亦未寢……」

張懷民，北宋清河人，名夢得。

那些不可思議的日子，當朋友在我們身旁，在我們心中。校門口開始有人離開學校。有些各自拿著一把雨傘，並肩而行，有些則兩個，甚至三個人一起擠在同一支傘下，笑鬧著離去。

天色好像又暗了一些。

我希望妳們在生命的航道裡盡可能地接納，包括朋友，也包括挫折。

我們往往低估了挫折所帶來的破壞。

挫折可以在瞬間剝奪一個人的存在，我的意思是，挫折讓人不再相信自己原本所相信的一切

——當一個人懷疑智慧，失去愛、同情與勇氣，妳們知道那會有多可怕。

「自余為僇人，居是州，恆惴慄；其隙也，則施施而行，漫漫而遊。……幽泉怪石，無遠不到，到則披草而坐，傾壺而醉，醉則更相枕以臥，臥而夢。意有所極，夢亦同趣。」

我們不忍心苛責柳宗元的頹廢，當他到了永州，太大的挫折不免讓人放棄，以為鬆手就是解脫。然而當生命失去了信仰，剩下沒有目的的「漫遊」和大醉，即使醉後仍然有「夢」，大概也只是徒增煎熬。

只是挫折在所難免。前面的〈快哉亭記〉，亦是寫於蘇氏兄弟最困頓的時光。黃州是失敗，汙點，即使是生性豁達的蘇軾都在這一時期寫過：「君門深九重，墳墓在萬里。也擬哭途窮，死灰吹不起」這樣的詩句，更在給朋友傅堯俞（字欽之）的信中寫道：「軾去歲作此賦（〈赤壁賦〉），未嘗輕出以示人，……多難畏事，欽之愛我，必深藏之不出也。」讀之令人迷惘。蘇轍當時謫放筠州，為這難題提出了一個解答：

「士生於世，使其中不自得，將何往而非病？使其中坦然不以物傷性，將何適而非快？」

這是〈快哉亭記〉的最後一段，我的翻譯：

「在人生的旅途中，如果一個人忘了自己原本的模樣，那不管到什麼地方，他都不會快樂；相反地，如果他始終記得自己是誰，不因為外界的寵辱毀譽而迷失，那他到哪裡都滿足完整。」

三個朋友，在奔流的江水前相互提醒，試圖找回那個遺失的自己，黃州不再是恥辱，它是考驗。

而赤壁堅硬絕對的阻擋，造就了江水渟蓄浩大，這就是生命的完成。

這就是我要對妳們說的。

我們往往低估了挫折所帶來的可能。朋友和挫折，同樣幫助我們長大。

陰雨似乎使夜晚提早來到。妳們大概已買好晚餐，準備另一回合的苦讀。我冒著雨走到車停的地方。雨水可以滋潤。我確定這樣的雨是好的。

那麼出發，迎向所有走向妳生命的：挫折，迷惘，朋友，勇氣，同情，智慧，在往復崎嶇的旅程中，有一天妳會聽到身後逐漸清晰盈耳的潮聲，當妳回首，妳將看見一條開闊奔騰的大河——

「波流浸灌，與海相若」。

——原載二〇一二年七月三十日《自由時報》副刊

我的小物業

——黃麗群

小路／攝

一九七九年生，台灣台北人。政大哲學系畢，曾獲時報文學獎、聯合報文學獎、林榮三文學獎。現任職媒體。

作品有《海邊的房間》等。

清理雜物這事情像夏日午後的雲圖、山稜上的瞬霧或腦裡眩暈一樣不可預測，這裡所謂清理不是日常整潔隨手拾掇什麼的，而是一時想把世界燒了，可是仍知道不宜縱火，你只好丟。

抽屜與衣櫃，書架與儲藏室，皮夾與首飾盒，定睛一看，都是萬般將不去，唯有業隨身。永遠有這麼多用了一半各種顏色的指甲油，燦爛到中途就枯乾；放太久的維他命或保養品，承諾抵達前就無效；一些來自商家的滿額碎雜小贈品，醜樣馬克杯，惡俗名片夾，品味很差鑰匙圈，看著只覺昏頭昏腦，幾乎自覺不屑：這種東西，一開始幹嘛帶回家？幾匝無用名片，各種過期發票折價券，是整個時代的糜費，半場人生的徒勞。東洋傳來整理術術語「斷捨離」，口吻中帶宗教性，宛如甘露傾倒，熄滅火宅，性命從此清涼……又有詞彙為「物業」，說的是房產，但我每覺得像警語：物即是業。

物即是業。寶愛是業，棄之不顧也是業；留是執著，去也是執著。丟棄才不是割捨，丟棄是一劑微量興奮藥，就一點點，金屬針尖刺破手指，輕巧一痛並快樂著，即使只是隨手扔掉幾支斷了墨水的原子筆，都讓人有支配的錯覺，做了選擇的錯覺，生活拾級而上的錯覺。因此世上有喜歡囤積的人，當然也有喜歡丟棄的人，例如我，每每整完雜物，常常就要跟著清書，無預警把各房間各書架上的書本掃了滿地，這本要，那本不要，一邊一國不猶豫。他來我家，看見了，嚇一跳。畢竟再怎麼說，每本書裡都動員著各樣的思慮，因此棄書便總有一種殘酷意味，像一下子翻臉，說否決就否決了這麼多人心。

第二天，他來接我午飯，一進門，更驚訝地發現前夜拆了一屋子的書，又紛紛像新生兒睡搖籃一樣安穩在架，一場騷亂無痕，只剩門邊三堆半人高的舊書要請人收走。它們沒什麼好或不好，我只是不要了。「一個早上，妳就自己把這麼多書整理好了嗎？……」語尾的刪節號不知是慶幸還是若有所失。「當然啊。而且也沒有很多啦。」我說。

很長一段時間以來，兩人幾乎沒有什麼事件或場合不是在一起，我甚至頑劣地把一些小型家務都推給他了……可是理書這事，再體己的人都忽然顯得遠而稀薄。我們曉得對方吃荷包蛋要全熟半熟，隨口拋接彼此下一句話，閉著眼睛為那人挑出一件合意衣裳，但沒人能知道書架上我想把誰把誰歸在一起，沒人能知道我為什麼把這冊與那冊放在同一排……寂寞的星球，寂寞的秩序，徹徹底底這是各人造業各人擔。

吃飯時，他忽然又問：「對了，妳是不是也把臉書帳號關了？」「對啊。」「為什麼？」我想一想，發現原來很難向不用臉書的人解釋那上面瀰漫了多少貪嗔痴，多少不清醒，多少心毒與多少執念，只好隨便回答：「反正，臉書也有個書字嘛，就一起清掉了。」「最好是喔，我來算算妳可以關多久……」

小小的物，小小的業，瑣碎中纏繞，一邊解一邊結，來來回回，過日子的有意思或沒意思，都在這裡面了。

——原載二〇一二年八月一日《中國時報》人間副刊

斗室裡的「大觀園」

——張作錦

一九三二年生，江蘇省銅山縣人，國立政治大學新聞系畢業。曾任《聯合報》記者、採訪主任、總編輯、美國《世界日報》總編輯、《聯合晚報》社長、《香港聯合報》社長，曾獲星雲真善美新聞傳播獎終身成就獎。現任《聯合報》顧問。

著作有《一個新聞記者的諍言》、《牛肉在那裡》、《第四勢力》、《試為媒體說短長》等。

大陸著名「紅學家」周汝昌先生，今年六月一日辭世，享壽九十五歲。

二〇世紀研究「紅學」的人有很多大師級人物，如蔡元培、嚴復、王國維、林琴南、陳寅恪、梁啟超、胡適等人；他們以下有俞平伯、周汝昌；再之後有周策縱、高陽、趙岡和劉心武等等。其中多數人都是「票友」，他們的學問重點並不在此。比較以「紅學」為研究「專業」的，還應算俞平伯和周汝昌。他們兩位走了以後，誰為柱梁，繼續把「紅樓」撐起？

中共一九四九年建政不久，政治運動即接二連三，其中聲勢浩大者如「批判胡適」運動。這件事，就是以俞平伯的「紅學」為藉口發動的。

一九五四年九月，毛澤東使人寫文章，指俞平伯看不到《紅樓夢》偉大的反封建精神，而傾向於胡適的「主觀主義」和「唯心主義」。其實毛澤東真正在意而未說出口的是胡適的「自由主義」，因為它妨害毛的獨裁統治。郭沫若負責領軍，批胡運動轟轟烈烈展開，學術界無人可倖免參與。周汝昌研究「紅學」，自更應表現積極。其實周汝昌是不該批胡的，因為是胡把他一手拉進「紅樓」，是他的「恩師」。

周汝昌一九四〇年入燕京大學西語系就讀，是時胡適發表考證文章說，因為敦誠《四松堂集》的出現，世人由此知道曹雪芹其人其事，但敦敏的《懋齋詩鈔》卻遍尋未得。敦誠和敦敏兄弟是曹雪芹的朋友，他們的詩文裡有不少曹雪芹的材料。

周汝昌偶然在學校圖書館裡發現《懋齋詩鈔》，據此寫了一篇《曹雪芹生存年之新推定——《懋齋詩鈔》中的曹雪芹》，登在《民國日報》上。此時在北大任教早已「名滿天下」的胡適，立即給周汝昌寫信，稱他「先生」，讚揚他得到《懋齋詩鈔》的貢獻。周汝昌由此與胡適「訂交」，不過多以書信往返，見面只有一次。就在那次見面，胡鼓勵他繼續研究《紅樓夢》，周大膽提出向他借三本書，包括《甲戌本脂硯齋重評石頭記》、《四松堂集》和戚蓼生序本《石頭記》，這些都是價值連城的書，尤其甲戌本，世人根本都未見過。但胡適一諾無辭，三本書統統借了，而且以後提都不提。直到一九四九年大陸將「解放」，胡適離北平去南京的前夕，周汝昌才把三書送還胡宅。甲戌本一直隨胡適播遷到台灣，現存南港中研院。

周汝昌長期專注而辛勤的研究與出版，使他從「紅學專家」晉身為「紅學泰斗」。二〇〇六年他撰成《我與胡適先生》，記他與胡的忘年交，且有詩頌曰：

肯將秘笈付他人，不問行蹤意至深
誰似先生能信我，書生道義更堪珍
平生一面舊城東，宿草離離百載風
常念有容方謂大，至今多士尚研紅

周汝昌的住宅在北京市朝陽區，二〇〇六年八月我去拜訪他。八十九歲的人了，眼睛幾已全盲，耳又重聽，但談起「紅學」，精神就來了。他指出，《紅樓夢》不僅是一部小說，且是代表中華文化的一本書。文化兩大命脈是道德與才情。曹雪芹思考了社會、倫理、道德、家庭及人己、物我等這類關係之後，就寫了《紅樓夢》，是人間罕見的著作。

由於《紅樓夢》的魅力，晚年的周汝昌雖目盲耳聾，仍躲在他的書房裡鑽研「紅學」，由他口述，家人記錄，「紅書」一本本的問世。

提起他的「書房」，教人感嘆，面積恐只有十幾個平方米，會客、吃飯都在這裡。傢俱簡單，且多破舊。大陸已經富了，應「富而好禮」，讓「國家級」的學者過一點體面的生活。不過周汝昌似乎並不介意，他身在陋室，卻神遊「大觀園」，且樂而忘返。

只是周汝昌一走，老一輩的「紅學家」到此告一段落。後人誰為梁柱，撐得起這座「紅樓」？

——原載二〇一二年八月二日《聯合報》副刊

旅行，是一首詩

——陳文茜

台灣大學法律系畢業，紐約新社會研究學院（The New School for Social Research）歷史社會學博士。曾任《中國時報》美洲版副刊主編、聯合國少數族群聯盟亞洲代表、EEI唱片公司總經理、台灣《商業周刊》與美國《彭博商業周刊》亞洲中文版等雜誌首席顧問。曾於TVBS電視台、飛碟電台、中國電視公司等主持節目。曾獲公共關係基金會全國第三屆傑出公關獎年度最佳發言人獎、金鐘獎、星雲特別獎——兩岸新聞資訊貢獻獎。現同時任職鳳凰衛視台、中天電視台、中國廣播公司、東森電視台、中國廣播公司等媒體節目主持人。

著有《文茜詠歎調》、《文茜語錄》、《亂世佳人》、《只剩一個角落的繁華》、《文茜的百年驛站》、《微笑刻痕》等。

人生的一端在居住地，另一端在原始。只有旅行，可以找到原始。

旅行不只是七嘴八舌的觀光導遊，它其實是一種哲學。它代表探索人生，你的、他人的，現代的、古代的。旅行的最大好處之一，你可以擷取人生美好的段落，到一個城市選擇你想要的角落；到一個國度，想像一段沉醉的文明。我們在一個熟悉的地點，難免感到窒息，我們被迫承受一切，沒得選擇，總想逃避；旅行不同，它像朗讀一首詩，不需經歷太繁複的轉折，句子短，卻美不勝收。每一個旅行地點，都好似與你發生戀情的某段回憶，雖纏綿不斷但卻見好就收。

法國十九世紀詩人波特萊爾非常珍惜旅行的幻想。他視旅行為一種標記，代表著高貴的、追尋的靈魂。他說詩人之所以為詩人，正因為他們具備了相似的靈魂，家鄉的地平線不能滿足詩人。每一塊土地都有命定的限制，詩人的心總在希望與失落之間擺盪，在幼稚的理想與憤世嫉俗之間游移。詩人必定是位旅行者，注定活在一個墮落的世界，同時拒絕退而求其次，於是旅行滿足了詩人所需的偉大願景。

我一輩子對來來去去的場所情有獨鍾，港口、火車、驛站、飛機場。每一個來來去去的場所都代表出走，也預言飛奔的選擇。多半時刻我們居住的房間，就一個大門，頂多外加逃生門。那些火車站、港口、飛機場等，卻有著無數的門，代表太多的選擇。在鳳凰城，United Airline轉機的機場，人們走到Gate67，等待的飛翔物可以帶你到南極；或者Gate23，帶你至里斯本晒太陽；或者Gate17聖彼德堡找冬宮的貓；或者Gate31北京走長城。真正的慾望就是離開，離開我們被限制的地點，「哪裡都好！」世界那麼大，哪裡都好。

現代電腦螢幕，總會秀出每個出發班機的代號和時間，它們排列的方式，雖然了無新意，卻因為簡單無趣，反而觸發人的想像力。隨著螢幕上的資訊指示，到了標示艙口，走進一個有若阿里巴巴四十大盜的門，門旁一位女士禮貌地收下票根，走進長廊，坐定扣上安全帶，幾個小時後，我們就可以抵達從來不曾熟悉的地點，你可以展開不斷的選擇，沒有人知道你叫什麼名字，人生不需要太多的回憶，只需不斷地選擇、探索、選擇。那些命定的禁錮，彈指之間，即解開了。

每回我走在機場、港口或車站大廳，總有一股衝動，把原票根丟了，重新衝到櫃檯，買一張新的機票。到那兒去都好，做一段瘋狂的夢，把它化為旅程。那一刻，我原本因等待帶來的不耐、倦怠與絕望，突然出現了新的曙光。我有生之年一定要做到這麼一次，出其不意地，搭一班飛機，往地球最北的方向，只為了看到北極光一眼。

如果以旅行的工具而言，我並不喜歡飛機。它唯一的好處只是速度，以及有雲做伴；我喜歡搭船或者鐵路。或許是水手的想像吧，船像個四處漂泊的家，每次出航，汽笛聲一鳴，好像預告著「要私奔的人快來哦！」人在船隻的移動中，得到了最大的自由，你可以任意停泊任何港口，然後過個兩天，輕言和它說Bye Bye。每次巧遇都已預言了道別，人生總在驚喜與悲傷交替之中，創造各種可能性。

鐵路與船隻的發明，是「大旅遊時代」的產物。歐洲人嚮往地中海，嚮往東方，雖然他們的東方只是到埃及，但在十八世紀，這已是航海科技的極致了。歐洲人深信二千五百年前，那些造成歐洲起源的文明，仍深深影響著當前歐洲人的生活；細心安排的美酒、優雅的閒散、一首慵懶的歌曲，無法抗拒的陽光。地中海的旅遊想像，讓人類第一次出現「旅館」這個新興產品。於是雄偉的古典圖像旅館，沿著海濱創造了人類第一波旅行文明；於是希臘式列柱與門廊旁，有了溫泉浴場；西班牙阿罕布拉宮旁，有了城市花園；那不勒斯蓋起了第一條海濱步道；羅馬噴泉旁，多風的日子，撫慰了喪失天堂的人類。十八世紀發生的這一切，是人類有史以來最大的移動風潮。真正文明的全球化，從那一刻才開始。

所有的交通工具中，火車的景觀變化最多。如果你可以擁有單獨的包廂，火車與軌道拍打的速度節奏，剛巧有若木魚，咚咚咚咚，意外帶給你驚人的平靜。

坐在車廂裡，你拿著平日看不完的書，眼若倦了，隨著火車的心跳聲，好似躺在一個雄偉男子的胸膛上，聽著他的心跳，沉沉入睡。窗外的景觀，更是如流動的圖畫，像一部沒有故事內容的老電影，用人工把一個個圖片以快速度呈現眼前。原本陸地上隔開人與人之間的山，在鐵路發明後，成了神奇的魔術師。過個山洞隧道，還是草地的景觀變了，一陣黑暗，之後再見光，海無垠無涯的映入眼簾。櫻花之後，還有櫻花；鳳凰之後，總有鳳凰；回憶之外，更有回憶，沒有任何事物可以擋住轟隆隆的火車，大海、高山，全擋不住，除非火車選擇自己剎車。

這時移動的樂趣，已超越目的地本身，成了旅行中最大的快樂。

七〇年代義大利一部電影《巧克力》（The Chocolate），說著火車如何連結歐洲，區隔階級，並且提供一名義大利工人跨越命運的想像。一名工人出生義大利北方，老婆是個聒譟的胖婆子，家裡總掛滿著她自製的義式臘腸；每日屋中，孩子成群，沒一刻安靜。他受夠了，決定搭火車尋夢，過一個海底隧道，抵達法國。依著尋人啟示，他找到了南法古堡莊園中的園丁工作，起初他徜徉於花草之間，一切美不勝收；某日當他正追著一隻待宰的雞，準備給廚房做晚餐食材時，莊園主人的女兒一絲不掛騎著白馬從眼前奔馳而過。他目瞪口呆，慾望難捱，裸體女人卻瞧也不瞧他一眼。那一刻他才明瞭，火車不能帶他脫離命定的貧窮，那個他想像的距離，太遠了。

假日、假期、旅行的概念二百五十年前發明於歐洲，隨著工業革命、資本主義、勞動階級的平權運動，這幾個字眼填滿了歐洲人今日主要的生活想像。旅行的世界所以迷人，因為它是真的，你身陷其境；它又不是真的，不屬於現實世界。你的處境隨時回過頭來，占滿了主要生活在旅行的世界裡，滿足永遠只有咫尺之遙，渴望一直沾染著失望；那是一個濃縮的幻影，像一首詩，更像一部電影。你闖入導演拍好的膠卷中，無意中參與了一段戲，戲到了入分上頭，你卻被迫退出。每一個旅行者都有類似的經驗，你到了一個陌生地點，愛上了它的夕陽，道別時依依不捨，只能再看它最後一眼。日後在你的心目，它只化為一種想像與期待。

閱讀旅行史與人類經濟史的交叉發展，十分有趣。十八世紀的旅遊只侷限於歐洲菁英階級，十九世紀末到二十世紀，鐵路、汽車的發明把勞工帶進了休閒市場。到了二十世紀晚期，最不常度假的反而是發明旅遊的貴族們。貪得無饜的大老闆們，活在無限慾望的生產時代，權力的飢渴與瞠目結舌的財富追尋聯手起來，剝奪了當代貴族的休旅人權。他們沒得片刻休息，只能把旅行還給十八世紀時完全看不上眼的非菁英階級。

福婁拜若活到今日，望知當今富豪階級們喪失了「旅行」的自由，必會「放個大屁，響徹全盧昂」（福婁拜語）。十九世紀浪漫主義文學家的心裡，「旅行」等同「快樂」。福婁拜二十五歲那一年，父親死了，他繼承了大筆遺產，開始實現埃及之旅，當他找到同伴德坎普時，脫口說了一句話：「把盧昂留給那群勞碌命的中產階級，他們已活得像附近溺死的牛。」

總之，人不快樂的原因就是把自己關在一個跑不掉的地方。全世界每一個城市都有它的定律與固執，拒絕改變。我們長期生活其中，連想像式的逃脫都做不到，那我們只是一個關在大型監牢裡的囚犯。或許我們注定在某一個可怕的城市中生活，但不表示我們命定絕望，總有一些可能性，總有。

大雨仍下個不停。下個月，我準備給自己一趟遠途的旅行。在台北的雨中，我看到了托斯卡尼清晨的曙光。六點左右，一道灰灰的雲，然後紫雲又穿過這道灰雲；接著微紅的日光正式登場，灰色的天空出現了一道黃銅般的光線；等這一切都消逝時，托斯卡尼的早晨，已然登場。

我要去旅行了。

——原載二〇一二年八月十三日《人間福報》「人間百年筆陣」

含淚讀詩懷鍾老

——向　明

本名董平，一九二八年生於湖南。軍事技術學校畢業，曾任國防高參、副刊編輯、詩社社長、詩刊主編。曾獲「文協」文藝獎章、中山文藝獎、國家文藝獎，大陸頒發詩魂金獎，世界文化藝術學院授以榮譽文學博士學位。現為專業文字工作者。

著有新詩集九種、詩話集六種、散文集兩冊、童話集兩冊、譯詩集一冊。

與國家同壽的百齡詩人鍾鼎文老師，已完成他一生對國家的最大貢獻，以及對台灣新詩的無私呵護，於八月十二日下午四時五十三分安詳辭世了。做為一個追隨他的詩的徒眾，我的內心有著極大的不捨和無盡的悲傷。

鍾老師一生歷經政界、新聞界及詩文學，所立事功無數；其中一件，一般人難以知悉其對國家尊嚴的維護有多大重要性：鍾老師於一九七三年與菲律賓資深詩人尤松召開第一屆詩人大會，並被推舉為會長，後又共同創辦「世界藝術與文化學院」，做為世界詩人大會營運中心，由他擔任院長。世界詩人大會每年在全世界各地召開，他帶著我們中華民國的國號和青天白日滿地紅的國旗在世界各國通行無阻，並沒有因退出聯合國而受到排擠。這是鍾老師的驕傲，更是國家的驕傲。

鍾老師於一九三〇年即以「番草」筆名發表新詩，短詩〈塔上〉，甫一發表即被認為是他成功的代表作：

我登臨在塔上——
在塔影的下面
是無邊的屋瓦
在瓦浪的下面
是無數的人家

在那些人家裡
許會有小小的院落
在那些院落裡
許會有各樣的花

那些花寂寞地開著
又寂寞地落下

〈塔上〉這首詩無疑是一首「樸素」、「淡妝」詩的代表作，烘托出一片寧靜無爭的祥和境界。使人想起柳宗元的〈江雪〉、馬致遠的〈天淨沙〉，以及卞之琳的〈距離的組織〉。

鍾老師在臨離別這個世界之前，也留下了一首令人感動萬分的詩〈留言〉：

讓我將我不朽的愛，留給世界，
將我難忘的恨，帶進墳墓。

一片浮雲飄過大海，是我的生命，
一陣微風吹過花叢，是我的感情。

我祈禱的手將變作樹，伸向穹蒼，
我含淚的眼將變作星，俯瞰大地。

親愛的母親，親愛的故鄉，我太倦困了，
讓我回到你們的懷抱裡，久久地安息吧！

鍾老師在彌留之際還不忘將愛懷抱，作乏困後的長眠。他的這一最後的願望，相信公平的上蒼肯定是會賜予的。鍾老師安息吧！

——原載二〇一二年八月二十三日《聯合報》副刊

戰地斷鴻

——陳義芝

陳再興／攝

一九五三年生於台灣花蓮。台灣師範大學畢業，高師大國文所博士。一九九七至二〇〇七年擔任聯合報副刊主任，曾於輔大、世新、元智、清華、台大、國北教大等校兼任教職。曾獲中山文藝新詩及散文二項大獎、時報文學推薦獎、《聯合報》最佳書獎、榮後基金會台灣詩人獎等。現任台灣師大國文學系副教授，兼任中華民國筆會祕書長。

出版詩集《青衫》、《新婚別》、《不能遺忘的遠方》、《不安的居住》、《我年輕的戀人》、《邊界》及散文集《為了下一次的重逢》、《歌聲越過山丘》等二十餘種。詩集有英譯、日譯在國外發行。

今夜我在燈下想著父親。

在燈下，我翻閱《滇西抗日血戰紀實》，想起抗戰後期，父親在五十四軍強渡怒江、仰攻高黎貢山的經歷，清楚地又在各段硝煙文字看到他當連長的身影。

蘆溝橋事變，父親被拉伕而出川。在上海的交通壕溝裡，他搬枕木、抬鐵條，赤足棉花田被長鐵釘貫穿過腳板。守衛南翔橋一役，以汽油、稻草設防，火焰沖天中憑一挺輕機槍擊退一排敵兵，當上中士班長。

在這之前，他是效法桃園三結義仁字旗下的「袍哥」；是陳家山一家木廠、一大片梯田的三少爺；是長江上游忠州水岸販售川芎、蟲草、貝母的商旅。民國初年的四川，軍閥交爭地盤，土匪收糧收餉，父親白天上私塾，夜晚逃土匪。及長，進過「邊防一路軍事學校」受訓，也參加過四川軍。原有機會保送中央軍校，卻隨一陝西人學鑄幣，荒遊各地。等積攢了錢想回家，不料夜半發生如〈石壕吏〉「有吏夜捉人」的情景，領了一套粗布軍服、一個新編的隊號，直拉到上海，從二兵幹起。

我在燈下想著父親辭世前幾年，由於握筆的手顫抖，不再寫字、寫信；長日坐在背窗的一張躺椅，一搖一晃地假寐。屋子沒開燈，有些暗，他的臉背光，更顯模糊，總要靠近才知道他是睜著眼或閉著。額頭滿載歲月的疲憊，薄唇緊抿而微凹，渾不覺客廳人聲的喧譁。假日，我想帶他外出走走，多半時候他回答：「帶你媽媽出去散散心吧。我留著看家！」「隨他！——」母親往往賭氣道：「一輩子就只喜歡和外人在一起。」外人，指的是父親的舊日同袍。

我知道，母親並不了解父親。一個生於四川，一個長於山東，因戰爭逃難而結婚，婚後不數日，軍人父親即開拔上火線，年輕的母親隨一群眷屬，輾轉流徙，先到台灣，半年後才遇見被共軍俘虜、憑一紙路條中途逃亡海南島、渡過海峽歸來的父親。命運曲折，生死折磨，會使一個人的心房像蜂巢層岩，一格一格儲存的不是蜜，是苦楚的沉積物。問題是誰能脫開現實的綑束，帶老去的他回到青年人生還沒有碎裂、憾恨還來得及收拾的時代。

一九八七年，政府宣布開放探親，我計畫陪父親回四川。有一天，他在同樣未開燈而昏暗的屋裡，講了一段一輩子令他愴痛的恨別。

「一九三八年，最艱苦的作戰期，日軍攻下九江、馬當，國軍在江西與湖北交界築防禦工事，日軍隨即又從武漢背後來襲。你祖母病危，家中連催九封信。我全未收到，隻字不悉，直到戰事告一段落，無意中聽一文書提及……」

父親用四川話，講武漢失守之際鄂北那場戰役。國軍在武漢整訓，他代理排長由徐家棚東行，渡江，防守田家鎮，隸屬五十四軍八十三團第三營第九連。「在敵機艦礮轟擊及毒氣危害下，苦戰兼旬，傷亡極大。九月底，九連奉命掩護五十四軍全軍撤退，在江邊的山頭布下三個排陣地，各領一挺機關槍……」

我訝異已隔了半個世紀的事，他仍分明記得，如鄉音，如不斷溫習的鬱結。

「天麻漬漬亮時，哨兵傳報，江上有一群鴨子。」父親用望遠鏡凝望，發現日軍水陸兩用裝甲車上百輛浮在微明的江面，很快就會靠岸。但國軍在江邊挖有三公尺寬的暗壕溝，裝甲車上岸將陷住，暫時可以擋一陣。他重新查看自己這一排構築的工事：機槍在石崖底下，洞口有一大叢黃金柴掩蔽，射擊及裝彈匣的人都可躲在壕洞裡。陣地前另有一條河，聽到河裡的涉渡聲音，即

「叭、叭、叭」三發點放。由於黃金柴擋煙，敵人不易發現機槍位置。

雨越下越大，天雖放亮卻仍陰晦，隱約看見遠方山丘有日軍出沒。突見二崗哨踩水往回跑，緊急報告：敵人已連夜包圍此山，排哨已被俘，他二人因外出小解而得以突圍。

「不久，日機臨空，機關槍、六〇礮一起開打，陣地幾乎被打翻過來。從拂曉再入夜，連長負重傷垂危，另兩挺機槍沒了聲息。」父親說：「後來只剩我這一挺機槍還維持點放，一整天有槍響，敵人的部隊不敢貿然撲前。」山野無絲毫蟲鳴聲，只有人的哀號、呻吟斷續起落。他想起漸漸沉寂的另兩個排陣地，前一夜還傳出蒼涼的三弦。衣褲被雨浸透，一陣陣寒意令全身更加痠痛。

夜更深時，有同袍偽裝喊話：「陳連長！把你的機槍連拉到河邊防守。」目的是假造出一個營的聲勢。其實父親的排陣地只剩一槍、二人。「叭、叭、叭」他以三發子彈點放作答。不久，後山團防部派的中尉副官尋聲而至，手持黑巾遮蒙的五節電筒，問：「還有多少人？」說是奉團長令來查看。「還有兩人。」父親說。

「團長命撤守，但必須找齊三挺機槍帶回。」

他們憑記憶的方位，摸黑尋找，由父親帶頭，與副官及彈藥兵，推開阻路的屍體。其中一具機槍管還是燙的，上頭血黏黏地俯伏一個殉職的弟兄。好不容易把機槍找齊，一人扛上一挺。原本通過山腰竹林即可達後防，此刻日軍不斷以燃燒彈轟擊，火光通明截斷了他們的去向，只得繞道，將三十分鐘的路程延長成三個鐘頭。途經一座小廟，體力實在支撐不住了，有人提議休息。結果一坐下，三個人全睡著了。

講述至此，父親起身開燈，上廁所。我記得他曾透露，少時遇一麻衣相士，注視他良久，說兩眼間凹下，乃山根薄弱之相，沒有憑依。又說，活不過三十一歲，正應了一九三八這一年父親的虛歲。

「朦朧中聽到大隊人馬走過的聲音，軍靴喀哩喀啦地踩在碎石路面。是日軍……」父親形容，那聲音直接踩在鼓起的耳膜、跳動的眼皮和腦神經上，三人不約而同地坐起。中尉副官禁不住牙齒打顫，彈藥兵抓起槍想往外衝。父親伸手制止，等敵兵最後一小隊通過，三挺機槍往地上一架，密集捲起一排弧形火煙。敵人沿右邊大路竄逃，他們則乘隙扛槍從左側乾河溝退走，直奔團駐地張家口。天亮以前槍聲不斷，野地不時爆燃開照明彈。從河床翻上另一條小路，他們鑽進了另一片樹叢。

「身上的衣服被荊棘、利石刺得稀爛，血跡、灰土和汗水混黏在一塊兒。人人臉色灰敗，我嘴巴乾嗆嗆，長滿了火疱，擠不出一點口水來。歸隊時，發覺全連只剩下七個伙夫、五個傳令，連同前線回來的我和彈藥兵，計十四員。上級從別連調撥來二員，計十六員新編成一排。全軍再度退往蘄春、黃岡時，已是十月初旬。團長再度下令新編的我這一排留守，阻截日軍！」

父親說，拿下棋打比，這一排就是一顆犧牲子。結果這回敵人沒從正面攻打，繞過了隘口，直接幹上主力部隊。雖然這一年子彈曾劃破父親後頸，命還是僥倖地保存了下來。難過的是，在老家想兒子哭瞎眼的母親卻先走了！

「家裡寄的九封信，您都沒收到？」我問父親：「還記得信的內容嗎？」

「軍中怕影響士氣，全扣了。信是你姑媽寫的。第一信說：媽媽病重，請趕緊回來服侍湯藥……。第二信說：媽媽成天念你之名，茶不思飯不想，喃喃道：『家亨，喔，家亨回來了！』有時精神錯亂，四壁亂摸，放聲大哭。第三信說：媽媽走了，喪事由前媽生的大哥、二哥變賣家產安葬……。第四信說，你的孩子死了，你的妻子譚氏改嫁，你在國而忘家亡家……」

淚水在父親眼眶打轉，他的聲音開始嘶啞。出川前父親原已結婚，育有一女。不過年餘，女兒竟然餓死，妻子被逼改嫁，古往今來亂世人的遭遇何嘗有異。

往後幾封信，姊姊氣急地質問他：怎忍心不回信？為何不回信？且追問部隊，這人是否已陣亡？果然已死，死在何處？當部隊轉進湖南常德時，又有一信，欲前來接陳家亨的靈回鄉。這時父親才看到信，他寫報告給團長說，戰事已告一段落，必先齊家才能報國，要求請假回鄉祭母。

團長說：「戰事半個段落都沒有！任何人都不能請假。即使讓你請假，你回得了四川嗎？到處都在徵兵、募兵……」「的確！」父親說：「不被國軍抓走，也會被紅軍擄去。當時紅軍的宣傳是，即使不戰死，也會凍死、餓死、晒死、徒步死，九死一生的路只有到延安。」

父親的部隊從湖南搭貨車兩日夜到廣東；從廣東徒步一月餘至廣西；再從廣西徒步四十天到雲南。其間補給不足，水土不服，兵士精疲力竭，拉痢又患夜盲，散失近半。而抗戰八年的時間也才過一半，距反攻騰衝、血戰滇西還待三年。

今夜我在燈前記下這一鱗半爪，想到父親晚年的無語，很像杜甫〈垂老別〉「棄絕蓬室居，塌然傷肺肝」描寫的心理：人生離合，哪管你老年還是壯年，從此與家庭決絕，肝肺為之痛苦得崩裂！

一九八八年五月，終於我陪父親回到他闊別五十餘年的家鄉，人事全非，親長無一存者。又過十四年，他卸下身心重擔，埋骨於台灣北海岸。

二〇一二年八月十七日寫於翠山

——原載二〇一二年九月九日《聯合報》副刊

世界貿易中心看人——紐約日記三則

——王鼎鈞

一九二五年生，山東臨沂人，筆名方以直。曾任《中國時報》主筆、人間副刊主編。曾獲行政院新聞局圖書著作金鼎獎、《中國時報》文學獎散文推薦獎、吳魯芹散文獎等多項肯定。現旅居美國紐約，專事寫作。

著有散文《開放的人生》、《人生試金石》、《我們現代人》、《葡萄熟了》、《度有涯日記》等。回憶錄四部曲《昨天的雲》、《怒目少年》、《關山奪路》、《文學江湖》前後書寫十七年，是見證中國近代史的磅礴作品。

向美國宣示

一九九六年九月三十一日（星期六）

老聶申請加入美國國籍，考試通過，他當年一同教書的老朋友訂了一桌酒席表示慶祝，連我也拉去了。

我在五十年代讀留學生文學，得知那時台灣留學生流行三朋四友結伴入籍，取得美國國籍之日，大家回宿舍痛飲烈酒，長歌當哭，哀悼自己從此披髮左衽。我七十年代來美，沒有再聽到這一類故事，今天老聶這場喜宴，只見大家興高采烈。

老聶喝了很多酒，說了很多話，我把他的話串連起來，為他做了一篇速寫。

「入籍」是移民最後一站，我從新移民一路行來修成正果。各位好朋友想得周到，美酒佳餚，高朋滿座，我如歸故鄉只差一串鞭炮。

我十年前就有入籍的資格了，一直擺在那裡沒辦。有一天我問自己，你是不是還要回到中國？當然沒有可能。你在外面一個月可以住旅館，在外面過一年就得租房子，如果在外面過一輩子，那就得買房子，「入籍」就是買房子。

還有一件事對我也是個刺激，兒子找工作填申請表，要他回答：「你父親是不是公民？」還有：「你母親是不是公民？」工作單位按他的答案計算點數，父母是公民，點數多一些，錄取的機會大一些。咱們這一生沒有家產、沒有門第聲望留下，已經愧對子孫了，如果入籍能給兒女一點點方便，能給兒女增加一點點優勢，我拚上這張老臉也得幹。已經走到這一步，常言道：老牛進枯井裡，剩下兩個耳朵是在井口掛不住的，還是趕快做美國人吧！

現在我從堂堂正正的中國人，換成堂堂正正的美國人；從顛沛流離的中國人，做到頤養天年的美國人。我仍是血統上的中國人，已是法律上美國人。

回想移民前後，我從喝白蘭地的中國人，到喝茅台的美國人；從吃牛排的中國人，到吃餃子的美國人；從穿西裝的中國人，到穿長袍的美國人；從聽鋼琴的中國人，到聽胡琴的美國人；從說英文的中國人，到教中文的美國人。天造地設，天羅地網，注定我有兩個身分。

移民啊移民，中國是祖父，美國是養父；中國是初戀，美國是婚姻；中國是思想起，美國是豁出去；中國是我們的故鄉，美國是孩子的故鄉。「故鄉是什麼？故鄉是祖先流浪的最後一站！」凡是有海水的地方都有中國人，那些中國人都變成外國人。

做一個死心塌地的美國人吧。咱們是「極無可如何之遇」，苦海有邊，回頭無岸。咱們都是過河卒子。腳踏兩頭船是不行的，身在曹營心在漢是不行的。「吾日三省吾身」：為美國謀而不忠乎？與美國打交道而不信乎？對美國的法律制度歷史文化傳不習乎？

捨不得、丟不掉、忘不了你是中國人嗎？可是你已經做美國人了，上帝也不能使已經發生的事情沒有發生。只有自言自尊，做挺胸抬頭的美國人。只有忠信篤敬，做光明正大的美國人。只有步步下樓梯，後代要比前代高，做後來居上的美國人。只有為美國育才，做繼往開來的美國人。

多少人做到了，咱們也都正在做。也有多少人做不到，或者不肯做。移民入籍，千辛萬苦，倘若只是牢騷更多，麻將打得更好，美國又何貴乎多一個這樣的美國人？中國又何憾乎少一個這樣的中國人？

只有做成了像個樣子的美國人之後，中國才會忽然想起來你是中國人，他們主動揭開你身上的美國標籤，欣賞你身上的中國胎記。人心曲曲折折水呀，世事重重疊疊山！我們一生的遭遇本來是曲折重疊的。

——本文收錄於二〇一二年九月出版《度有涯日記》（爾雅）

世界貿易中心看人

一九九七年三月三十一日（星期一，雨）

今天，我到世界貿易中心去看人。這棟著名的大樓一百一十層，四百一十七公尺高，八十四萬平方公尺的辦公空間，可以容納五萬人辦公。樓高，薪水高，社會地位也高，生活品味也高？這裡給商家和觀光採購者留下八萬人的容積，顧客川流不息，可有誰專誠來看看那些高人？

早晨八時，我站在由地鐵站進大樓入口的地方，他們的必經之路，靜心守候。起初冷冷清清，電燈明亮，曉風殘月的滋味。時候到了，一排一排頭顱從電動升降梯裡冒上來，露出上身，露出全身，前排走上來，緊接著後排，彷彿工廠生產線上的作業，一絲不苟。

早上八點到九點，正是公共交通的尖峰時刻。貿易中心是地鐵的大站，我守在乘客最多的R

站和E站入口，車每三分鐘一班，每班車約有五百人到七百人走上來，搭乘電梯，散入大樓各層辦公室。世貿中心共有九十五座電梯，坐電梯也有一個複雜的路線圖，一個外來的遊客尋找電梯，不啻進入一座迷宮。

這些上班族個個穿黑色外衣，露出雪白的衣領，密集前進，碎步如飛，分秒必爭，無人可以遲到，也無人願意到得太早。黑壓壓，靜悄悄，走得快，腳步聲也輕。這是資本家的雄師，攻城掠地，這是資本主義的齒輪，造人造世界。在這個強調個人的社會裡，究竟是什麼樣的模型、什麼樣的壓力，使他們整齊劃一、不約而同？

我仔細看這些職場的佼佼者，美國夢的夢遊者，頭部隱隱有朝氣形成的光圈，眼神近乎傲慢，可是又略顯驚慌，不知道是怕遲到？怕裁員？還是怕別人擠到他前面去？如果有董事長，他的頭髮應該白了，如果有總經理，他的小腹應該鼓起來，沒有，個個正當盛年，英挺敏捷，都是配置在第一線的精兵，他們在向我詮釋白領的定義，向第三世界來者展示上流文化的表象。

我能分辨中國人、韓國人、日本人，不能分辨盎格魯撒克遜人、雅利安人、猶太人，正如他們能夠分辨俄國人、德國人，不能分辨廣東人、山東人。現在我更覺得他們的差別極小，密閉的辦公室，長年受慘白的日光燈浸泡，黃皮膚彷彿褪色泛白，黑皮膚也好像上了一層淺淺的釉。究竟是他們互相同化了，還是誰異化了他們？

這些人號稱在天上辦公（高樓齊雲，辦公桌旁準備一把雨傘，下班時先打電話問地面下雨了沒有。），在地底下走路（乘坐地鐵，穿隧而行。），在樹林裡睡覺（住在郊區，樹比房子多，房間比人多。），多少長春藤，多少橄欖枝，多少三更燈火五更鐘，修得此身。

唉，多少傾軋鬥爭俯仰浮沉，多少忠心耿耿淚汗淋淋，多少酒精大麻車禍槍擊，剩得此身。拚打趁年華，愛拚才會贏，不贏也得拚，一直拚到他從這個升降梯上滾下去，或者從這些人的頭頂上飛過去。我也曾到華爾街看人，只見地下堡壘一座，外面打掃得乾淨俐落，鳥飛絕，人蹤滅。這裡才是堂堂正正的戰場，千軍萬馬，一鼓作氣。九時，大軍過盡，商店還沒開門，這才發現他們是早起的鳥兒。何時有暇，再來看他們倦鳥歸巢。

二〇一二年八月十一日，附記如下：

十一年前，九月十一日早晨，國際恐怖分子劫持了四架民航客機，以飛機作武器，撞向紐約世界貿易中心大樓，紐約市著名的地標燃燒，爆炸，倒坍，成為廢墟……這天早晨，他們使三千多人死亡及失蹤。我當初以早起看鳥的心情結一面之緣的人，吉凶難卜，後悔沒再去看他們下班。

——原載二〇一二年九月十一日《聯合報》副刊

本文收錄於二〇一二年九月出版《度有涯日記》（爾雅）

莫言　莫不言

中國大陸的小說家莫言，有人說他是第二個得到諾貝爾文學獎的中國人，前面已有高行健；

有人說他是第一個，高行健有法國國籍。

恕我直言，莫言應該算是第二個，對此等事，中國一向採血統主義，老高雖然入了法籍，他只是法律上的法國人，仍是血統上的中國人。共和國當年拉攏李政道、楊振寧，也曾打出中國人這張牌。得諾獎如果是光榮，理當把老高拉進來，如果是恥辱，那就得連老莫也推出去。一取一捨，自陷矛盾，縮小國格。

再說……

論文學成就，老莫在老高之外，另營殿堂，本土製造和外洋加工並駕齊驅，共和國足以自豪。諾獎在十二年內連續給了兩個中國人，間接發揚中華文化，直接抬高中國的地位，兩個比一個好。

老莫的《紅高粱家族》出手驚人，他那時語言還不如今日成熟，意象亦時有重複，但已見潛力無窮。

他的天才經得起揮霍，作品產量豐富，作螺旋形上升，氣概雄偉，風格沉實詭異，近期作品加入象徵意義，在政治上有明顯的針對性，但又能為現行的專政體制包容，既得一時，復爭千秋。如果說，諾獎給老高微嫌倉促，接著又給老莫可視為一種補充。中國人有何理由不悅？

——原載二〇一二年十月十八日《聯合報》副刊

詩史再掀一頁

——余光中

一九二八年生於南京，福建永春人。就讀南京大學、廈門大學，在台大外文系畢業。一生從事詩、散文、評論、翻譯，自稱為寫作的四度空間。曾在美國教書四年，並在台、港各大學擔任外文系或中文系教授暨文學院院長，曾獲香港中文大學及台灣政治大學之榮譽博士。民國一百年先後獲頒「南京十大文化名人之首」、國立中山大學榮譽文學博士、全球華文文學星雲獎之貢獻獎。現為國立中山大學榮休教授。

著有詩集《藕神》、《白玉苦瓜》等；散文集《聽聽那冷雨》、《青銅一夢》等；評論集《藍墨水的下游》、《舉杯向天笑》等；翻譯《梵谷傳》、《不可兒戲》、《濟慈名著譯述》等，主編《中國現代文學大系》（一）（二）、《秋之頌》等，合計七十種以上。

綠蒂傳來鍾鼎文先生辭世的消息，並未引起我多大的震駭，因為鍾先生畢竟已近百歲，絕無夭逝之憾，何況去年筆會歲末聚餐，他已露出不復敏捷的老態，在我心頭留下滄桑的陰影。

少壯甚至中年的一代，當然都沒見過鍾先生昔日的神采。那是一九五四年初春一個晴朗的下午，他和覃子豪先生連袂訪我於廈門街一一三巷的故居。當時紀弦先生的現代派組社不久，作風十分前衛，主張十分西化，從者甚眾，令詩壇三老的其餘二位相當不安，有意另組詩社，作為諫友以資平衡。聽罷他們的來意，我有點受寵若驚。當時我才二十六歲，鍾先生已經四十一，覃先生更長他一歲，另組詩社竟要枉駕就商於我，實在出我意外。當下我表示，他們所言我也有同感。不久我們三人和鄧禹平在鄭州路夏菁的寓所餐聚，藍星詩社就在那餐桌上誕生。

事隔半個多世紀，廈門街下午那一幕歷歷猶在吾心。覃先生比較瘦削，衣著也樸素而低調。鍾先生則面色白皙，舉止從容，談吐清暢，雖帶安徽口音，卻氣運丹田，有金石之聲，還加上鼻音的共鳴。那天他穿著一套白西服，繫著一隻黑領結，更顯得倜儻，像民初上海的文人。後來得知他的生平，果然他畢業於上海中國公學的政經系，不但任教過復旦大學，還做過上海《天下日報》的編輯。

以詩人而言，鍾先生出道很早，但產量不能算多。向明所引他的少作〈塔下〉（按：八月二十三日《聯副》〈含淚讀詩懷鍾老〉），是他十七歲時所寫，淡而有味，簡直可追戴望舒。一九四九年來台以後，他的作品間歇刊出，未能多產，或許與他一身而跨政界與報界有關。他曾多年擔任《自立晚報》總主筆，先後也做過《聯合報》和《中國時報》的主筆。當時口碑極佳的「黑白集」專欄，不少短小精悍之作都出自他筆下，可是他對此非常低調，總不肯自詡哪一篇是他所寫。藍星同人共席，常聽他提起王惕吾、葉明勳等報人，顯然他和報界的淵源很深。

鍾先生晚年的詩，可惜未能發奮淬礪，層樓更攀，而任光陰耗費在次要的「以文會友，以詩結緣」。其實，他來台初期的代表作〈人體素描〉，語言恬靜，隱喻生動，比起五〇年代一般台灣詩來，相當突出，就算置於當前台灣一般的得獎詩作，也絕不落後。他把頭髮喻為青春的旗語、白色的降旛，又把肚臍喻為殖民時代留下的枯井，一聲啼哭，發表了獨立宣言。值得注意的是，這首組詩傑作，娓娓道來，反而擺脫了他慣用的鏗鏘腳韻。

鍾先生是詩壇前輩，又是藍星詩社的發起人，卻並不熱中於發表理論或擔當編務，相當灑脫，所以和覃先生相處和諧，必要時也會諍言婉勸。倒是六十年代初期，現代詩風起雲湧，爭論漸多，我年壯氣盛，一時介入了不少論戰。某次藍星的聚會上，他勸我不必如此深陷戰陣。我不納忠告，反而發火頂了回去，至於不歡而散。事後藍星幾乎散夥。也不記得究竟隔了多久，兩人再見，怒燼早熄，我也沒有道歉，他也若無其事。藍星年久自散，兩人的交往竟轉為中華民國筆會的同道。筆會每逢歲末聚餐，鍾先生輒與孫如陵、黃天才共來，成為筆會三老。不幸晚霞近黃昏，三老已去其二，孫如陵的冷笑話也成了絕響。

畫壇每將張大千、溥心畬、黃君璧稱為「渡海三家」。紀弦、鍾鼎文、覃子豪亦有詩壇三老之譽，但比起渡海三家來，分量當然尚有不足，不過對於五〇年代的台灣詩來，仍足以鼓動風氣，發生相當的影響。一九六一年我在愛奧華大學的畢業論文New Chinese Poetry在香港出版成書，鍾鼎文的〈人體素描〉和〈魚市場〉也在入選之列。台北的美國大使館舉行慶祝酒會，除入選的詩人外，胡適與羅家倫還因新詩前輩的身分應邀參加。胡適當場講了十分鐘話，鍾鼎文趁機會也上前去認他中國公學的老校長。真是富於文學史意義的一次盛會。

一九五七年，我中譯的《梵谷傳》由陳紀瀅先生主持的重光文藝出版社分上下兩冊印行。我把先出的上冊寄贈了鍾先生，他很快就給了我謝函，語多鼓勵，還說歌劇才看了上半場，還不是鼓掌的時候，且讓他等待下半場吧。現在鍾先生一生的歌劇已經落幕，輪到我，和詩壇眾多的後輩，來悵然回顧，且鼓掌相送吧。

——原載二〇一二年九月十四日《聯合報》副刊

一根扁擔

——莊聰吉

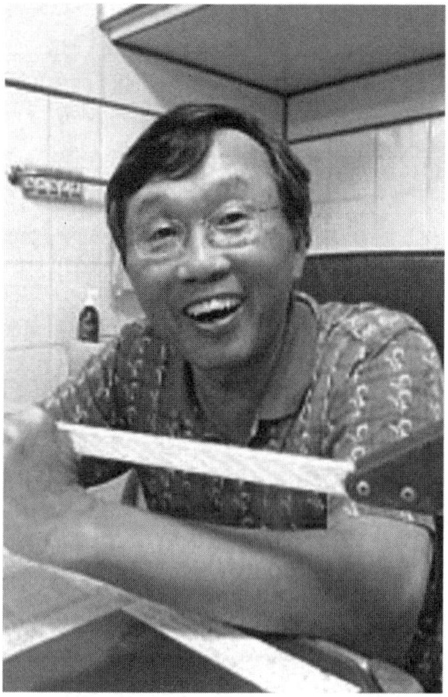

高雄市大樹區人。小學、國中、高中、大學各讀過兩所。大學先選擇藥學系就讀，二年級時休學重考，而後考取中國醫藥學院醫科（今中國醫藥大學醫學系）並順利畢業。

在長庚醫院訓練之後正式取得醫師資格，到屏東潮州小鎮開設莊眼科診所，是小鎮第一個眼科醫師，迄今執業超過四分之一個世紀。平時熱心公益不遺餘力，發揮濟世救人的醫師精神，參加佛教慈濟義診，長期協助鎮內弱勢、低收入戶家庭。因時常便裝打掃街道，受鎮民暱稱為「清道夫醫師」。現為慈濟南區人醫會成員、莊眼科診所主治醫師。

日前去拜訪好友老林，發現他家的祖先牌位前工整地擺著刨刀及量尺。好奇地問他：「你也不缺錢，這些工具老舊又占位置，留著幹嘛？」他才娓娓說出以下的故事。

上個月他為了爬草嶺古道，住進宜蘭一間民宿。一進客廳就見到神明桌上放著一把類似寶劍的東西，走近一看，才知道是根扁擔架在置物架上。扁擔本身瘢痕累累，顯示出年代久遠，反觀兩端置物架卻用雅致的台灣玉雕刻而成。古早與現代，粗俗與精緻，反差極大，卻呈現出一種不可言喻的美感。

請教民宿主人，主人笑說：「這不是什麼藝術品，但卻是我家的傳家之寶。這根扁擔已經三代祖先挑過，為了追思，也為了讓子孫緬懷，我刻意放在這裡，每天清晨祭拜祖先之前，都將它擦拭乾淨。」

「先人留下的東西必然不少，你為何偏選扁擔？」老林問主人。

「扁擔象徵我們必須承擔人生不可避免的沉重。你可能不知道，從前的台灣，交通沒有今天那麼通暢。祖先們為了養家餬口，每天天還沒亮就穿上草鞋挑兩擔宜蘭特產或魚貨，翻山越嶺到台北。那時沒有冰塊，得趕時間趁新鮮才能賣得好價錢。所賣得的錢再換成台北的特產或日用品，在太陽西下之前趕回宜蘭，一路上幾乎不得休息。」

「我走一趟單程就氣喘吁吁，汗流浹背，累到不行，先人們還得背負重擔，來回走兩趟，可真不簡單！」老林不可置信地回應。

「祖父曾當面跟我提過，有一次他挑兩隻活豬，一前一後各放一隻，途中前簍那隻不幸死了。為了平衡，他只好找等重的大石頭取代死豬，繼續趕路，絲毫不得鬆懈。」主人哽咽地道出當時生活的無奈。

「看了那根扁擔，想到自己的父親以前是個木匠，我也依樣畫葫蘆，找到他以前用過的工具，整理之後，恭敬地擺在這兒。每回祭拜時總憶起過世的父親日以繼夜工作的身影。我想留給子孫錢財，可能導致骨肉爭產而不和，倒不如將祖先奮鬥的工具流傳下來，讓後代睹物思情，學習祖先堅毅的硬頸精神。」老林感慨地向我解釋。

——原載二〇一二年九月二十二日《聯合報》家庭副刊

四個音符

——吳敏顯

一九四四年生，台灣宜蘭人。曾任宜蘭高中教師、宜蘭社區大學講師、聯合報編輯及記者、宜蘭縣文獻會委員。作品曾獲選入國立編譯館國中選修國文教師手冊、北區五專聯招國文科試題等，並選入多種選集。

著有《與河對話》、《逃匿者的天空》、《老宜蘭的腳印》、《老宜蘭的版圖》、《宜蘭河的故事》、《我的平原》等散文集。

距離

距離十八世紀有多遠？至少兩百多年。遠到讓自己不清楚當年的老祖宗叫什麼名字。距離自己的青澀歲月有多遠？都快半個世紀了。遠到認不得某些泛黃照片中的自己。

今年開年看一部電影試片，遇到年輕時從歌德小說裡初識的一個少年，那個為愛情煩惱寫下長長情書的維特。再次陪他去談戀愛，去悠游了兩百多年前歐洲的田野房舍，和古老市集。完全不在乎他那可笑的服飾和髮套。

平日我喜歡閱讀書籍而少看電影。因為書籍貼身，字裡行間縱有不足，自己可以差遣想像去填補；但影視作品稍有闕漏，立即顯露虛假、造作。難得欣賞到這種如詩如畫的情景，讓我對電影的偏見做了很大的修正。

也許，只要有適意的心境和視野，人就很容易被哄騙。不管服飾裝扮，不管年代或族群，有些距離根本不算距離，任何距離都能夠教人輕易跨越。

——原載二〇一二年二月五日《自由時報》副刊

車站

不管車子上行下行，往東往西，大多有去有回。車起動了，載著你前行的，正是起站；一旦停下來讓你下車的，便是終點站。

二十年前到北京旅遊，住在火車站附近。某個上午，突然想一個人試著搭地鐵，朋友放心的說，北京地鐵路線繞著方框框，坐多久也不會跑到上海或西安，擠來擠去總要回到這裡，縱使坐過頭，兜個圈子還會回來。

人生旅途，能夠朝著不同的方向去來，也能夠兜著圈子恍若走馬燈。無數的車站始終守候著，什麼地方是起訖站？該停留或是繼續前行？全憑自己盤算。

一輩子當中，肯定有過從某個站上車之後，便不曾在這個站下車；同樣的，也會有過在某個站下車後，再沒從那兒上過車。

既然每個車站都可能是起訖站，心底應該少掉許多牽掛。反正，時間到了，都得上車離開，要不就下車走人。

——原載二〇一二年四月八日《自由時報》副刊

●筆記本

喜歡讀書寫作的人，肯定有各式各樣的筆記本。

於是書櫃抽屜，書桌上下，背包提袋，到處都塞著筆記本。有的寫了大半，有的零零落落塗鴉，更不乏整本空白如新的放了好幾年。

使用筆記本最大的煩惱是，帶在身上時不一定想寫，要寫它時偏偏沒在手邊。最慘的是，寫了一大堆卻被忘記它擱在哪兒，要不然就是所寫的字句已經變成連自己都看不懂的天書。

退休這些年，讀寫時間比較集中，頗適合筆記本發揮功能，但基於前車之鑑，我改用信手拈來的紙張做筆記。不管是商家的廣告紙，各種通知或帳單，只要有一面空白，往口袋裡一揣，即是我思緒馳騁的版圖。

無論觀賞影集、讀書聊天、出門坐車、散步購物，甚至坐馬桶辦大事，想寫什麼都能掏出紙筆一揮而就，比任何簿冊更為貼身，得空再鍵入電腦。

最近電腦出問題，到家裡來維修的年輕工程師，寫筆記的方式顯然比我先進。他不用紙、不用按鍵，臨時需要抄錄的數據，直接寫在左手掌背面。他說，用其他方式容易忘掉，總得四處翻找或打開電腦查尋，麻煩！

——原載二〇一二年五月三十日《自由時報》副刊

收藏

和大多數人一樣，我的收藏癖好，開始只撿拾圓滾的小石子，買各種顏色的橡皮筋和晶亮的玻璃珠，後來把彩色的透明糖果紙、蓋過郵戳的郵票夾在簿本裡，再後來是偷偷地盯著隔壁班女同學的酒窩。

但那好像各有階段性的使命，能夠被長期持續蒐羅的，應當僅剩文字和詞句。從鄉公所的公告欄，到殘破的字紙；從車站候車室的閱報欄，到學校的圖書館。再從書店的櫃檯，進了電腦網路，始終執迷不悟。遇上對眼的字句到手，即想方設法地攏好掖好，深怕有所閃失。

不曾低估自己的記憶容量，總以為每個人都有無限大的記憶體卡匣，只要讀過的、想到的、寫下來的字句，不管是情愛、憂傷、疼痛、怨恨，統統收納。從來沒想到，這個最大容量的記憶體竟然有個渾名，叫著「遺忘」。

經常讓我不知道應該按下哪個鍵，或輸進去什麼樣的密碼，才能尋獲我想要的。

——原載二〇一二年九月二十三日《自由時報》副刊

全球化中說相聲

——何懷碩

一九四一年生於廣東。國立台灣師範大學藝術系畢業，美國St. John's大學藝術碩士。中外知名水墨畫家與書法家，同時也是著名藝術、文化評論家與作家。繪畫作品在歐、美、中、港、台展出多次，廣為中外美術館、博物館與著名現代藝術收藏家所收藏。現為國立台灣師範大學美術研究所教授。

著作除多部繪畫作品集之外，文字著述出版有《懷碩三論》、《苦澀的美感》、《繪畫獨白》、《何懷碩文集》、《域外郵稿》、《給未來的藝術家》等近二十部。

說起相聲，便想起北京侯寶林，台北吳兆南、魏龍豪。清末至今百餘年，到了他們三位上台之後，相聲藝術才更膾炙人口。侯寶林一生極其坎坷，歷經反右、文革。聽說當紅衛兵高喊：「打倒侯寶林！」侯說：「不用，我自己躺下得了。」受難中不忘以諧謔笑傲對之。到八〇年代被北大聘為教授。晚年從事著述，有《相聲溯源》、《相聲藝術論集》等書。一九九三年逝世時才七十六歲。

台北吳、魏兩位，實是相聲發揚光大的功臣。在大陸政治鬥爭不斷的時代，他們在台北，搜羅傳統段子，整理脩葺；也創作新段子。而且不遺餘力表演、傳播、錄製相聲集錦，以傳久遠。更悉心培養弟子，創立「龍說唱藝術群工作室」，現為「吳兆南相聲劇藝社」，薪火相傳。

今年八月底九月初，為紀念侯寶林九五冥誕，吳兆南號召侯寶林兩岸的徒弟與徒孫，在台北舉行《侯門深似海》的相聲表演。北京侯大師的女兒及好幾位一級演員光臨台北，同台獻藝，這是空前難得的盛事。

吳兆南再兩年便九十大壽，他與魏龍豪是相聲藝術台北雙傑。可惜魏龍豪已於一九九九年病逝。他們兩位確把侯寶林的相聲，再推向另一個高峰。原來北京的相聲，是市場、茶館鬥嘴賣唱的玩藝，天才侯寶林把它淨化、提升，確立其優秀民間藝術的地位。不過，北京的相聲，閒話太多，有點拖沓。在語言的節奏與韻律，情緒與調子的起伏快慢，輕重舒縮，敘事的邏輯，整體結構的嚴謹與緊湊，題材的擴大，時代精神的融入，為民喉舌與社會批評的發揮等方面，就我這個門外漢的旁觀，台北雙傑於侯大師，是青出於藍而青於藍。尤以〈南腔北調〉、〈八扇屏〉、〈拉洋片〉、〈俏皮話〉、〈山西家信〉等老段、新編，可說已成經典之作。

相聲藝術之所以有魅力，就因為它有不可取代的特色。它不是戲劇，不是歌舞，不是戲曲，也不是說故事，它卻可以兼取並融，融合在以口說為主的語言藝術中。它不要化妝與服飾，（一襲灰青長衫，意在將視覺的干擾減到最低，以突出相聲的語言——包括聲音、表情、手勢都屬「語言」的範疇——為主的藝術特質。）也不要燈光、布景，不要背景音樂，純粹是「語言藝術」。（有人加上化妝、服裝與燈光布景及音樂，以為是「創意」，實則是「焚琴煮鶴」。）相聲可以說是表演藝術中「物質材質」最少的藝術，它的形式與內容卻可以無限擴大。表演形式上，它可包容說話、口技、方言、各地民間說唱、戲曲、歌曲等；內容則哲理、文學、政治、歷史、民俗、語言、飲食、倫理、批評、雜學等等。優秀相聲藝術家修養淵博，技藝精湛，寓莊重於諧趣，別有慧眼看人生，絕不是逗笑而已。這使我想到他們與老舍、葉淺予、王洛賓、張樂平、豐子愷這些二十世紀民族藝術家，他們都是貼近現實人生，既通俗，又深刻的大師。老舍與梁實秋曾同台說過相聲，可見學院中人也不輕視相聲。他們有些人曾飽受苦難，大多已下台鞠躬，以後恐怕是「但恨不見替人」。

民間藝術最大的危機就是當代的「全球化」。西方社會學者老早指出「全球化就是美國化」。全球化不知不覺改變了各民族國家的文化土壤，使外來作物壯盛，本土作物萎弱。想想我們今日的小孩子天天喝可樂，吃炸雞，本土的碗糕與四神湯怎能不越來越靠邊？而今天，陳達的民歌與李天祿的布袋戲如何敵得過女神卡卡與「憤怒鳥」？如果還以為文學藝術的民族主義是狹隘、落伍的觀念，正好讓歐美的全球化吞噬了我們民族文化可貴的珍寶。當代「全球化」不是最大、最霸道的文化的「民族主義」嗎？為什麼我們不敢反對？

幸好相聲的藝術傳統薪火不息，許多優秀的傳統段子都得到很好的整理和保存。彰化建國大學土木系有一位丑倫彰教授，自認從少年起得了「相聲病」，為相聲做了許多輯錄、整理的工作，數十年如一日，十分可敬。他且與魏龍豪曾是忘年交。

優秀的文化藝術總有許多知音在天涯海角。上月十五日《聯副》刊出訪問吳兆南先生的文章中他說，相聲像一盆花，大家都說漂亮，就是沒人澆水。我謹以此小文，呈獻一瓢之誠。在全球化無情的浪潮中，我們更應該重視、呵護、獎勵、發揚我們的大眾民間藝術。

我對相聲藝術社團與社會有一些期待：應該蒐集、研究、出版有關說唱藝術的錄音與書籍、文章，尤其是已過世的侯寶林、魏龍豪及其他名家的文字。也應出版傳統與新創的優秀相聲段子的「文本」，這對認識、改進、研究相聲很有功用。其次，應鼓勵新段子的創作，也應鼓勵「閩南話相聲」的創作。事實上相聲是「語言的藝術」，什麼語言都可以創作「相聲」。閩南語有幽默、詼諧的特色，可以反映時代，應該有很好的新段子誕生。文化機構可以舉辦「閩南話相聲」比賽。順告讀者：十一月二十三、二十四日「吳兆南相聲劇藝社」有《相聲憂末日？幽默日！》三場在中山堂演出。這是難得的機會，有相聲病者，不論微恙或重症，請共襄盛舉。

——原載二〇一二年九月二十四日《聯合報》副刊

朱介凡先生二三事

——謝武彰

出生於一九五〇年，復華中學高中部畢業。曾任編輯、廣告企畫、編劇、主編、中華民國兒童文學學會理事等，是台灣知名的兒童文學作家之一。曾獲洪建全兒童文學創作獎、時報文學獎散文優選獎、洪建全兒童文學推薦獎、國家文藝獎兒童文學獎、高雄市文藝獎兒童文學獎和散文獎。

編著作品有《狐狸金杯》、《南柯一夢》、《小黑猴》、《葉限》、《鯉魚變》、《板橋三娘子》、《文字雙胞胎？》等兩百餘種。

二〇一一年十月一日，對兒童文學來說，真是令人傷心的一天。

這一天，插畫家洪義男先生辭世的消息，像悄悄掩來的暮色。朋友紛紛走告，大家惋惜不已。這一件事漸漸塵埃落定以後，接著《文訊》月刊披露了朱介凡先生，同樣在十月一日辭世，享壽一百歲。

朱介凡先生默默走了，兒童文學圈似乎沒有人發覺、也沒有引起什麼反應。一個百歲人瑞、一個古典兒歌的蒐集與研究的行家，就這樣隨風而逝，真是令人唏噓。古典兒歌的蒐集與研究，不僅從此失去一大家，恐怕也將成為絕響。

約在一九八〇年，由於筆者著手編輯一套古典兒歌選集，部分作品需要引用朱介凡先生的大作《中國兒歌》。幾經商量以後，得到純文學出版社林海音先生的協助，才有機會認識朱介凡先生。

經過事先約定，我準時到朱先生府上拜訪他；他不但首肯，更寫了一篇序文相贈。一個行家、一個學徒，就這樣有了連結。

依稀記得朱家擺設樸實，牆上掛著張佛千先生贈的對聯。朱介凡先生當時約七十歲，身材瘦高、思緒敏銳、行動敏捷、鶴髮童顏、待人和氣。雖然是初相識，他不棄我的淺薄，還是客氣相待。

這是我第一次看到朱介凡先生。

後來，兒歌選順利出版了，我把新書送到他府上表示感謝。他說了一些鼓勵的話，我就離開了。

這是我最後一次看到朱介凡先生。

從此以後，我的重心放在兒歌創作。但是，他編著的《中國兒歌》，依然是很好的參考書，我從中得到許多啟發。

時間過得飛快，林海音先生的純文學出版社，因故忍痛結束營業。她結束營業的身影非常漂亮，足稱典範。原來，林先生不但把版權全部歸還給作者，還將庫存的書全都贈送給原作者。如此大器，真是鳳毛麟角；所以，大家見到她必尊稱一聲「林先生」，並不是沒有原因的。

故事，好像就到此為止了；其實，還沒有。

有一天，兒童文學學會收到朱介凡先生贈送的十本《中國兒歌》。原來，朱介凡先生擴大了林海音先生的善意，他把《中國兒歌》，又轉贈給各公益團體。

林海音先生的善意，像蝴蝶效應，漣漪般的擴散了。

朱介凡先生的善意，也像蝴蝶效應，漣漪般的擴散了。

我是到學會洽公的時候，看到這些贈書的。於是，就商得會務人員的同意，購得了其中的大部分。因為，我有預感這本書很可能會成為絕響。我並不是要囤積居奇、待價而沽，而是想把它送給需要的人。

果然，有一回，一位大陸知名的兒童文學教授，到台灣來參訪。由於，大家是舊識；所以，我以簡餐相迎遠來的同好。相談中，他說在台北的書局翻找了幾天，都沒有找到《中國兒歌》。我聽了微微一笑，說：

「我有這本書，我送你一本。」

他聽了，既驚訝又高興。幾天以後，他帶著這本絕版書回大陸。這些原來流傳在大陸的兒歌，又回到發源地了。

後來，我見賢思齊。希望林海音和朱介凡先生的善意，能像蝴蝶效應，像漣漪般繼續擴散。原來的幾本書，只留下一本，其餘的全都送給需要的同好了。

故事，好像就到此為止了；其實，還沒有。

後來，偶然在電視頻道上，看到一位文壇大家，談到自己被關進某單位監牢時，由於得到朱介凡先生暗中周全，才沒有進一步吃苦頭。其實，他和朱先生根本是不認識的。

故事，好像就到此為止了；其實，還沒有。

後來，偶然聽到客籍朋友談起，某客籍文學家，也是由於朱介凡先生暗中周全，才能免於一場磨難。其實，他和朱先生根本是不認識的。

由這兩個例子看來，這很可能不是個案，而是通例了。朱介凡先生任職的時候，他的心裡應該有一張「辛德勒的名單」。有多人不知道，自己被一個陌生人，暗中出手搭救了。至於，他幫助過多少人，雖然已經不可考了，但卻是人間少見的。朱介凡先生在職位上，不利用「主場優勢」，不下黑手；而是暗中幫助陌生人，是非常了不起的。尤其是，在當時的氛圍下。

雖然，筆者和朱介凡先生的來往極少；但是，卻始終記得他的身影。所以，在他辭世週年，冒昧寫下他的事蹟，讓讀者來認識。

二〇一一年十月一日，是古典兒歌難以彌補的日子。

一年很快的過去了，但願——

二〇一二年十月一日，我們還記得這些事。
朱介凡先生，辭世了。
《中國兒歌》，絕響了。
一個世代，也過去了。

——原載二〇一二年十月一日《人間福報》副刊

八十自述

——馬森

一九三二年生，華人戲劇家與小說家。國立台灣師範大學國文系畢業，國文研究所碩士，加拿大英屬哥倫比亞大學社會學博士。曾任教於墨西哥學院、加拿大阿爾白塔大學、維多利亞大學、英國倫敦大學。一九八七年返台定居，曾任《聯合文學》月刊總編輯，國立藝術學院教授、香港嶺南學院客座教授，成功大學中文系所教授。曾獲得洪醒夫小說獎、府城文學獎、中華文藝獎金委員會五四獎金。

著有學術專著《文學的魅惑：馬森文論六集》、《二十世紀中國新文學史》、《台灣戲劇：從現代到後現代》等；劇作《花與劍》、《父親》、《腳色》等；小說《孤絕》、《夜遊》、《巴黎的故事》等；散文《在樹林裡放風箏》、《愛的學習》、《墨西哥憶往》等，並有文化評論及翻譯多種。

過去胡適之先生在不惑之年寫過《四十自述》，是一本書，不只是一篇文章，主要因為他四十歲的時候已有大成就，或自覺已有大成就，因此可以為自己立傳了。我們後學活得比他久，成就卻遠遠不及，有沒有資格也寫篇自述呢？提起筆來，心中並不踏實，也就是沒有胡適之先生那樣的自信，雖然走過了比他多一倍崎嶇迂迴的道路。

胡適之那一代的人適逢滿清傾頹、民國建立的大時代，又遇到轟轟烈烈的五四運動，每個知識分子似乎都胸懷大志，大有英雄用武之地，要為國家社稷做一番事業出來，這可說是他們的幸運。我們這一代遭遇的卻多半是戰亂，先是日本的侵略，後是國共的鬩牆，接下來是世界性的冷戰加區域性的熱戰，如韓戰、越戰等。又遭逢強人的領導，不容你任意出聲喘氣。我們一生或身臨戰禍，或屈身噤口，常在戰爭與高壓的死亡威脅之中，身不由己，感覺自己非常渺小，對國家社會似乎都無能為力。很難說是幸或不幸，因為沒有用武之地，也可落個輕鬆自在。

他們那一代可稱為叛逆的一代，不但打倒孔家店，而且把中國固有文化都視為封建的糟粕，要求全盤西化。我們這一代也同樣叛逆，不過是叛逆的叛逆，不同意中國的固有文化是漆黑一團，當然也不認為有全盤西化的必要。但是我們兩代人的追求與希望是一樣的，都期待我們有一個民主自由的環境和豐衣足食的生活。說起來我們更加幸運，我們看到了一部分民主自由的環境和豐衣足食的生活的實現，而胡適那一代的人卻沒有看到。我們之所以能夠看到，不只是因為我們比他們年輕，也因為我們在這個世界上待得更長更久。

昔人說「人生七十古來稀」，杜甫四十多歲已經滿頭白髮、齒牙動搖，慈禧太后四十歲後被稱作「老佛爺」，皆因生命短促的緣故。胡適那一代的人這句話還可適用，到了我們這一代恐怕已經過時了。如今活到八十歲以上的人多如過江之鯽，我的左鄰右舍多的是快要百歲的老人，個個耳聰目明，腰桿挺直，開車的依然開車，除草的依然除草，八十歲的我在他們眼中還顯得青嫩呢！多年的老朋友葉嘉瑩教授已經八秩晉五，還沒有從南開大學退休，每年暑假也必飛回溫哥華來開設暑期班（當然不是營利，課程是免費的，教室是商借的），聲音依然宏亮，站立開講兩小時面不改色。這叫作教書成癮，總強過博弈或菸酒成癮的吧？

我沒有教書成癮，雖然在講堂上也覺得好自在，按照台灣各大學的規定，屆時就身退了。退休後並沒有閒下來，要完成的寫作計畫一大串，總覺得時間不夠分配。日子過得像噴射機一樣的迅速，每天起床，練完氣功、做完運動、晨走半小時，吃過早餐，最多只能工作兩小時，就到了吃午飯的時間。吃過午餐，小睡一小時，太陽已經偏西了，趕緊到花園裡剪剪枝、除除草，洗個澡，再打開電腦，沒打幾個字又到了晚餐時間。晚餐後聽聽新聞，一眨眼就該熄燈就寢了，一天能做的事實在有限。一天天飛過，生命也就自然日漸消蝕，不管保健做得多麼好，終有油盡燈熄的一天。

我的保健祕訣就是生活規律，每天有適當的運動，不動菸酒，不暴飲暴食，加上練練氣功。必須感謝我們的祖先發現了氣對生理的功用，又被當代的氣功師父發揚光大，才有今天嘉惠眾生（包括科學發達的西方人士）的結果。我自幼身體羸弱，初中的時候瘦弱得讓老師擔心會被一陣風給吹跑了。戰時物資缺乏，營養不足，我自己也很擔心，這樣下去怎熬得到三十歲呢？既然有了這種自覺，就立馬想法子補救。記得當時我買到的一本有關保健的書，是成舍我寫的《我怎樣恢復健康的》。多虧這本書傳授我一些保健的常識。我首先說服沒有保健知識的母親在家庭經濟情況允許的範圍內盡量改善我們的飲食習慣，其次我自己決心選一種每天可做的適當運動。那時，我跑也不行，跳也不行，想來想去只能在水中慢慢游動，既活動了筋骨，又不會太花力氣。可是要學會游泳並不那麼容易。我在河水中偷偷嘗試過多次，都未成功。為什麼要偷偷嘗試？因為太排骨了，不敢在人前寬衣。後來還是到了台灣之後，天氣太熱，自然想泡在水裡，在淡水的沙崙海濱居然學會了游泳，海水的浮力大，自然而然就會漂浮起來的緣故。從此我愛上游泳，不管到哪裡，總想辦法每星期游三、四次。在成功大學執教的十多年，我一直是成大早泳會的會員，在標準的游泳池裡每晨風雨無阻游他一千公尺。到了退休的前後，我曾經四次橫渡過日月潭。那時的身體跟我幼年的羸弱體質比起來真是判若兩人。所以我相信一個人的健康和一個人的命運完全掌握在自己的手裡。決心和恆心就是掌握自我的基礎。

我的命運一向都是由自己來操縱，雖說對大環境無能為力，對自己的方向總得要自我掌控。前半生的經驗使我看到那些原來心懷愛民救國大志的英雄志士，一旦成功掌握了權力，立刻搖身一變成為專橫跋扈的暴君，毫不吝嗇地屠戮他本該愛護的眾生。也有些看來正氣凜然的漢子在權力的誘惑下蛻變成貪婪無度的小人。甚至當人們擁有了一星半點的權力，也會因而作威作福，與人為難。權力使人腐化，真是句千古不易的至理名言。縱觀人類的發展史，為人群造福的是農夫、工匠以及在科技、經貿、教育、文學、藝術、音樂、宗教等領域的人士，政治人物多成為給人類製造災禍的根源，不是壓榨已經貧瘠的人民的膏脂以供其無度地奢侈，就是假借國族之名或什麼崇高的理想把無辜的百姓送上殺戮戰場，而且都是年輕力健者；近代所謂的革命領袖尤其如此。人如果是由禽獸進化而來，源自獸性的權力慾、財貨慾在政客的身上發揮得可謂淋漓盡致。

歷史的確是一面鏡子，看到他人如此，自己能夠例外嗎？因此，對我而言，權力就形同一種道德的陷阱，一個修身自愛的人怎可盲目陷入其中？遠離權力，必須先遠離政治，這是我一生所遵守的原則。很早我就決定了自己要做一個與政治無干的平凡人，棄絕權力，便不會有危害他人的任何可能，只把自己本分內的事情做好，行有餘力盡量付出，這樣也就足夠了。我所選擇的教育園地還算是一方淨土，雖然也免不了有時有些小小的傾軋，但是很容易置身事外，如果自己不想陷入的話。到了八十歲的關卡，回首前塵，仍覺得自己的選擇十分正確。

從出生算起，輾轉流徙數大洲，先後久居過無數城市，包括世界上繁華的大城：濟南、北京、台北、巴黎、墨西哥、溫哥華、倫敦等，但住得最久的是較小、較安靜的台灣府城，也是我一生最懷念的地方，我的小女兒即出生於此。如果我不住在那裡，隔一段時間總想辦法重溫一下府城的舊夢。自我二十八歲離開台灣赴歐遊學，先後在歐美和亞洲的眾多大學執教，結交了不少談得來的朋友，教了更多熱心上進的學生，有的事業有成，有的失去了聯繫，但是他們都活在我的心中。我執教最久的算來仍是府城的成功大學，不但從那裡退休，而且藕斷絲連，退而未修者多年，成為我心中最惦記的學府。今年那裡的同事，還有一群散布在台灣眾多學府的學生、故舊，群議聚會一天，各自發表一篇學習和研究的報告來祝賀我走過了八十年的歲月。還有台南大學戲劇系的師生也熱心撥冗演出拙作來助興。我心中既為他們犧牲寶貴的時間，又南北奔波而不安，同時也感到人間的一份溫暖。更使我意外的是，在退休十五年後竟當選今年度成功大學的「李國鼎科技與人文講座教授」，那就是說全成大的同事們還相信我有能力站在講台上不會語無倫次，而且在科技外也看重了人文的價值。我為此當然感到欣慰，也感謝提名和投票的同事們對我的信任。

其實，活到八十，並未感覺到與七十歲，甚至六十歲時有什麼巨大的差異，同樣起居生活，同樣閱讀、寫作，只是不再按時上課教書罷了。唯一的不同可能是如今凝視自我內心多於瀏覽外界的風光，總覺得可見可聞的那些事物都不過是過眼煙雲，轉瞬就將煙消雲散。

僥倖記憶力尚佳，雖然已失去年輕時過目難忘的能力。自覺腦力並未退化，筆下與腳下還一樣硬朗。一部花了多年光陰篇幅浩繁的文學史即將完稿，同時也仍然有新作問世和舊作重出。今年最高興的是出版了兩本新書：一本是年初由聯經出版公司出版的《中國文化的基層架構》，甫出版就被觸覺敏銳的上海人民出版社簽去了簡體字版，此亦足見彼岸也漸能包容殊異的觀點。這是我思索多年的一本著作，發揮了我所建構的「老人文化」和「藹式文化」兩個觀念，前者自認是驅入中國文化核心的必要門徑，後者則可視為了解文化變遷的一把可用的鑰匙。另一本是巴黎專出版有關中國著作的友豐書店正在付印的《北京的故事》法文版。這並非譯本，而是我原始手寫的底稿，中文的《北京的故事》反倒是後來重寫的版本，卻早就搶在前面出版了。為了銷路，友豐建議請身兼漢學家和法文暢銷作家的Simon Leys寫一篇序言。Simon Leys是李克曼（Pierre Ryckmans）的筆名，他是比利時皇家學院的院士，又教出現任澳洲總理的學生，身價不凡，但恰巧是我的舊識，只是像我一樣乃退休之身，我們也多年失去了音訊。為此事又重新聯繫，不巧適逢克曼一隻眼睛開刀，耳朵又重聽，不能直接聽電話，加以拒用電腦，只好靠李夫人在中間傳話。他用另一隻眼睛讀完原稿，寫了序文，這是令我十分感激而不安的。出版社卻因此大喜，似乎認為有這篇序言就銷路無礙了。

所出版的不管是學術著作，還是創作，總覺得好像生兒育女一般，可以傳諸後世，其實多半都塵封在出版社的書庫裡，或圖書館的書架上，如今的年輕人人手一隻iPhone，哪裡還有時間閱讀？我們這樣努力地寫作，不知為誰辛苦？有鑑於今日電子化的大勢所趨，雖說一生努力的成果不能使人樂觀，但好在努力的過程更為重要，就如無果之花，體驗到盛開時的榮耀也就差堪自慰了。

——原載二〇一二年十月三日《聯合報》副刊

黎智英啟示錄

——楊照

本名李明駿，一九六三年生，台灣大學歷史系畢業，美國哈佛大學博士候選人。曾任《明日報》總主筆、遠流出版公司編輯部製作總監、台北藝術大學兼任講師、《新新聞》週報總編輯等職；現為《新新聞》週報總主筆、「博理基金會」副執行長、新匯流基金會董事長，並為News98電台「一點照新聞」、BRAVO FM91.3電台「閱讀音樂」節目主持人。

著有長篇小說《吹薩克斯風的革命者》、《大愛》、《暗巷迷夜》；中短篇小說集《星星的末裔》、《黯魂》、《獨白》等；散文集《軍旅札記》、《悲歡球場》、《場邊楊照》等；文學文化評論集《流離觀點》、《文學的原像》、《文學、社會與歷史想像》等。

兩年多前，一度台北媒體朋友間奔相走告一個重要的祕密：「老黎找出了辦電視的新門道了！」

當時，黎智英的「壹電視」已經成立，不過卡著一個難過的關——還沒通過NCC審查取得電視頻道執照。一般的經營者不會在拿到執照前先開始燒錢。至少得先確認打通了主要環節，算得出拿到執照的時程，才會開始招團隊儲備節目。

黎智英不是一般的經營者。在取得電視執照這件事上，他的條件遠比一般經營者還要差。他的《壹週刊》和《蘋果日報》挖新聞爆內幕的手法，把台灣政商人士都得罪光了，而這兩個媒體羶色腥的風格，又替他在台灣惹來許多質疑、不屑的眼光。說得簡單些吧：在台灣，很多人想看到黎智英倒楣，卻沒有什麼人——包括天天看《蘋果》周周看《壹週刊》的人在內——積極期待黎智英擴張其媒體勢力範圍。

黎智英辦電視辦得顛顛跌跌，毋寧是預料中事。比較特別的，反而是即便理性看來，黎智英辦電視勝算不高，卻誰也都不敢斷言黎智英會失敗。很短時間內，圈內人都知道了：黎智英打算大手筆訂購上百萬台機上盒，用免費方式遍發入台灣家庭，等於是砸錢另行打造一個全新收視系統。

我所認識的媒體人，大部分在驚異之餘，都表示嘆服；相對地，幾乎沒有任何人覺得這樣一條走偏鋒的路會走不通。

這件事具體反映了黎智英在台灣的形象。一個讓人無法測度其極限的梟雄，不按牌理出牌，卻往往能自成牌理贏了牌局。

黎智英有這樣的形象，來自他經營紙面媒體的成績。「壹傳媒」進入台灣不到十年，打得台灣原有的平面媒體大亂。黎智英成功的地方，剛好也是台灣媒體過去最弱的地方，是「Do the thing right」。在用正確且徹底的方式，把事情做好上面，黎智英超級厲害。

黎智英在「Do the thing right」上的巨大優勢，給了台灣媒體大震撼，以致不敢想像他有可能失敗；顯然黎智英也自信滿滿，相信自己可以靠著創意與決心突圍。

簡單說，黎智英就是被台灣媒體過度抬高他的能力給打敗的。他忘了，經營事業，尤其是經營媒體事業，除了要「Do the thing right」之外，還有另一個關鍵重點是「Do the right thing」，用對的方法做事，不必然就做出對的事來。

在「Do the right thing」的選擇上，黎智英的決定可就讓人不敢恭維了。他打造了一個超級有效率，超級吸引讀者的媒體機器，為了卻是拿來報導許多讀者就算不知道，也沒什麼關係的事，甚至拿來報導不斷破壞一個社會正常運作的羶色腥新聞。在「Do the right thing」上的荒疏，與在「Do the thing right」上的講究，構成了最強烈的對比。

這樣的選擇，使得他所得到的支持，是消極的支持；他所得到的反對，卻是積極的反對。消極的支持，不足以讓這些人願意多打一通電話去要一個免費的機上盒，不足以讓他們願意多費點功夫學習如何使用新裝置。但積極的反對，卻可以說服許多人，「壹電視」是不適合進入家庭的毒蛇猛獸。

黎智英的奇襲突破點失靈了，他必須轉而回頭循正常的管道申請執照、洽談頻道，也就阻止不了敵人們對付他的明顯罩門了。黎智英自己形容：「壹電視」等於每天將一輛頂級賓士車推下海裡，那麼人家只要拖著看你能損失多少輛賓士車下海就好了。

聽起來很老套，但還是只能這樣評斷：在台灣，黎智英沒有敗給誰，而是敗在自己的手裡，敗在他以為自己可以完全操弄台灣社會的過度傲慢上。

——原載二〇一二年十月十六日《聯合報》「名人堂」

諾貝爾文學獎之輕與重

——孫慶餘

一九四七年生，籍貫台灣新竹。大學就讀台大哲學系，西雅圖華盛頓大學亞洲語言暨文學研究所、亞洲研究所畢業。專欄作家、政治評論家，曾在大學任教，積極投入七、八〇年代台灣民主啟蒙運動，曾任海內外多家報社總編輯、主筆、顧問，曾為兩岸國家領導人政治顧問或長期諮詢對象。

莫言摘下諾貝爾文學獎桂冠，是中國人的榮耀，也是中國官方承認的榮耀。但中國及莫言本人必須同樣承認，在已成一體的世界中，世界桂冠的榮耀包含責任。沒有得到這項榮耀前，中國人充滿沉重期待，但責任是輕鬆的。得到桂冠後，中國人心情轉趨輕鬆，但責任卻開始加重。

羅蘭・巴特談「政治性寫作」兩種基本類型：法國大革命式與馬克斯主義式。前者是流血祭禮式，為革命暴力及種種不人道行為辯護；後者是原則堅持式，一切被歸入馬克斯主義既定框架中。前中國社會科學院文學研究所所長劉再復，在其當代文學史論著《放逐諸神》（一九九五）中指出，一九四二年《延安文藝座談會講話》之前，中共文學是馬克斯主義式，之後是馬克斯與法國大革命混合，文學為革命服務，其功能類似軍隊，努力尋找「歷史罪人」、清除「反動力量」，以致文學中具有的同情心及人道熱情逐漸絕跡，成為對人類不幸無動於衷的「冷文學」。

劉再復對八〇年代中後期新的大陸文學寄予厚望，特別推崇作家能從單純反映現實的「第一視力」發展為穿透現實、表現荒誕的「第二視力」，說他們是魔幻的眼睛，像杜斯妥也夫斯基般自黑暗地下室看穿世界。他舉出莫言與殘雪兩個例子。

劉再復的論斷太早了，大陸作家這二十年的變化（尤其是深受後現代思潮影響，超過世界各國）猶如中國一日千里的變化。本質是農民及軍人的莫言與本質是知識分子的殘雪非常不同。雖然二人同被歸類「感覺化」文學，但殘雪暴露地獄黑暗卻又渴望光明，如同她在〈解讀浮士德〉中，把魔鬼梅菲斯特詮釋為「本性就是愛」，把浮士德的追求詮釋為「由生命的縱慾狂歡達到詩意的反省，在反省中認清人的處境——」。莫言則把黑暗醜陋美學化、正當化，抹除善惡美醜界限，欠缺文學家應有的社會責任。

相當程度反映中國官方觀點的《意識形態新論》（二〇〇六）一書指出，莫言的成名作《透明的紅蘿蔔》津津有味的描寫一些很醜的東西，美化屍體、糞便，以極不恭敬的態度寫自己先人，五四以來作家共同尊奉的濟世救民、教育民眾、撻伐醜惡，到王朔、莫言都被反轉了。朱學勤指出，八、九〇年代中國文學現象有兩大核心，痞子文學以王朔為代表，土匪文學以莫言為代表，前者專注城裡，後者主攻鄉村；痞子是一種解構，解構現有秩序和傳統，匪氣是一種張揚，誇示人性原始與本能。

朱大可《流氓的盛宴》（二〇〇六）更揭露，莫言自《紅高粱》系列起，就在他的鄉村敘事上不倦行走，以強悍的暴力主義，鋪陳謀殺、通姦、縱酒、剝皮、砍頭等酷語，二十一世紀初更將這些逼入美學的極限（如《檀香刑》），屠殺變成一種非凡的技藝，觀賞死刑則混合極度施虐與受虐的肉體狂歡（彷彿薩德）。

二十一世紀前夕，大陸學者提出未來要為中產階級寫作。莫言卻反對輕的、軟的、綿的（他所謂的中產階級）作品，要用一種民間（民族）東西與之對抗。而他的民間東西無非就是迷信及土改、文革時期淳樸農村最不堪回首的記憶。這些變態越軌的人性及極限人性，有任何偉大作家會從正面加以描述嗎？

一九七〇年，鐵幕作家索忍尼辛在其諾貝爾受獎詞〈為人類而藝術〉中宣示，文學與藝術能拯救世界，全世界作家要「手拉手，完成我們沉重的使命」。一九七一年，拉丁美洲被殖民者良心聶魯達在其諾貝爾受獎演說中強調，只有懷著火熱的耐心，我們才能攻克那光輝的城鎮，給人類以尊嚴、正義和光明。連西方當代社會良心卡繆在一九五七年受獎演說都表示，藝術是一種手段，能讓同胞更清楚認識自己的真實處境，激勵他們去奮鬥。

諾貝爾桂冠既是文學工作者的無上殊榮，亦是沉重負擔。莫言也許尚未料想提早獲獎，但他既已得獎，就有「沉重的使命」，不能再「躲避崇高」（王蒙語）、在反現代性及反中產階級路上走得太遠。現在是莫言及中國文學輕重易位的時候了。

——原載二〇一二年十月十六日《中國時報》時論廣場

並不會怎樣

——李進文

一九六五年生，台灣高雄人。曾任職編輯、記者。曾多次獲時報文學獎、聯合報文學獎、中央日報文學獎、台北文學獎、台灣文學獎，以及林榮三文學獎新詩首獎，二〇〇六年度詩人獎、入選九歌版《台灣文學30年菁英選——新詩30家》、新聞局數位金鼎獎等。

著有詩集《一枚西班牙錢幣的自助旅行》、《不可能；可能》、《長得像夏卡爾的光》、《除了野薑花，沒人在家》、《靜到突然》、《雨天脫隊的點點滴滴》；散文集《蘋果香的眼睛》、《如果MSN是詩，E-mail是散文》；圖文詩集《油菜花寫信》、動畫童詩繪本《騎鵝歷險記》、美術詩集《詩與藝的邂逅》；編有《Dear Epoch——創世紀詩選一九九四～二〇〇四》等。

每天騎著腳踏車上班，一晃也好幾年過去了，突然，真的是突然——想到我不開車了。試著減掉一向覺得不可或缺的倚賴，看看會怎樣？車賣掉後，從此不必定檢、不必繳燃料稅和牌照稅、不必付停車費、不必買車險、不必按時洗車和暖車，不必對油價敏感，不必再為迷路困擾。

生活中我在意的物件，書是其一，減掉買書和出版書會怎樣？也許就會回過頭來重新溫習舊書，「溫習」這個詞，在網路時代突然變得很陌生。溫習，有一種心境安頓的感覺、有一種重新發現的驚喜，像和老朋友促膝談心於樹下，晚風習習，讓焦躁的資訊，回歸知識的安穩與人生的微悟。所以減掉書，並不會怎樣，反而精神都溫柔地環保起來了。

陪伴小孩很重要，上了國中後，小孩現在沒我陪伴也不會怎樣。陪伴像是加法，用父母親去加自己的孩子，愈加愈複雜難解。其實，陪伴更應該是減法，孩子只偶爾需要我靜靜地傾聽，以朋友對朋友的眼神交流，其餘，就讓彼此享受那種減到最清淨的孤獨；每個孩子都需要品嘗孤獨的滋味，生命才會漸漸有厚度。他們從來都很清楚父母親對他們的重視，但是，重視比不上一次面對面的注視。注視，才聽得見成長的聲音。或許，最需要陪伴的，是我自己吧？我沒有陪伴那個沮喪、失控、抓狂的自己，我沒有以朋友對朋友的眼神注視自己。

手機壞了，想說完蛋了，大家都找不到我，後果一定會怎樣又怎樣。但幾天後發現，真想找我的人一定找得到（十三世紀波斯詩人魯米說：每個愛你的人／都會在你消失不見的幾天愛上你）。然而多數是不需要我的人，原來我不是那麼重要。我重視手機的程度是否遠遠超過友情？生活減掉手機等於友情，敢不敢一試？

在台北一直沒買房子，也認真找房過，找到後來有一搭沒一搭的。如果我的心就是一棟房屋，心內時時有家人，我移動到哪裡，哪裡就是家，沒買房子並不會錯過親情。

沒房子、沒手機、沒藏書、沒車、沒時時刻刻陪著孩子……「會怎樣？」我自問，是因為害怕錯過什麼嗎？我們明明知道人生難以掌握，卻偏偏無法釋懷。其實我們無時無刻都在錯過生命中諸多選項，一輩子都在無望地期待日子好轉。錯過不代表錯，有時互相錯過，是這輩子的幸運。因為錯過而選擇了別的，或者慶幸不必選擇，也沒什麼不好。

掛心工作，老是忘了親情或者好好讀一首詩比工作重要。工作到底可以怎樣？如果不能怎樣又會怎樣？就這樣累了整天，睡前崩潰一次，早晨再重建一次。我們總是把夢加多再加多，變痴肥了，魯米說：「當你成為多，你就是無。／是空。」於是我們分不清「夢」與「夢想」是兩回事，夢是需要想的，否則不可能實現。每天減一個「夢」，「夢想」就會愈來愈明顯。

每天早晨試著對工作笑一個，心懷感謝。感謝我們可以互相提供荒謬，讓人生與文學彼此印證。感謝忍受我臉色的人們（波蘭詩人辛波絲卡說：我虧欠那些／我不愛的人甚多），他們提醒我別人忍受的底限是——不笑沒關係，至少不能可笑。然而，工作應該還要再減或簡到它的核心，變成值得付出的事業，只有視為事業才能專心在每一次的對待——對待任何人以及微不足道的小事都全心全意。

減掉什麼，不會更壞，有時更好。不管減掉什麼，生命中一定存在另一份工作，另一個夢想，另一種度日……魯米說：「黑暗就是你的蠟燭。／你的邊界，就是你追尋的起點。」種種希望的可能，總在減到最簡單的時刻萌芽。

——原載二〇一二年十月十七日《中華日報》副刊

惡夢裡的日本

——新井一二三

日本東京人。大學期間以公費到中國大陸留學兩年，回到日本擔任《朝日新聞》記者，後移民加拿大，在約克大學、懷爾遜理工學院修習政治學與新聞學。一九九四年到香港，任職《亞洲週刊》中文特派員，同時在《星島日報》、《蘋果日報》、《明報》發表散文及小說。目前專職寫作。專欄散見台灣《自由時報》、《國語日報》、《中國時報》。

著有《心井，新井》、《東京生活意見》、《我這一代東京人》、《偽東京》、《獨立，從一個人旅行開始》、《沒有了鮪魚，沒有了奶油》等。

自從去年三月十一日，日本的生活失去了現實感。最初是海嘯造成的損害；看著電視直播，不敢相信正在看見的就是日本的現實。然後是核電站爆發。以前我們都以為那是只有在科幻恐怖電影裡面才會發生的事情。正在電視播放的場面會是現實嗎？然後是日本媒體總是太晚報導的有關福島的消息。例如，其實福島第一核電站早就發生了堆芯熔毀。怎麼可能是真的？若是真正堆芯熔毀，東京電力公司的發言人說話怎麼可能那麼地毫無其事？諸如此類，雖然我知道一切都是真的。

後來的日子，我們一方面怎麼也忘不了在福島發生過、正在發生、隨時都有可能發生的事情，另一方面又盡力不去想那些可怕的事情。因為無論如何，目前在東京的生活還算是安全的，對不對？如果舉家避難，到底去哪裡好呢？需要多少錢？從哪裡弄來錢？究竟值不值得？這些問題都太大，沒想好以前就會精神崩潰的。說實在，今年在我周圍有好多人心情不好，去看神經科醫生什麼的。醫生告訴她們道：「是更年期導致的。先吃中藥看看吧。」然後，中藥不生效，醫生再配睡眠導入劑和抗精神藥給她們。真的都是更年期造成的？會不會是自從去年三月積累下來的精神疲勞超過了一個人能夠忍受的地步？

之後來了韓國總統登陸獨島（竹島）的報導。好像前一陣子看過首爾的日本大使館對面放置了慰安婦像的報導。對此問題，我的想法估計跟世界大部分人類保持一致，只是日本人正生活在核電站爆發不久的現實裡，不大可能牢牢記住並日日更新在報紙上看過的外國新聞之最新動態。於是電視上看到韓國總統站在島上的場面，我都愣了：怎麼世界沒等我們而變化得這麼快？但是，那也遠遠無法比由於釣魚台問題而發生的反日風潮帶來的驚訝。

十六年前在回歸中國前夕的香港，我遇到過保釣運動。所以，這次在日本電視上看到從香港一路來釣魚台要登陸的戰士們，很多我都有印象的。但是，九月中在中國大陸發生的反日示威，我卻感到特別陌生，甚至異化。主要是那些示威者帶的橫幅上寫的口號，前所未聞地野蠻，而且他們也敢放火、破壞工廠設備。除非有後台，誰敢在中國，在電攝像機前邊，露著面孔從事那樣的犯罪行為？當我注意到毛澤東肖像時，真有迷入了文革電影，如張藝謀《活著》、陳凱歌《霸王別姬》的感覺。後來，在電視上看到繫著紅旗的一千隻漁船從福建沿岸正向釣魚台海域出發的鏡頭時，真害怕透了。我在課堂上每每教學生：歷史上中國從來沒侵略過日本，都是日本老遠去侵略大陸的。是否從此得改變歷史講述了？

我知道，中間發生了石原慎太郎說東京都要買釣魚島，開始有許多人捐款，逼迫了民主黨野田政權出面跟地主直接談判，結果是令中國怒髮衝冠的「國有化」。但是，一切都有點像夢，沒有現實感。恐怕就是過去一年半時間盡量迴避了現實的副作用；除了核電站問題以外的重要問題都難以進入日本人的腦袋了。此文並沒有替日本政府辯白的意思。我認為日本不夠重視鄰國關係引起了目前的情況。但我們都很糊塗，像在惡夢裡倒是真的，否則怎麼會再出來安倍、真紀子等早失敗而下台的政治家？

——原載二〇一二年十月十八日《聯合報》「名人堂」

文學傳播的掌舵者——蔡文甫與九歌出版社

——向　陽

本名林淇瀁，台灣南投人，一九五五年生。美國愛荷華大學International Writing Program（國際寫作計劃）邀訪作家，政治大學新聞系博士。曾任《自立晚報》系總編輯、總主筆、副社長。獲有國家文藝獎、美國愛荷華大學榮譽作家、台灣文學獎新詩金典獎等獎項。現任台北教育大學台灣文化研究所副教授。

著有詩集《十行集》、《亂》、《向陽詩選》、《四季》，散文集《旅人的夢》、《安住亂世》等四十多種。

1

前不久因為擔任梁實秋文學獎決審，到九歌出版社開評審會議，一進會議室，就看到久未見面的小說家蔡文甫先生，算來將近米壽的他，臉色紅潤、精神抖擻，身體相當健朗。評審會議開始，他以九歌文教基金會創辦人的身分，歡迎並感謝評審委員的協助，他的鄉音濃厚，那是我年輕時要費一番功夫才聽得懂的，也是後來因為相熟而感到親切的口音；他推動文學傳播的熱誠也一直未改，以九歌出版社做為基礎，策劃出版《中華現代文學大系》、開設九歌文學書屋、成立九歌文教基金會、舉辦兒童文學獎、小說寫作班、文學研討會，又承辦梁實秋文學獎……，無一不與當代台灣文學的推廣、教育有關，加上他曾前後耕耘中華副刊長達二十一年，說他是當代台灣文學傳播的掌舵者，應不為過。

我與蔡文甫先生年齡相距二十九歲，是文壇晚輩，但由於我年輕時主編自立副刊，與他時有往來，也有同行的關係。一九八〇年代的台灣報紙副刊，以中國時報人間副刊、聯合報聯合副刊為龍首，中央副刊、中華副刊是兩大黨營報紙副刊，緊追兩報副刊之後；自立晚報無黨無派經營，且還是台北三家晚報中的小報，才輪得到我這樣的年輕作家主編副刊。當時的台北有副刊主編聯誼會，各報主編相聚，交流、聯誼，我與文甫先生的相識，是在這個聯誼會中開始的。

見到久違的文甫先生，自是高興，我請求文甫先生和我在會議室合影。當天我就把照片放到臉書之上，兩天內就有超過四百五十多位臉書之友按「讚」，看得出來文甫先生雖久未創作，仍受到眾多讀者的尊敬。這當然也和他創辦的九歌出版社三十多年來持續以繼，執著於文學出版，獲得讀者肯定有關。

2

我最初認識蔡文甫先生，是在大學年代，當時他是中華副刊主編，我才剛開始詩與散文的創作，多半的詩作投給沒有稿費的詩刊，其後聯合副刊主編馬各請回國講學的詩人楊牧選詩，楊牧特重大學校園詩人的詩作，我的詩稿在聯副、人間、華副都常被刊出。大約是我大四時，在一個副刊作者與編者的交流場合見到了文甫先生，有短暫的交談，留下的印象是，他是一個不擺架子，有仁厚長者之風的主編。

一九七八年三月，文甫先生創辦了九歌出版社，專出文學書，當時正是文學出版社鼎盛時期，林海音創設的純文學、姚宜瑛創辦的大地、隱地創辦的爾雅、以及葉步榮、楊牧、瘂弦等合資成立的洪範，所出文學書籍在市場上都叫好且叫座，為文學讀者所喜愛；九歌之出，也是立即獲得閱讀市場歡迎。這五家出版社其後被譽為「五小」，雖屬小規模經營，但因創辦者都是文人，多曾擔任文學媒體主編，擁有廣闊的文壇人脈，也擁有強度的文學鑑賞品味，所出文學書籍亦多為名家精品，往往高居排行榜前十，一時之間，相激相湧，帶動了前所未有的文學閱讀風潮，創造了文學書籍在一九八〇年代出版市場中的榮光。

做為年輕作家，我與同齡的朋友一樣，一方面是五小的購書者，每出一本就買一本、讀一本；一方面內心也有期待和夢想，希望有朝一日能躋身於其中，成為作者之一。不過，這樣的夢想只能存放心中，寫還是得照寫。

一九八三年，我終於成為九歌出版社的作者。因為文甫先生當時要推出「九歌兒童書房」書系，他印象中我曾在《時報周刊》撰寫過一系列中國神話故事，要我將這批文章交給九歌出版。這對我來說，儘管是改寫的故事，等於圓了我的夢，於是整理已刊文稿，輯為《中國神話故事》交給了九歌，於當年八月出版，此書因此「意外」地成為我的第一本童話集。一九八六年，我的第二本改編童話集《中國寓言故事》再交給「九歌兒童文學書房」出版。這兩本改寫童話集，開啟了我的兒童文學創作生涯，不能不說是文甫先生所促成。

多年後的今天，回頭看「九歌兒童書房」的豐碩成果，以及文甫先生後來舉辦兒童文學獎，鼓勵台灣兒童文學創作的作為，我才了解他當年另設兒童書房的苦心，他是把鼓舞兒童文學創作當成出版責任來做的，他想扭轉以翻譯或改寫外國名著為主流的兒童讀物出版方向，現在來看是成功了。但也因為這樣，他對來稿要求極高，親自閱讀、校對，也提供作者意見。手頭一封他於一九八四年十二月給我的信，這樣寫著：

> 大著「寓言故事」影印本及周策縱先生來函，均收到。第四集兒童書房已付印，農曆年前後推出。「寓言」要請小朋友先試讀看看。（原則上應無問題，如果再出第五集，當優先考慮也）兒童書真難發行，也許將來方針可能要重擬，先此奉聞。

這封信透露了兩個訊息。一是「九歌兒童文學書房」推出初期遭逢了「真難發行」的困境，使得文甫先生有是否能夠持續的憂慮；二是他對兒童書房所出之書「要請小朋友試讀看看」的敬謹敬慎。

一九八五年十月，我再接到文甫先生來信，告知《中國寓言故事》已在排印：

中國神話故事（應為寓言故事）正在排印中。插圖由在美國念書的陳裕堂畫好，他建議每篇文章加一句成語（和內容配合的如「朝三暮四」、「守株待兔」……等），可否加上，點明題旨，等兄回國看校樣後再說。

當時我正在美國愛荷華大學參加國際寫作計畫，接此信，知道《中國寓言故事》已經付排，相當高興。對於文甫先生能排除萬難，續出兒童書房，就感到放心了。他建議另於各篇加上成語，當然欣然接受。在這一本書長達一年的出版過程中，我看到的是一個守門人的嚴謹編輯態度，兒童書房的選書如此，九歌文庫的選書當然也是如此。我想，這就是九歌出版能夠成功，也是九歌兒童書房能夠突破發行瓶頸、持續以繼，至今仍然不墜的原因吧。

儘管我在九歌兒童書房只出了《中國神話故事》、《中國寓言故事》兩本小書，所幸並沒有讓九歌賠本。神話部分，前年與去年分別拆為《蛟龍、怪鳥和會唸經的魚：中國神話故事1》、《幫雷公巡邏：中國神話故事2》重出；寓言部分，二〇〇〇年三月，獲得台東大學兒文所「台灣兒童文學100」評選入選的肯定；今年五月又以新書名《大鐘抓小偷：成語也會說故事》重出。我年輕時改寫的童話集，能夠歷二十六年而繼續被新一代兒童閱讀，要感謝文甫先生當年為兩書出版所費的心血與提點。

3

我更大的夢，是希望我的詩集能在「五小」出版。最早幫我達成這個夢想的，也是文甫先生。一九八二年，文甫先生打電話給我，說詩人余光中向他推薦出版我的詩集，問我詩稿夠不夠？接到這個電話時，我相當興奮，出版詩集，即使在文學出版最鼎盛的一九八〇年代，都是困難的，何況我還只是青年詩人？余先生的推薦，對我是莫大鼓勵；對出版社來說，可能是個負擔——然則，文甫先生卻當真來辦，他希望我把最滿意的作品交給九歌，告訴我，要慎選作品，不可辜負余先生。

這樣經過兩年，在文甫先生不斷的提醒下，我將當時寫作的主力十行詩七十二首輯為《十行集》交給了九歌。一九八四年七月，《十行集》成為九歌創社後出版的第一本詩集，同期出書的有林清玄《白雪少年》、古威威《夢裡夢外》，都是青年作家。在出版名家作品大受歡迎的年代，文甫先生能注意到青年作家，主動約稿，也可看出他的慧眼和氣魄。這份情誼，我一直長誌在心，未敢或忘。《十行集》出版後，在閱讀市場上幸未讓九歌丟臉，到一九八七年印了三版，二〇〇四年又重印增訂二版，迄今仍在書店流通。但更重要的是，做為我創作生涯中最重要的印記之一，《十行集》之出，奠定了我的詩壇定位。這是文甫先生不計盈虧，厚我之處。

做為出版人，文甫先生的文學傳播理念，也在九歌一些不計盈虧的出版品上彰顯出來。就我印象所及，最早是年度散文選的出版，連續編選至今，從未停止；其後一度出版《藍星季刊》達八年之久，方才停辦；而投資成本最高的，則是一九八九年《中華現代文學大系》十五冊，二〇〇三年《中華現代文學大系．二》十二冊。兩部大系完整呈現了當代台灣文學各文類的佳作、名篇，以嚴謹、公正、包容的態度，展示了台灣新文學的多元風貌；其後又出《台灣文學二十年集》四冊、《台灣文學三十年菁英選》七冊……等──這些選集，投資成本高，無利可圖，文甫先生卻以一家出版社之力逐一完成，都讓我看到了一個出版家在文學出版版圖上的雄才大略，經緯遠圖。二〇〇五年文甫先生獲頒金鼎獎特別貢獻獎，表彰他對台灣文學出版與傳播的貢獻。當時我是眾多評審委員之一，投票結果出爐，內心特別感到高興！

一九八四年九歌出版我的《十行集》時，文甫先生五十八歲，我二十九歲；如今我也到了他當年的年歲了，見他健朗依舊，回想年輕至今與他結緣的種種，江湖夜雨，何止十年？桃李春風，潤澤長在。願以此文，祝福文甫先生健康長壽。

──原載二〇一二年十一月《文訊》雜誌第三二五期

變成男人

——黃春美

一九六一年生，台灣宜蘭人。花蓮師院初教系畢，曾獲文建會兒歌徵選優等及佳作、懷恩文學獎、建國百年寶島文學獎、基隆海洋文學獎、教育部文藝創作獎等。現任羅東鎮公正國小教師。

著有《一張美麗的拼圖》、《雲兒翻筋斗》、《心豆》、《來宜蘭旅行》（三人合著）、《宜蘭味》（三人合著）、編《永遠的608》等。

1

第一顆卵子被喚醒，彷彿還在昨天。

十四歲，一個夏天的早晨，我穿著學校白色體育褲，蹲踞長板凳上。突然，一股溫熱的潮水自體內湧出，低頭一探，驚愕萬分！

國一上・健康教育課本第十四章的內容正發生在我身上。

我僵在板凳上，像被釘牢的一塊木板，不知如何移動雙腳。母親拉著我的手，把我帶進浴室。

「你變成一個大女人了。」阿嬤說。她的成長觀念裡沒有青春期，直接從女孩一躍成為女人。

2

約五年前，在超市選購衛生棉時，巧遇一名同事，我問她都使用哪種牌子，她說早就用不著了，幫女兒買。步入中年，對時間特別敏感，當時心想，這每個月要用的貼身用品，還可以和我纏綿多久？

三十幾年來，身體如同一本荷爾蒙存摺，時間按月提取卵子，通過自然律的機制，「好朋友」準時造訪，如今，剩餘的幾顆老卵苟延殘喘，奄奄一息，荷爾蒙濃度檢測結果，淡如一杯白開水。

「你變成男人了！」阿嬤那一代都會在這種時候這麼說。

還沒準備好面對人生的另一個里程，不知何時，一隻善變的獸已悄悄盤踞體內，牠有時溫馴如一隻綿羊，有時不聽使喚如一頭橫衝直撞、四處狂飆的野牛，寒冷的天氣裡，飆得你一身汗，飆得你心臟噗通噗通跳。乾眼症。血壓偏高。腰莫名扭傷。媽媽手。網球肘。五十肩。都在這一場席捲而來的風暴中逐一遂行。

時間執行老化的任務，顯得特別盡責。

如此巨變，深深觸動我易感的神經。這段時間，我彷彿站在一個視野良好的眺望點，有機會重新看清自己的身體，理解自己的身體。它，其實不是那麼好駕馭，更不是我理所當然的熟稔。

中、西醫生說法一致，對付人生第二次狂飆期，最好的方法就是每天運動、晒太陽，提升免疫力。之前，一向對運動沒勁，討厭它的單調無聊，如今，我謙沖以對，完全順服詭譎叛逆的身體。每天清晨五點五十分，我在浪漫的歌曲中甦醒，除非滂沱大雨，我迅速梳洗，換運動服、趿慢跑鞋，帶條毛巾，繞著屋前稻田四周約三公里的道路快走。

高大遮天的香楓、水聲淙淙的溝渠、青青的秧苗，都一起在晨曦喚起的黎明裡，以青春明亮的姿態展開。我邊走邊做毛巾操，忍痛輪流反拉兩隻患了五十肩的上臂。這一路，男的女的，快走的，慢走的，慢慢走的，「老」字都在他們的臉上、體態一一註批，一個也不放過。

「早啊！」「早啊！」我在招呼寒暄中，似乎覓得一點點暫時借來襯托的青春，也興起了一絲絲的得意。

每個人都會變老，最終老得齒危髮禿，老得脖子鬆如火雞頸皮、雙臂垮似蝴蝶袖，老的樣貌個個大同小異。雖然還沒走到那地步，也不見得一定有機會變老，但看著迎面而來幾名年朽老耄，特別是背部隆起一座小山，耳聾，拄著楞杖緩步的銀髮老嫗，惶恐早已降臨。

生性對美有一種偏執，因此老眷戀過去，拍照時尤感。過去不論露牙大笑、淺淺一笑、甚至不笑，怎麼拍都好看。相較於現在，相機喀擦一按，不滿意笑出魚尾紋，刪除重拍；再次喀擦，不滿意法令紋太深，刪除重拍；接著不滿意淚溝明顯、不滿意抬頭紋浮現，又喀擦喀擦重拍。最後定格的影像中，魚尾紋、法令紋、淚溝、抬頭紋等等，依然徘徊黃臉上，未因表情改變或拍攝角度調整而暫時隱跡。

深怕變成老魔女，早就白雪染青絲；渴望回春，玻尿酸、肉毒桿菌、3D聚左旋乳酸等微整型施打藥物，成分、功能、時效倒背如流。但是生來鼠膽，害怕整後皮笑肉不笑、肉餅臉、眼歪鼻斜，只好靜待身邊愛美人士先行嘗試。有時則漫想乾脆把購物台藝人白冰冰代言，從豬身上萃取的胎盤素NANAMI買來當水喝，好讓皮膚ㄉㄨㄞㄉㄨㄞ，水嫩有彈性。

這年紀，青春美貌漸行漸遠，只剩幾條怎麼看都「慈祥」的皺紋。逛服飾店，多看幾眼少女裝，店員便問幫女兒買衣服嗎？「我一定要穿媽媽裝嗎？」這種店員最討厭，必列為拒絕往來戶。還有一種店員，不懂「小姐」是所有女人的統稱，開口閉口「大姊」，要不就是「阿姨」。

內心感傷遲暮，我沮喪，態度難以從容，更欠優雅，顯然失了分寸，走了樣，接近病態。有人說，氣質好，可以老得美麗高雅。氣質彷彿是一帖隨身攜帶，預備用來安慰衰老的良方。但，活到這把年紀，口袋裡大致不缺，就是缺了這等奇妙好物。

3

學校一群老師在放學後組了瑜伽社團。

有人說練瑜伽可以使身體變年輕，儘管下班後瑣事纏身，每個星期二仍撥出一小時聽老師指令，以「凌遲」自己的身體為樂。

一天，下班後逛街購物，遇見一位同事，她問起瑜伽課，並談到自己不太有信心，深怕許多動作無法完成，然後又說，幾個同事鼓勵她去試試看，並特別強調，他們提到連我也去上課等等。

一番話後，驀地惆悵起來，何時我已被歸類在某個年齡層級，並且是一種榜樣示範的借喻。街上喧囂，一時感到孤絕，只能微笑以對，並且繼續話題，鼓勵對方：「對對對，我這年紀能做到，你絕對沒問題。」

原來，青春如此崢嶸，如此高大；原來生命不只脆弱，它荒謬亦詼諧，更讓我想起了類似的不堪。

「老師，我媽說你可以退休了，怎麼還不退？」一個三年級生這樣問我，他媽媽也是教師。

「什麼時候退休？你不是可以退了嗎？」這句話是同事經常問的。

「流浪教師那麼多，應該新陳代謝一下。」女兒是流浪教師的一名親戚如此說。

「今年退休老師多不多？我媳婦在台南，調不回來……」一名老鄰居特地來電詢問。

一年前，和同事聊及退休話題，還信誓旦旦說自己年輕，身體健康，喜歡孩子，未曾有職業倦怠感，暫不作退休打算。怎麼現在右手擦黑板擦得吃力，作業連著全班改完，便覺得手肘痠疼？喜歡孩子，教學熱忱依然飽滿，銳氣卻彷如洩了氣的球，消了大半。

時間不只磨損容貌、健康，腦袋運作也隱隱荒唐起來。

有一天，趕上班，在更衣室東翻西翻，尋找一件準備好的內衣，可怎麼翻就是找不到。明明幾分鐘前擱在椅子上，怎不見了？我懊惱自己記性愈來愈差，也著急上班時間一分一秒逼近，但就不甘心從櫃子裡再拿出一件，而執意要把它找出來。轉身，猛一抬頭，才發現內衣早穿在鏡中那神情慌張的女人身上。

我該讚美那內衣品牌舒適得讓人忘了它的存在，或是該憂傷隆起的雙峰變形，內衣穿不穿已無差異？抑或我更該關心腦神經學的一些專有名詞，比如「失智」、「失常」、「失調」等等。

以前，阿嬤喊我們名字時，得按照順序，五個孫子的名字由大到小，一個一個，阿……阿……，阿了好久，才把名字阿出來。當年覺得好玩，當趣事看，也學她一起「阿」，幫她一一數名字。待她把孫子的名字正確喊出來時，總一邊指著我，一邊呵呵大笑說：「吃老，你就知喔！」

時光悠悠，阿嬤早在另一個世界逍遙。而我，「一報還一報」，吃老，真的什麼都知了！雖然還不屆當時阿嬤耄耋之齡，但幾個學生的名字有時得想一下才叫得出來，一時想不出來便「那個……那個……那個誰啊……」然後迅速瞄過刻意貼在講桌上的姓名條。若被學生察覺窘況，量他們沒膽學我「那個……那個……」，也只能洞察我的眼神瞥向何方，乖乖幫我喊出要喊的同學名字。只是，有時不免也被調侃：「老師，你怎麼常常把他們兩個人的名字搞混？」

健忘，一一發生，比如，出門忘了關浴室燈，待下班回家，從地面望向二樓，才發現窗口白亮亮的。外出常常是關了門，想起什麼東西沒帶，又回頭開了幾次大門，才把要帶的東西帶齊。米洗好放進電鍋，菜炒好上桌，熱情喊家人用餐，換來一句冷冷的「生米怎麼吃？」。

4

曾經，一包衛生紙、幾本書，隨便枕著，便得以安然入睡。不知何時，陪伴多年的枕頭，竟悄悄叛逆起來，我平躺、左躺、右躺，無論怎麼躺，都無法自在。與枕頭之間，彼此心生齟齬似的，一會兒頸子痠麻，一會兒肩膀僵硬。逾知天命之年，夢的彼端，路途變得坎坷、遙遠、也成了一種奢望。

購物台說的，這顆是符合人體工學止鼾記憶枕；去泰國旅遊，導遊介紹的，那顆是百分之百天然橡膠蜂巢透氣枕；另外一顆，專營飯店用品業的朋友特別推薦，柔軟舒適不變形，……。失眠擴大和渲染了我對入睡的極度需求，於是，不知不覺房間的沙發，堆了我的六顆新枕頭。又依民間習俗，丈夫在世，枕頭不可單買，所以，連丈夫的一起數算，總共有十二顆。

夜雨，水滴敲在窗外一樓屋頂，忽急忽緩的節奏，規律地行進，單調的拍子，彷彿觸動了什麼，暗夜中，別有一番滋味。我抓了棉被一角蒙住頭，試圖趕走滴答聲，可聲音照樣穿透厚厚棉被，直達耳膜。

早就兩鬢星星的年紀，合該「一任階前點滴到天明」，我卻徹夜輾轉。更甚者，一旁丈夫鼾聲，有時如豬食聲嚄嚄四起，有時如炊煮鍋蓋彈跳不停。一輩子都想不到曾經甜美的呼吸氣息，於今不但走調，也令人嫌惡、幾近抓狂。

「趕快去看醫生，這年歲才要享福，萬一睡眠中止呼吸，從此醒不來，實在遺憾。」我祭出危言。

「哪有人打鼾看醫生，若真能睡死不是比病死更好嗎？」他一副雲淡風輕。

無奈之餘只好自己就醫，代替詢問關於打鼾一事。

「他會很胖嗎？年齡的增長也會使呼吸道肌肉張力減弱，因此比較容易打鼾，或者睡眠呼吸中止。打鼾時，可以輕輕推他一下……」

最後醫生給了幾顆白色化學小藥片，和健保局不用付費的處方：「建議你倒過來睡，再不然就分房。」

耳邊徹夜鼾聲，在在張揚著酣睡者的幸福，幸福得教人羨慕和嫉妒。依醫生指示，輕輕推丈夫肩膀，果然神奇，像轉了一圈喇叭旋鈕，擾人的鼾聲馬上停止。然而，不消幾秒，它又從音箱裡竄逃出來坐大。推一下推一下推一下，推了幾次後，我失了耐性，乾脆把被子拉到他鼻尖，不知是否潛意識生起邪惡的念頭，赫然發覺，床上那龐大的身軀突然變得像蟲子般渺小。

確實，他像蟲子般蠕動了一下，然後，世界安靜下來。

極度疲累的身體，翻轉在幽深的夜晚，無邊無垠的黑夜身上彷彿寄生著一隻難纏專橫的小鬼，不停地以各種姿態向我挑釁。

鼾聲又起，音域更寬更廣，顯然那鬼把床上的蟲子壯大了。我搬了枕頭，調了一百八十度的睡姿。

以為倒過頭睡可以逃過鼾鬼，並沒有，鼾鬼照樣一路追。

「你倒過來睡，再不然就分房。」

「分房！」腦海裡瞬間轟然巨響。須臾，我起身，穿上拖鞋，吃力地抱著棉被和枕頭下樓。只求樓下沙發憐憫，收留一個狼狽的瘋婆子。

到了這年紀，總算明白何以有些夫妻明明恩愛，五、六十歲時卻突然分房。我除了一一面對身體所有關於老的現象發生，也開始接受夫妻生活中一些必然的調整。

將棉被對摺，身子躺下，蓋上另一半被子，闔眼。

你以為世界因此寧靜了嗎？還是沒有。寧靜讓人更容易發現聲音。

牆上那口老鐘，滴答滴答一路往又濃又稠的深夜走去，步伐愈夜愈賣力。我掀開才暖了的棉被，坐起早已頭重腳輕的身體，喘了一口氣，起身到餐廳，抓把椅子搬到鐘面下，爬上後，踮起腳，小心拆下頗有分量的老鐘，然後，步向廚房，放下重物，拉上五百年不曾用過的一扇門。

像處理掉一件巨大垃圾似的輕鬆，搓搓雙手，又鑽進被窩。

垃圾桶旁，一隻靜止不動的蟑螂不停地擺動著觸鬚，牠東察西探，像是尋找獵物，又像是對一個失眠者蠢蠢欲語。我並未有舉起拖鞋，終結牠生命的任何意圖，對牠亦無一絲一毫貪婪髒骯之感。

異於往常之舉，無非猛然思及牠雷達般的觸鬚雖然躁動不安，卻從未嗶嗶作響，對失眠者是一種至高無上的悲憫。

好了。得以安歇。我謙卑得幾乎要跪下，雙手作揖，恭迎睡神蒞臨。

再度闔眼。

但是，另一半起床如廁沖馬桶一次；兒子過敏性鼻炎，打了四個噴嚏；屋外東邊野狗短吠兩聲；大腦門戶突然開放，一會兒那些人，一會兒這些事，他們像一群頑童闖進闖出。

如果身體裡有一個像胃囊的器官，可以裝下以時間為單位的睡眠，我願意高額刷卡買「眠」吃，吃到飽，飽到撐，即便撐死，也不願肚子挨餓。

失眠不只是失眠，總伴隨著一些不安，擔心多一雙熊貓眼，唯恐肝臟功能變差，焦慮如何迎接翌日工作，許多不安輪流在腦海裡咿呦咿呦叫。最後，常常是豎起白旗，向半顆白色小藥片投降。

朋友說，這年紀荷爾蒙失調，身體機制大亂，失眠難免，中午小睡片刻補眠就好了。呵！她年紀輕，懂什麼？「坐著盹龜，躺著睏袂去。」吃老，伊就知！

5

我問醫生，身體種種不適要多久才能消失。

「不一定，每個人體質不一樣，跟遺傳也有關。」

我又去問母親。

她說：「以前肚子顧飽就好，哪有時間注意那麼多，那個囉哩囉唆的東西沒了多好。管他什麼期，變成男人，省了衛生棉的錢，上山下海，要跑要跳多自由。」

「可是會老得快啊！」

「天地公平，誰不會老？你要當妖精喔！」

唉！「妖精」變成男人後也會老。

——原載二〇一二年十一月《明道文藝》雜誌第四四〇期

本文獲二〇一二年教育部文藝創作獎教師組散文首獎

散步在傳奇裡

——果子離

本名羅吉甫。一九五九年生，台灣新竹人，東吳大學中文系畢業。教過一年書，混幾年出版社，而立之年後離開職場，安居而不樂業，看書，寫作，安安靜靜，簡簡單單，過日子。

著有歷史書十餘部，以及《五年級同學會》（合著）、《一座孤讀的島嶼》等。

我住在簡單的地方，簡單的生活。

真的是簡單的所在。近二十年前，剛搬來廈門街，或許尚不習慣，或許心境跟不上環境——搬家之前，住家鄰近中華路，購物、交通、看電影什麼的都很方便，相對之下，此地是邊城，是窮鄉僻壤，是心情貶謫的流放地。回想起來，彼時狂放不馴，定不下心，或者說心才要定，所見街道險仄，屋矮破舊，朽木招白蟻，破瓦惹塵埃，不免心裡嘀咕。很難想像，多年後同樣的我，讀到《我的小村如此多情》一書，竟生出有為者亦若是的豪情，想和外人分享，我這小小社區的清幽雅趣。

沒本領山居野放，只好大隱於市。隱，還得外在條件配合，若是車水馬龍，那只有過於喧囂的孤獨。我的住家靜，靜到，套一句路寒袖的詩：靜，從聲音中走出來。

我這巷子真靜，白天若家裡沒人，靜坐，就會聽到自己血液流通的聲音，聽到毛髮延展的聲音，眨眼時眼皮撞擊的聲音，以及靈魂輕輕飄走，又躡手躡腳回來尋訪的聲音。

有時靜極思動，或與陽春有約，或微風召喚，必須出走。於是出門，看人，看狗，看樹，看商店。我愛走路，愛東張西望，一樣風景，不一樣的心情，看過去就有千變萬化。

散步，有人說要放空，什麼都不要想。那是修行，我不會。我習慣帶著疑難雜症上路，或者說，當心中有惑，便以走路思索。尤其寫稿不順，思路不通，輒寄望步行，在踏步的節奏中，在左腳右腳向前進步的象徵意涵中，腳踏實地，刺激穴位，然後好像打通任督二脈，有時題目有了，題材定了，有時起頭句子自然浮現。（最近領悟到：寫稿和生產、便便一樣，頭出來，後面就容易了。）

住家附近適合散步。和平西路、羅斯福路、重慶南路、水源路框起來的區段，每條街道都迷你，汀州、同安、牯嶺、廈門、金門、晉江、南昌，都好瘦。最大的一條是巷子，廈門街一一三巷，拓寬之後，巷比路寬，爾雅、洪範與百年雀榕坐鎮於焉。

走在這個框框裡，每一步都踏著傳奇，牯嶺街舊書市場（以及少年殺人事件現場），余光中舊居，紀州庵，洪範、爾雅、純文學出版社，是傳奇，也是傳說，我看，我聽，我想像，每一則等待注釋的典故，都在我腳下，眼前。更不用說沿著羅斯福路南行了，從師大到台大，書店圈與人文氣息濃厚的咖啡店群，金鍊般閃閃爍爍，像飛機夜降，機場指示燈串起航道，引我飄浮不定的心性，著陸。

是書，以及可以閱讀的咖啡店，一股磁力吸引我，如蛾蟲趨向有光的所在。如果散步要有方向，幾乎不自覺便轉往羅斯福路。台大校園與公館書圈兼商圈，早已取代沒落的重慶南路書街，成為我的遊玩之地，散步，散心，散錢，心滿意足，回家。

早些年，出巷底後鮮少右轉，往水源路不是我的漫遊路線。雖然有河，卻被快速道路阻隔，可怕的路，車速快，風掣雷行，轟轟咻咻，即使跨上天橋，耳膜與細胞還感受到震動。要去河畔騎腳踏車，更得牽車上下階梯，一頓一頓，單車顛簸彈跳，人暈，車也暈。而紀州庵，荒煙蔓草，破敗寥落，傳聞中的文學館，只見樓梯響不見人下來，砍樹建停車場的訊息不斷耳聞，那幾年正逢心情蕭索，月光光心慌慌，出門少，河濱就更不去了。

然而近幾年，我熟悉的這塊地方，地貌變了，比鄰平房一片片被剷平，都更為高樓廣廈，幾座豪宅拔地而起，周杰倫、林志玲住了進來。紀州庵旁也蓋了文學新館，不只是靜態的展場、紀念館，《文訊》接手後不時舉辦活動，讓館子動起來，館旁本來的亂籬雜草化為綠毯翠幕。而一路之隔的河濱公園，也不知何時，活血去瘀，整治之後平野遼闊，陸橋鋪上斜坡道，利於腳踏車上下。公園車道曲曲折折通往我無法想像的遠方，有若填海造地，像運動場，也像遊樂園，人犬盡歡。

跨出我家巷口，白蟻蟲害的矮舊房舍紛紛改建大樓，抬望眼，好幾角天空被遮蔽，月亮擠到偏遠的天邊。有得有失，談不上是好或壞。幸好還是住宅區，安靜，淳樸，舊傢俱店仍然毗連，仍然和我一樣每天過著差不多的日子。時代向前走，興衰起落，自有調節，我還是散我的步，讀我的書，寫我的，平靜生活。

——原載二〇一二年十二月《文訊》雜誌第三二六期

#閒居河堤邊

——楊　明

東海大學中文系畢業，佛光大學文學碩士，四川大學中國現當代文學博士。曾任《中央日報》記者、《自由時報》副刊編輯，《文訊雜誌》編輯。曾獲《中央日報》文學獎小說類、中國文藝協會文藝獎章散文類。

著有《城市邊上小生活》、《夢著醒著》、《海邊的咖啡店》、《我想說我捨不得》、《走出荒蕪》、《味蕾的愛戀記憶》等小說散文集三十餘種。

在金門街住了十幾年，回家時每每從羅斯福路轉進金門街，有時搭乘捷運，也從同安街穿進去，蜿蜒的小街在羅斯福路與河堤間縱橫，狹窄曲折，初時總覺得這只能說是巷子，羅斯福路二段多少巷，哪裡算得上是一條街啊，至今穿金門街而過的晉江街，我依然弄不清究竟的位置，以及確切的方向。

但此處街雖小卻頗有懷舊情致，只營業到下午四點的魚丸湯小店，電視美食節目介紹過的乾拌麵和鍋貼，從古亭市場遷來的老店三六九上海包子，還有鄰近爾雅出版社午後才能吃到的肉圓、麵線羹，走在小街裡，那些陳設簡單卻料理出好味道的小店，久吃不膩的庶民小吃，讓城南生活多彩多姿起來。

但人往往對於自己身邊的事物習以為常，而忽略了其中的美好。二〇〇八年，在四川講學，就是料峭春寒的時節，說到了余光中先生的《聽聽那冷雨》，寫的便是台北細雨不斷的春天，他說：「每天回家，曲折穿過金門街到廈門街迷宮式的長巷短巷，雨裡風裡，走入霏霏令人更想入非非。想這樣子的台北淒淒切切完全是黑白片的味道，想整個中國整部中國的歷史無非是一張黑白片子，片頭到片尾，一直是這樣下著雨的。」濃濃的鄉愁一時漫淹開來，霎時金門街的種種浮現眼前，就連路口的7-11一下子也有了不一樣的意義。

余光中先生在廈門街住了一段不短的時間，他許多重要的作品都在這裡完成。隱地先生的爾雅出版社也在廈門街，每每經過，還有著欽慕文學名家的粉絲心情，不知道誰就要從這裡推門出來了。當然，余光中先生居於此時，大概7-11、全家、85℃、頂好超市這些二十四小時連鎖店都還沒有開起，如今深夜的金門、同安街區在安靜中，又多了些豐富生意，從羅斯福路到河堤，面積並不大的這一塊城區，新舊並陳，融洽共存，這是台北老城區的生活痕跡，也是其特色。

金門街巷裡家居生活寧靜悠緩，由金門街更向深處走，穿過河堤快速路，可以在河濱公園散步放風箏騎自行車；朝外走，穿過羅斯福路，則來到充滿異國美食的師大路，韓國、泰國、印尼、印度、德國、希臘、義大利各國料理齊集，台北城南的生活小巧多元精緻，而且巷弄裡也飽含文化氣息。

如今，同安街底的紀州庵更是成為台北市重要的文學聚會地，不拘形式主題年紀，文學人安靜的飛揚的在小街出沒，有時去買肉圓，會見到丹扉女士與人喝咖啡，管管瀟灑的邁開大步，愛亞姐優雅的行過樹下……城南生活的繽紛含蓄而內斂，豐富卻不張狂，讓人可以親近，不是五光十色的繁華喧鬧，但是意蘊悠長。

——原載二〇一二年十二月《文訊》雜誌第三二六期

百花深處

——房慧真

別名運詩人。生於台北，長於城南，養貓之輩，恬淡之人。碩士論文寫陰陽五行，台大中文系博士班肄業，目前任職於平面媒體，撰寫人物專訪。

曾出版散文集《單向街》、《小塵埃》。

且不說《家變》小說中的場景「紀州庵」，就在離家走路五分鐘可達的咫尺之近。

且說說時常在溫羅汀一帶書店遇到的王文興，灰白頭髮枯瘦身形，長袖襯衫鬆鬆挽起，好信手翻書。後背雙肩包，背包塌、垮，內容若無物。不像我，幾間書店逛下來已駝了一袋書糧，他氣定神閒地摸摸書皮，這翻翻，那瞧瞧，看不過癮明日再來，經眼而不必擁有，如此才可以繼續輕裝上路，我注意到，他西裝褲底下是一雙好走路的多功能氣墊鞋，能多逛幾家書店而不腿軟。也曾在十字路口等紅綠燈時，沒有心理準備，一轉身忽然又照見他，想起十幾歲看《家變》時的心情起伏，這麼多年過去了，書已紙頁脆黃不堪翻折，然而書寫者筋骨猶健，逛著同樣的書店，散步同樣的巷弄街道，瀏覽同樣的櫥窗風景，活生生地浮出紙面。

活的文學風景還時常可見，說起來像是炫耀，但次數一多，也不大驚小怪了。人總難免貴遠賤近，近廟欺神，偶爾散步去了紀州庵，也就當是個乘涼歇腿的好所在，沒有一點朝聖的心情。

住在城南近三十年，未曾遠離，遠一點僅大學時候住過淡水，捷運通車後又搬回來通勤。歲月悠悠，身在其中反而不覺變化，離開大馬路鑽進晉江街、南昌街附近巷弄，仍時見閩南低矮磚房建築，因空間狹小窄仄，故而門戶洞開，好通風透氣。屋內八仙桌碗櫥櫃電視機椅凳挨擠在一塊便無隙地，屋外搭了絲瓜棚擺了長板凳，晴天裡晒菜脯乾陰天裡風乾臘肉，到了端午節，晒菜脯乾的那一家便在屋外煮水熱鍋爐，包客家粽外賣。矮房子裡的營生還有收驚的，開雜貨店的，賣自助餐的，修改衣服的，當然也有幾間空屋徹底傾頹雜草叢生，便常有母貓於此產子棲留。此地既然門戶洞開，也任野貓自來自去，剩飯攪了肉燥魚湯便是貓飯，簷下也總不忘擱放一碗清水。

矮房子間雞犬相聞，互通聲氣，且有好生之德，在城市精華地段，挨著高樓大廈邊沿，隱隱然存留著舊時鄉村的起居空間。有次誤闖一群矮房子後頭，別有洞天，庭中居然藏著一棵大樹，從外圍完全看不出來，先是有了樹，外邊磚房才密密圍起，斷不會為了蓋房而砍樹，巷中有巷，樓外有樓，天外有天。同安街的前半段，矮房子多，窮苦人多，但不斷旁支出去的蛛巢小徑，也有種曲徑通幽、柳暗花明的味道。

同安街往河堤邊去的後半段，少見高樓與矮房子的突梯拼貼，多為等高的公寓樓房。例如著名的廈門街一一三巷，在我的地理時空裡，「一一三巷」是很後來的文學地誌標記，從前從前便是：同安街過汀州路，過了小學同學家裡開的寶華文具店（至今還在），遇到第一棵大榕樹右拐進去，我暗戀的男孩就住在巷內，因此每天放學回家時脫了路隊特地繞遠路，來來回回在巷子裡徘徊不去，只為了多瞧幾眼他的窗口。再大一點開始懂得搭公車，往北到重慶南路東方書局、知新廣場，往南到公館金石堂，一本一本蒐集洪範、爾雅的書，包書套題簽悉心保存不肯輕易借出，卻不知道多少次早在那條花木扶疏的幽靜小巷與之錯身而過。

前陣子因事第一次造訪洪範出版社，走到久違的一一三巷底，盡頭處有個小公園，孩童還未放學，幾名外傭推著老公公老婆婆出來晒太陽，悠緩適合打盹的午後，我在五樓公寓下張望許久，不見招牌，抬頭只見九重葛爬滿窗緣。照著地址按了電鈴，對講機無人聞問，門卻逕自開了，上了樓，先進到舊式公寓常有的外陽台玄關，推開紗門才是正廳，讓我突然有個錯覺，好像是來朋友家裡拜訪，要脫了鞋才能進去。老派公寓有著老派方正格局，擺了幾張辦公桌椅，員工不多，那員工的敦厚篤實也像是個家人模樣的，像個忠心耿耿的家臣，待住了便不走。我書櫃裡的魯迅、沈從文、周作人、王文興、楊牧、鄭愁予、西西、鍾曉陽……青春期大量灌溉焦土的泉源活水，均出自這庭院深深大隱於巷的家庭辦公室，於外表毫不惹眼的百花深處，隱祕盛開。

——原載二〇一二年十二月《文訊》雜誌第三二六期

本文收錄於二〇一三年二月出版《小塵埃》（木馬文化）

時間的綠藻・光的遊戲

——陳美桂

高中教師。喜歡閱讀、看電影、走路閒逛、尋找有特色的店，喜歡感受舊時代的氛圍以及新潮流的張力。個性熱情而膽怯、成熟而幼稚、複雜而單純，想做自己、有自己的標記、自己的風格、自己的想法、自己的品味，羨慕詩人、人文電影導演、展現自我生命能量的藝術家、開個性商店且甘於安靜平凡的人。

為《新詩四十》、《晟景文摘100》、《閱讀隱地——創造自己》、《閱讀王鼎鈞——通澈文心》、《閱讀琦君——筆燦麒麟》等書的撰稿人。

高中就學於城南，在一整座重慶森林裡，打開探訪世界的眼睛。學校沒有一片真正的湖泊，但我們都如小小的綠色的水藻，在透明的光影中漂動，不帶著瓜藤葛蔓，伸展收束，靜靜地浮游。

那是一個晃蕩空間加大時間拉長的年代，我自台北盆地邊陲六張犁山下搭上公車蜿蜒進城，從在學區內下課跳繩擲球玩遊戲出汗的國中學童，變成喜愛咀嚼「矜持、陰霾、曖昧」等詞語的綠衫女孩。高中每天四點鐘放學，外加星期三小週末，日子是無限暢流的綠色活水。通常出了校門向右走，看著總統府前年輕士兵，只有某種青銅色的眼神短暫交會，接著走入廣大的書街，進行知識的採集。而向左走，則是因著探望離鄉北上求學的南部女孩，關懷她偶有缺席想家的心事，而走入曲暗蛀著時光的日式宿舍中。通常順道穿過牯嶺街，書屋主人就守在大門矮凳上，背對著時代的一種單隻身影。那時我們最高的人生價值就是學著徐志摩或郁達夫那樣素行的個性與生活，或許女孩外表的端莊甚至沉默，也只是保護自己不被發現的快樂；同時也勇於向思維艱難挑戰，好像得了一種知識崇拜症，喜歡靜靜的思索一些深奧的孤獨的問題。記得在舊書攤挖到一本尼采的《查拉圖斯特拉如是說》，光是書名的長度與拗口的程度，就讓人自負地喃唸起來，且牢記不忘，覺得世界就在那些書裡，遠遠地搭乘，足以航行整個宇宙地球的感覺，那時的心眼很大。

重慶南路三段三十號，林海音先生創辦的「純文學書屋」，記憶中當年是朝聖過的。推開玻璃門，整個書架上同一款的設計封面，讓每一本書有了一致的歸屬性，除了《藍與黑》、《滾滾遼河》、《蓮漪表妹》有著向父祖身世探究的好奇，同時也會翻閱其他異國詩文作品，如：波特萊爾《惡之華》及紀伯崙《先知》等，一種超越年紀的詩意早熟，關於自由與愛的辯證，關於慵懶的微笑與心靈的幸福。至今印象最深刻的，是坐在大大的素潔布沙發椅座上，一種極為溫馨的雅臥，恍若無人注視無人管理的空間，高中制服的年輕讀者各自安靜地窩著，放學後一兩個小時下來，滿身書味溫飽離去，在街道的方格上低頭行走，喜歡在夕日斜暉中看自己沉思默想，長長的影子。

後來時間繞轉，在離去十多年後，我再度回到重慶森林，成為領著一批綠衣女孩繼續探訪城南的文學引路人。有一年寒假，師生一起拜訪隱地的爾雅出版社，從一張堆疊稿件的書桌，看到作家兼出版人的文化偉業，就像手作時代的工匠，一塊一塊接合著文字片瓦，打造一幢又一幢靈魂的巨室，傳遞文學宗廟的信仰。出乎意外地，隱地讓我們從辦公室一架直立的小鐵梯上爬，竟鑽進能容身的洞口，看到一堆書所安睡的臥室，好大的空間啊，既真實又虛幻，原來琦君、王鼎鈞、白先勇都安靜地住在這房間裡。從此以後，爾雅從芳鄰成了我們的近親，一批批的好書以極低的優惠，讓每間教室很快地變成了文學書房；後來隱地接受我們的聘請，成為首開先例的高中校園駐校作家，十場講座帶來閱讀、飲食、電影，兼及品味、生活，一席富麗流動的人文饗宴。

另有一次，為了楊牧《山風海雨》的專題研究，領著一群高二治學新手在一棟公寓門口按鈴，然後拾階登梯，拜訪同在廈門街一一三巷的洪範書店。發行人葉步榮瞇著笑眼，以尋常閒話的方式，談起當年與楊牧在花蓮中學同窗的年少種種，且透露二人北上補習投考大學時，就曾在同安街的鐵道旁賃居出入。多年後，赴美就學的楊牧提議開一家理想的出版社，於是加上瘂弦、沈燕士，四君子商議以《尚書》中「洪範」二字命名，好像天地間一個開始、一種規範，共同立下文學出版的志業，在文字的斟酌，版頁的堅持上，一直成為出版界的典律。辦公室牆面一幅楊牧詩作〈細雪〉，由楚戈以獨特遒勁的書畫形式，寫了「終於留下痕跡了」，墨色間猶滲著美的豪氣。最後葉先生以楊牧經典三十的作品《搜索者》做為勉勵女孩的禮物，能這番登堂入室，直接浸潤書味的第一口芬芳氣息，對年輕學子而言，就是最佳的文學光合作用。

至於今日文學森林所在的紀州庵，一直有著傳奇的色彩，經過當年仍是蔓生叢草的院落時，彷彿埋葬著陳年歷史老舊身世，當居住過城南的文學作家一一站出來做守護再生的呼籲時，簡短的報上消息，令人無限期待。其中一度沉寂，令人擔心台北人失落文學記憶的家園，但隨著有心人播動聲勢，幾次風風光光與社區居民的互動，一場又一場精心擘畫的展覽，讓人有了繞路的理由。遠離捷運匆促人潮，穿過庶民生活的攤販市場、雜貨商店、公園廟殿，聽著細碎的人聲片語、笑言調侃、叫喚暖呼，走到底就可以有一座小小的靜謐森林，陽光從不吝惜灑落，大片玻璃直接透亮著空間，晴光好日真有晒書的味道。在這精彩的講座中，聽到余光中與王文興直接比劃詩的路線，小說的河岸方位，川端橋下的悠悠搖渡與年輕時的文學對話；又親炙國家文化獎得主林文月以精雅動人的韻致所孕生的女史風範，並勾畫當年她與林海音、齊邦媛的文壇剪影，是的，他們在島嶼寫作，同時他們也走出文字的午後書房，成為跳盪於文學森林的傳奇精靈。

楊牧說：「我想你是充滿靈氣的，不會有恐怖的怨言。我只能希望人類和你一樣，和你一樣帶些靈氣。」高中時代至今，我一路從城南走來，帶著自己的靈氣，進行文學的深徑探索，並領著一批又一批學生走入文學清蔭，以一種角度仰望，望著時間的綠藻，在森林的油彩裡細細漂動，一場美妙的光的遊戲。

——原載二〇一二年十二月《文訊》雜誌第三二六期

繆思的子民

——路寒袖

本名王志誠，台中大甲人。東吳大學中文系畢業。曾任《中國時報》人間副刊撰述委員、《台灣日報》副總編輯、國家文化藝術基金會董事、高雄市政府文化局長等。曾獲金曲獎、金鼎獎、賴和文學獎、年度詩獎、台中市文學貢獻獎等，並舉辦多次攝影個展。現專事寫作，並於大學講授現代詩、編輯採訪、文化行銷等課程。

著有詩集、散文集、繪本書、攝影詩文集《我的父親是火車司機》、《憂鬱三千公尺》、《走在，台灣的路上》等十餘部，歌詞〈畫眉〉、〈春天的花蕊〉等近八十首。

高二時，由幾位高三學長發起，我們共同創辦辦了台中一中有史以來第一個現代文學社團「繆思社」。

那時，我初識現代文學，對浩瀚、新奇的文字之海而言，勉強算是踏上摸索的碼頭，敻遼的海景只能眺望興嘆，至於船隻該如何駕馭根本毫無概念，突然有人吆喝、導遊，當然迫不及待的報名、跟團。我的狂熱似乎容易理解，但另外一些知交同窗竟也義無反顧，各自選擇了淒美的姿態投入熾焰烈火，一所高中同時間冒出那麼多的文藝青年，簡直是天命。

在二、三十名社員的名冊裡，高三生雖然占了一半，但險峻的大專聯考當前，多數神龍見首不見尾，想必是情義相挺，真正問事的是翁志宗、鍾喬、林安梧三位，我們高二因離大考稍遠，搖旗吶喊特別大聲，但也因為提早陷身，課業荒廢更久，好幾位在聯考窄門之前撞得頭破血流。

七〇年代台灣社會閉塞保守，資訊貧乏，當時的藝文活動少得可憐，即使有，我們也很難得知，記憶中，我僅僅一次在雙十路的美國新聞處聽葉維廉演講。社團雖然被校方允許成立，卻無指導老師，當時一中有兩位知名的作家老師，一是楚卿，另一為楊念慈，我們都曾前往請益，卻僅是禮貌性的拜訪，因為才剛踏上文學之路，連怎麼問道都懵懂。倒是楚卿後來成了我高三的國文老師，他狂傲不羈的個性吸引了我們這批文藝青年，心想，作家當如是也。

當時我們的文壇資訊主要來源是兩大報（中國時報、聯合報）的副刊，因此我還和室友集資訂了這兩份報紙，每天不僅一字不漏的閱讀、討論這兩份副刊，還將它們分別整整齊齊的堆疊起來。如果還覺得無法滿足，就跑到台中火車站前那幾家書局，或中正路上的中央書局翻閱《中外文學》、《幼獅文藝》（瘂弦主編）、《中華文藝》（張默主編）。

繆思社創立之後，立即成為一中活動力最強的社團，我們高二生是執行的主力，較活躍的核心份子當屬阿豊、楊渡、廖仁義和我。記得五四時，阿豊製作了幾款海報，拜託國文老師幫忙寫書法，其中一張的標語寫道：我們要降五四的半旗。我送去課外活動組審查、蓋章時，主事的教官問我：這是哀悼嗎？我支支吾吾答不上來，但內心還是認為，這句寫得好啊，既有詩意又氣勢，真是抓緊了變革的年代。

阿豊的確瘋狂，居然在期末考的前一天漏夜苦讀七等生的《離城記》，隔天還找我大談他的心得，一談又是一個晚上，結果我也陪著他半字未讀。難怪我們的輔導教官有天找我過去，要我好好勸勸阿豊，先考上大學為重，等上了大學要寫作再寫作，寫作真有急在這一時嗎？其實我也認為有理，但自己當時已下定決定拒絕聯考，無異是泥菩薩過江，還有什麼立場與資格去當說客？果然後來阿豊慘遭留級，我雖僥倖畢了業，但流浪兩年後才迷途知返的回到大學校園。

記得繆思社第一次大型的讀書會是研讀王文興的《家變》，同仁討論過後更邀請中興大學文藝社的大哥大姐來校交流，那次雙方可謂精銳盡出，高中生辯上大學生，伊迪帕斯情意結、威權教養、兩代矛盾與衝突等等詞彙飛來撞去，傍晚時分，夕陽斜照在與會的每個文青的臉龐，無不散發出金黃色的光芒。

我們彷彿得了集體飢渴症，自找的、同仁介紹的，管他八大門派抑或奇門遁甲，小說也好，新詩也罷，不論讀懂與否，全都生吞活剝的下了肚；而日據時代的作家專書還少，只能從有限的選集中去追索了。七〇年代台灣的思潮正處存在主義的浪頭上，所以從卡繆、沙特擴散出去的西洋小說也都來者不拒。

大量閱讀後，作家的著作、篇名，甚至內容，是我們的通關密碼，文學書籍成了書桌上的新寵，教科書被打入冷宮，長眠於眠床下。傾心文學注定是苦戀，後果不言可喻。

繆思社同仁分年分批才進入大學，各自品嘗苦楚，也各自揮灑人生，雖然後來繼續走在文學之路的人寥寥無幾，但當年並肩入山門，一同領受繆思洗禮的情感，依然清純真摯，所以，繆思社有個令人難以置信的傳統，那就是每年的大年初一固定是我們的同學會；三十多年了，從未改變。

——原載二〇一二年十二月《文訊》雜誌第三二六期

大同小異的苦悶

——喻麗清

祖籍杭州，成長台灣，台灣台北醫學大學藥學系畢業。先後曾任職紐約州立大學水牛城分校及柏克萊加州大學脊椎動物學博物館。曾擔任北極星詩社創辦人、耕莘寫作班總幹事、海外華文女作家協會第五屆會長、美國青樹教育基金會副主席，以及台北醫學大學北加州校友會會長。作品常入選於各種選集及教科書中，曾獲散文著作金鼎獎、中國文藝協會散文獎章及兒童文學小太陽獎等。現定居美國北加州。

著有詩集《未來的花園》，散文集《蝴蝶樹》、《沿著綠線走》、《捨不得》、《親愛的魔毯》等數十本，譯有《中國有尾兩棲類研究》。並有簡體字版《喻麗清作品集》五卷本、「捨不得」系列三卷本等。

我一直覺得理想的人生應該是青春時活得閃閃發亮，年老時活得優雅從容。其實兩者互調也許更加完美。可惜年輕時，我們如何能明白什麼是從容？

最近收到北醫大「北極星詩社」的簡燕微小學妹寄來的《望遠文報》，知道沉寂了很久的詩社又活躍起來了，心裡有說不出的激動。當年我把我的青春全押在那個詩社上了。誰知它依然健在，依然有詩的熱情在那裡燃燒。也許每一代有每一代打發寂寞的智慧，而我們那一代的青年，如果沒愛上文藝真的不知如何打發日子。

我們的青春像張白紙，草稿不知如何打起，父母老師替我們設好的框架我們未必心服。沒有電腦沒有旅行沒有多餘的物質讓我們揮霍，因為外在的自由太少，我們反而拚命想要用文學藝術來豐富自己的內心。回顧所來處，我們強作堅毅用以掩飾脆弱，爭自由有時反而加重了自身的負擔卻不自知。

一種對美好事物的渴望與追求，使我們著迷於哲學，那時候存在主義當道，我們急於知道生命的起點和終點，結果存在主義更加讓我們迷惑。我記得蕭孟能的《文星》和林衡哲的「新潮文庫」，幾乎是我們那一代人最愛的精神糧食。在升學主義的壓力下，其實文藝只能拿來當副食，說它是鴉片也未嘗不可。

我還記得胡秋原和李敖大打筆戰，一個要維護傳統文化，一個要全盤西化，現在想來不過是老人跟少年的戰爭，打到現在中國大陸接下來還在打。那時候文建會和救國團真的為我們這些文藝青年做了很多洗腦的工作。等我出了國門後，才明白原來對岸文化大革命的時候正是我的青春期，不禁捏把冷汗。想想如果調換了場地，難保當紅衛兵的不是我們。當那些紅衛兵犯著一點都不美麗的錯誤時，我們卻在鄭愁予答答的馬蹄中享受著過客一般的浪漫情懷。青年救國團帶給我們的救贖真的不小。

由於愛寫詩，除了在大學裡創辦北極星詩社之外，我還代表北醫參加過救國團辦的暑期文藝營、歲寒三友會、出版研習會等，受益是一輩子的，加上天主教的耕莘寫作班，就讓我文藝得更加徹底。留學風氣一開，大家跟著潮流走我也走，一心要去遠方……流浪……三毛去沙漠受苦受難其實是替我們那一代青年去的。青年的苦悶沒有國界，文藝是苦悶的象徵沒錯。

如今自助旅遊吃香喝辣，手機隨身聽平板電腦，什麼都唾手可得，但宅男宅女們的空虛好像並沒有被填滿。外在的自由多起來，無從選擇的煩惱就開始了。我想，人的一生最好不要像水桶一樣的被注滿，要像火一樣一次次的被點燃，我們那一代的愚蠢也許跟這一代並沒有太大的差別，可是這一代的聰明我們卻遙不可及。

——原載二〇一二年十二月《文訊》雜誌第三二六期

恐懼遊戲

——伊格言

本名鄭千慈，一九七七年生，台大心理系、台北醫學大學醫學系肄業，淡江中文碩士。曾任香港浸會大學訪校作家、成大駐校藝術家、元智大學駐校作家等。曾獲《聯合文學》小說新人獎、林榮三文學獎、《聯合文學》雜誌年度之書、台灣十大潛力人物等獎項，並獲英仕曼文學獎（Man Asian Literary Prize）入圍、歐康納國際小說獎（Frank O'Connor International Short Story Award）入圍、台灣文學獎長篇小說金典獎提名等。作品入選《年度小說選》、《台灣成長小說選》、《三城記：台北卷》等選集。現任台北藝術大學兼任講師。

著有短篇小說集《甕中人》，長篇小說《噬夢人》，詩集《你是穿入我瞳孔的光》等。即將出版短篇小說集《拜訪糖果阿姨》。

德國威瑪。雨夾雪。

氣溫靜止於攝氏零度。櫸樹的樹幹上還存留有冰的痕跡。二〇〇九年三月，我離開另一座城市，搭乘德國國鐵IC列車來到此地。車程僅約一小時左右。

威瑪——威瑪共和締造之地，一段文明短暫輝煌的核心。這僅是個小城，建築精緻美麗，歌德故居、席勒故居均位於舊城區內。我上車前猶是微雨；然而到了威瑪後轉為大雨，間雜冰霰。夾帶在厚重雨幕中的、細碎的白色微粒。我在車站前換乘公車，在大雨中抵達城郊的Buchenwald。

而今看來，那僅是一片原野中的荒地。Buchenwald——二戰期間除了波蘭Auschwitz之外最大的納粹集中營，因此也是目前德國境內最大的。

在穿越大門之後，面對的其實主要是一片石礫滿布的地域。

（回想起來，或許從我步入Buchenwald大門開始，他便一直跟著我了——）

廣漠的石礫地其實是集中營主要房舍的所在地。然而木造的房舍在大戰末期毀於兵燹，未曾存留。而石礫地的後方則是當初SS（納粹黨衛隊）堆放物資的倉庫，目前內部已改建為博物館。

（「你知道那是博物館嗎？」我小聲問他。

「當然。」

「你感想如何？」

他聳聳肩。「那只是一部分。」他語氣冷然。「但那是人類的限制，我不怪他們。你等一下就會知道了。你可以先去醫務所看看。」）

石礫地一側是醫務所和病理實驗室。那是兩幢彼此相連、稍低於地面的磚石建築，約是四、五個隔間的格局。在進入之前必須通過一道下傾的短梯。

但室內光線並不昏暗。或許也正因天光猶亮，有一扇窗背向室內的陳設，單獨開往光的來向。連著水泥地，一方貼著白色磁磚的長方形平台於室內中央立起；儘管陳舊但依然帶著某種整潔明晰的秩序感。當然我一看就明白那是個解剖檯，因為那與我在醫學系裡修習大體實驗課程時所使用的解剖檯如此相像，差異者僅在於材質而已。

檯面中央開了個洞，四周微微凹陷，顯然通往血水的引流渠道。

而今乾燥的解剖檯上則靜置著幾莖玫瑰。

而一旁木桌上的玻璃櫃裡便是那些器械與刀具了。那當然也是醫學系時期解剖課常用的東西。較為少用的是鋸子、木槌與鑿刀，因為那大約只在開頭蓋骨時用到。與人的全身相較，頭骨與頭骨內的組織僅占有極少的體積與重量——然而我們知道，這極少極少的分量之中負載的卻是人類整個文明的曲折與深沉。那般的曲折與深沉顯然不是鑿開猶太人的顱骨便得以具體窺見或理解的。「大屠殺」（Holocaust）犧牲者的數字向來是個爭議，然而無論如何，從我們總是時不時便觸碰到以二戰為題材的德國文藝作品這件事，我們便足以知曉，這個民族是花了多大的力氣在試圖探問這個關乎文明的謎題。漢娜・鄂蘭（Hannah Arendt）給出的答案之一是著名的「邪惡的庸常性」（the banality of evil）概念；然而更多人之所以感到困惑，恐怕是因為「何以一個精神文明成就如此之驚人的民族竟能犯下如此野蠻而殘忍的罪行」這件事。

那文明成就與罪行的直截對比確實令人瞠目結舌。

（「剛才你提到人類的限制。但這樣看來，人類會的事情也很多，」我試著向他搭話：「好的壞的都很多，不是嗎？」

我注意到從進入實驗室開始，他便沉著臉不說話了。

「你會的事也很特別。」我繼續說：「比如說，在冰冷的雪霧中飛行——」

「那只是對你來說比較特別。」他打斷我的話。

「確實很特別呀，一般人類是沒有能力這麼做的。」

「現在還不會，沒錯。」

「你說現在還不行？」我笑著回應：「難道以後可以？」

「我想是的。」

我感到驚奇了。「你的意思是，你會知道以後的事？」

「只到一個程度。」

「所以？」

「我的意思是……」他停下來，偏著頭思索著。那既孩子氣又認真的表情十分可愛。

「我想，」他說：「只要人類繼續那樣下去——繼續思索，繼續研究，繼續創造美好的文明同時製造暴行——那就可以。終有一天，人類將能在雨雪中飛行……」）

大屠殺。所謂「野蠻」。文明的對立面。然而我的懷疑在於，或許野蠻或殘忍實際上根本就不是文明的對立面。它們原本便存在於文明之中。事實可能是，除了那些被歸類為「普世價值」

的某些良善概念（如基本人權所規範者）之外，所謂「文明」原本就包含了太多與所謂的普世價值相悖反的成分。

「文明」原本就非關善惡。在最初，它只是匿藏於人類顱骨之中的一個執念、一種欲力。說來或許異常簡單：一言以蔽之，這個執念其實只是在說「我想知道」而已。

想知道什麼？什麼都想知道。宇宙、生命、萬事萬物。也正是在這樣的欲力驅動之下，人類發現知識、主導宗教、建立制度、辯證概念、創造文明，從而意圖以文明（或概念、或宗教、或各式制度）規範事物、解釋世界、理解世界。這些「理論」（或說「世界觀」、或說「言說」），一個以因果律和人類的思索共同創造的擬像）成形之後，由於人類對自己的執念與智慧之自信，理論遂成了主導一切的，壓倒性的力量。

理論導致權柄。理論創造規則。「凡人皆生而平等」是一種理論，「德意志是世界上最優秀的民族」同樣也是一種理論；然而人們忘記了，還其本來面目，它原本是「我想知道」——就只是「我想知道」而已；其間沒有善惡、非關善惡。

理論並不能保證「善」。善者與惡者原本便並存於文明之中。

是以大屠殺其實一點也不「野蠻」——大屠殺根本就是文明的一部分。如此看來，或許精神文明的成就愈高，原本便最有可能做出最恐怖的暴行；而暴行的基礎則來自人類最根本的欲力。換言之——欲力既已存在，則暴行無從避免。

還好，除了「我想知道」之外，人類還有別的本能、別的執念。還好人類還有設身處地的能力。還好人類還存留有「想像他人之痛苦」的能力。是人類將「我想知道」、「我想理解」的欲力用於想像他人之痛苦上，從而形塑了世界現今的樣貌。在這樣的世界裡，善惡並存，大屠殺可能發生，而人性中的良善高貴也同樣可能發生。

隔著大片的石礫地廣場——先前提過，那是集中營房舍被焚燬後所遺留的空無之地——與醫務所遙遙相對的，是SS的倉庫。那原本是用以堆放衣物、存糧與軍品等一般物資的，而現在內部已改建為博物館。館中有一展示令我印象深刻：那是在戰後，集中營俘虜房舍已然被毀之後，在焦黑的土地上找到的遺留物；一件一件，整整齊齊被排列在一個長形的大玻璃櫃中。

絕大多數是鈕釦。大小不一、各種顏色、有著不同材質、不同孔洞數目的鈕釦。也有幾件類似牙刷柄、髮梳之類的東西。最令人感到驚異的是，竟有一整副幾近完好的假牙。假牙張著大口，彷彿顱骨的一部分。彷彿真有一副連著假牙的顱骨此刻正被置放於乾燥清潔的解剖檯上。彷彿面向光的來處，身處於黑暗之中，張口的顱骨正發出無聲的嘶嘘。彷彿那訴說的不是經驗、不是歷史、不是控訴，而只是訕笑或虛無。

可以理解足以躲過焚燒與戰亂的均屬於較硬的材質——吃的，穿的，用以整理儀容的。一言以蔽之，文明生活。文明與人類之原欲的交接地帶。鈕釦與髮梳的文明接壤了人類關於「美」的原欲。假牙的文明接壤了人類關於口腹之欲的原欲。在文明降臨之前，人類為了各自的原欲而彼此殺伐屠戮；在文明降臨之後，人類以更精緻的作工、更龐巨的規模、更周整嚴密難以辯駁的理論，以及唯有文明本身足以有效處理的結構設計，彼此殺伐屠戮。

（「剛剛，那個醫務所。」他突然說：「我去過那裡。」

「生病的時候？」

「嗯。」他的眼神顯得渺遠。他淡褐色的髮已被雨幕盡數打濕，一綹綹地貼在前額。無數冰霰的白色微粒附著於其上。像在時光流轉中驟然老去的童顏。「還有，被實驗的時候。」

「什麼樣的實驗？」

「他們把我的眼睛蒙起來，把我的手腳綁起來，把我的耳朵塞起來。」他不再閃躲，不再沉默。他童稚的眼睛沉靜地注視著我的眼睛——並且在那個瞬刻，令人感覺不再童稚。「讓我全身的感覺只剩下右手腕的部分。」

「然後？」

「然後在我完全看不見的情形下，用刀片畫開我的手腕，讓我流血。」

「你，就是這樣才死去的？」

「不，那是他們的實驗。只是實驗。事實上那一刀並不重。我後來知道我很快就止血了。但他們讓我以為我還在繼續流血。他們餵我吃下一些藥丸，騙我說那是抗凝血劑；然後在我的手腕上不停滴水。」

「你……一定很害怕？」

「我怕死了。我一直發抖。我以為我就會這樣流血到死掉。」

「後來？」

「後來我昏倒了。至少在失去意識之前，我真以為我死定了。醒來後他們才告訴我這是個實驗，恐嚇我不能說出去。」

「不能說出去？你還能告訴誰？」

「同伴，父母。都不能。他們叫我就這樣回去營舍，什麼都不能說。如果發現我說出去，他們會殺了我。」

「那就是在病理實驗室裡曾發生的事？」

「不只是我。後來那裡死過更多人。」他稍做暫停。他的眼神望向遠方——越過房舍、草地、森林與空間本身的虛無。「有人光是因為流血的恐懼就死了。死去的人，包括我的父親……」

「真殘忍——」

「那時我十歲。但我想說的其實是——」他深吸一口氣。「我的父親，並不是個純粹的無辜者。我也不是。他是領袖，在營舍裡，他和德國人合作管理了很多事。也因為這樣，我們一家能夠分配到比他人更多的食物、更好的衣物。儘管只多那麼一點點……」）

即將離開Buchenwald時，我再次回到醫務所和病理實驗室裡轉了一圈。參觀的人已少去許多。室內無風，然而解剖檯上散落的玫瑰花瓣卻輕輕地旋轉著。像是有什麼神祕的思索正牽引著它們。這園區、這博物館，這存留的物件——這般大費周章，只為了「記得」那奇異的暴行。

同樣也是文明所為。文明的欲力顯然足以同時放大人類的善行與惡行。

一隊青少年正自稍遠處的廣場經過，走向醫務所的方向。他們在師長的帶領下來參觀Buchenwald。天氣依舊很冷，雨雪冰涼。他們沒有嬉鬧，只是躲在低低的帽簷下默然行走著。他們穿過了集中營鐵絲網外的大片櫸樹林。那是我在來時曾穿越的；就像許多年來，風曾穿越了這許多無葉的櫸樹一般。

那些寒冷的、光禿的，在雨雪之中顯得潮濕的枝幹。

我想起醫務所實驗室中，那床潔淨的解剖檯。那扇唯一的、單獨開往光的來向的窗。然而此刻，天光雪白明亮。在石礫地上、在鐵絲網下、在集中營的周邊，光線充斥於空間之中。那種色澤的光，既無溫暖之意，也並不冰冷。它只是存在著，任憑行人、雨水、雪花與歷史無聲地穿越它們。

孩子們走遠了。而那個十歲的孩子，也無聲地離開了此地，離開了我。我知道，這裡是光的墳場。光的量體於此存在，然而不再具有任何關於亮與暗的意義。

他們的步履在石礫地上壓磨出沙沙的聲音。

——原載二〇一二年十二月三日《自由時報》副刊

台灣人懶得提的十件事

——張系國

江西南昌人，一九四四年生。台大電機系畢業，留美獲柏克萊加州大學電腦科學博士學位。曾任教於康乃爾大學、伊利諾大學、國立交通大學、伊利諾理工學院，現任匹茲堡大學教授，並創辦知識系統學院。

著有《昨日之怒》、《星雲組曲》等小說、隨筆三十餘種。代表作《棋王》，已翻成英、德文等，並曾搬上銀幕，改編成音樂舞台劇、電視劇等；另提倡科幻小說不遺餘力，在台灣被譽為科幻小說之父。

十來年前，匹茲堡的公眾電視台午夜結束節目時，總會播放一首歌曲〈凡事往好處看〉（Always look on the bright side of life）。一面播放歌曲，一面螢幕上就出現飛碟用死光毀滅匹茲堡城的畫面。等到全城都被毀滅得差不多了，歌者仍然在重複：「儘管人生都不如意，你我凡事往好處看！」

這首歌是英國的喜劇劇團蒙迪佩登（Monty Python）演出《阿B正傳》（Life of Brian）的主題曲，原意應該是為了搞笑，歌有點單調，卻意外成為英國人普遍喜愛的經典歌曲之一。二〇一二年倫敦奧運閉幕的節目裡也唱這條歌，或許因為它很能反映英國人的民族性堅忍的一面。

其實台灣人同樣具備堅忍的性格，所以才會有〈愛拚才會贏〉這樣的流行歌曲。但不知從何時起，大眾媒體都喜歡繪聲繪影、只看事情灰暗的一面，尤其是政治和經濟簡直一片愁雲慘霧，主政者也被批評得一無是處。

事情真有那麼糟嗎？「凡事往好處看」，我隨便想想，就可以列舉出台灣人都知道但懶得提的十件事來：

第一：威權時代結束後，李、陳、馬三位總統都沒有蓄意搞獨裁。您看埃及民選的總統，才上台沒多久就想大權獨攬，搞不好又成為新的獨裁者。什麼阿拉伯之春，春天剛降臨就入深秋。比較起來台灣確實好太多，沒有一位總統賴著不肯下台，奠定民主的傳統。

第二：李、陳、馬三位總統都不好色，而且既不愛女色也不愛男色，所以台灣政壇至少沒有太不像樣的性醜聞，比歐美日俄許多國家都強。

第三：現任總統廉潔自持。不論怎麼說，總統從貪腐轉到廉潔，至少改變的方向是正確的。

第四：不像許多國家，因為經濟搞不好民怨無處發洩就不斷更換政府，換來換去弄到後來誰也不必負任何責任，搞得經濟每下愈況，展望未來毫無希望。台灣至少政局還算穩定，經濟雖不好但比上不足比下有餘。

第五：保釣空談了多少年，今年居然稍有起色。大陸的海政船經常到釣魚台水域巡邏，台灣也萬船齊發予日本以顏色。

前五條是關於政治。下兩條是關於媒體。

第六：媒體至少在翻譯方面非常具有創意。Bumbler原意接近「老好人」，翻譯成「笨蛋」令人驚豔而嘆服！因為總統太廉潔，居然有媒體批評他把薪金都儲存起來也算貪汙，雖然匪夷所思，也是一種創意批評的表現。

第七：關雲長兵敗走麥城，黎智英揮淚歸香港。外資（港資）無法繼續控制台灣媒體，煽色腥的蘋果終於有改變的可能，也算台灣媒體的慘勝。

但是最要緊是下面兩條，這是我真正想強調的：

第八：台灣的小資企業普遍有創意，無論烘烤麵包、製作輪椅、穿衣、吃飯，都肯用心，因此服務業有傑出的表現。有創意而用心的服務，是台灣小資企業的特色。

第九：台灣有全世界功能最強大的便利商店。在連鎖便利商店裡你可以喝咖啡、買早中晚餐宵夜加水果、購年貨、買捷運火車高鐵飛機票、繳稅、複印文件、傳真、買書、送貨收貨、甚至上網等，就差不能住宿。

我可以大膽預測，將來能夠提供給老年人合理價廉的居家照顧服務的，正是這些功能強大、又有創意而且服務用心的連鎖便利商店！大部分的居家照顧服務其實重點不全在醫療，這是距離最近的連鎖便利商店很容易可以提供的。這就節省了設立非營利性居家照顧服務系統的龐大費用。連鎖便利商店能夠提供居家照顧服務，全世界都會羨慕驚嘆。

第十：台灣是觀光勝地和老年人退休的福地，僑胞都想回台長住！

註：〈凡事往好處看〉在Youtube的聯結：http://www.youtube.com/watch?v=JrdEMERq8MA

——原載二〇一二年十二月五日《聯合報》聯刊

一棵種在夢境邊緣的水樹

——曾郁雯

台北三峽人，一九六三年生。台大歷史系畢業，是個愛爬格子、愛旅行、愛攝影的珠寶設計師。因珠寶作品帶有深厚文學底蘊，風格充滿甜美詩意，被台灣媒體譽為珠寶詩人。

著有《戲夢人生—李天祿回憶錄》、《今天是幸福日》、《珠寶，女人最好的朋友》、《就是愛珠寶》、《京都之心》、《光影紀行》、《和風旅人》等書，散文作品分別入選《96年散文選》、《100年散文選》。曾以〈幸福進行曲〉獲金馬獎最佳原創電影歌曲。

冬山河這條蜿蜒的水路，就像小時候放學和一大群小朋友穿梭在田野間，不管怎麼走都能回到家。

遠離台北的煩鬧塵囂，短短個把鐘頭就置身宜蘭的萋萋水麓，時空瞬間倒轉，遙想「駁仔船」搖搖晃晃載著翻山而來的漢人，在這片平原交織的水上，運甘蔗，捕魚蝦，吃拜拜，看戲班。不燃油也不燒炭，一片片木料釘成魚一般的舢舨，船頭兩側繪上活靈靈的魚眼睛，睜大眼盯著船夫撐篙划槳，晃晃搖搖，我們在暖暖冬陽下吹著微涼河風，舒服到打盹，忘了身處哪個朝代。

水色隨著一道一道橋身改變，天光雲影跟著時間挪移腳步，我們分乘四艘電動船忽前忽後暢遊冬山河，此番是為了探勘「噶瑪蘭水路」而來，作家朋友們沉浸在暮色中，也許心裡已經開始想像如何描繪眼前的美景，或者依循歷史脈絡走筆蘭陽平原的縱橫水路，或者捕捉沿岸水鳥足跡重現原始生態環境，又或者什麼都不想只任風吹過水流過魚游過。

可別小看這「駁仔船」，透過宜蘭作家吳敏顯先生撮合，由人稱「宜蘭船王」林石順先生捐贈的最後一艘駁仔船，雖然已經進入蘭陽博物館「典藏」，卻曾是宜蘭最主要的水上交通工具。它可以負重三千至七千台斤，將河口大帆船運來的物資轉運到內陸再分散到每個鄉鎮。駁仔船也是負責運送製糖原料白甘蔗的接駁大使，日據時代的二結糖廠規模龐大，宜蘭平原到處都種植白甘蔗，近河的可以直接用水路，離河的就要先用人力車運送到河邊，再用駁仔船載到火車站交給俗稱「五分仔車」的小火車，鼎盛時期多達十八艘；一直到台灣光復初期都可以見到駁仔船忙碌的身影穿梭在河面上送往迎來。

相較於駁仔船的修長，「鴨母船」就胖得可愛！冬山河畔的草叢裡有時候還會泊著一兩艘鴨母船，這種小船是養鴨人家用來灑飼料的工具，不難想像母鴨帶小鴨聚攏在船邊，一家子大大小小酒足飯飽，成群結隊、心滿意足、暢快遊河的幸福模樣。

這種幸福可是得來不易，現在一派太平盛世的冬山河整治成功前也曾是鬼哭神號的恐怖航道，從那姑婆田灣、三角潭到豎流仔，都是一個接著一個的水深彎道，水底下暗藏漩渦，根據「宜蘭船王」林石順老先生形容：急流底下總是暗藏陰狠的大漩渦，耳朵只聽到船邊轟轟的響，如果不夠老練沉穩，那聲音聽來無異是鬼哭神號，簡直就像一大群水鬼攀住船舷不放，硬要把船往水底拉扯，每經過一趟就等於到鬼門關前逛一圈，「全身毛髮豎立、手臂上的雞皮疙瘩一粒一粒突得像洗石子的牆面」，他老人家說那種驚恐只有船家自己才能體會！那種情境哪是現在沿著河岸騎著單車迎風高歌的遊客所能想像。

冬山河就是宜蘭的縮影，這裡保留了先人開疆闢土的強悍堅韌，也封存雞犬相聞世外桃源的樸實自在；平疇千里孕育生命餵養子民，江河海洋豐饒土地連結夢想，不管氾濫淹沒過多少次，古老神話或顯靈傳說都在在鼓勵撫慰宜蘭子弟，不要怕，就像戲台上演的苦齣笑科通通有，這樣的戲才好看人生才夠精彩。

夕陽如紅紫色的絲緞把天空和河面交纏在一起，暗光鳥飛過水面，燈火初上時我們來到宜蘭火車站前的「百果樹紅磚屋」咖啡廳，穿著黑圍裙的黃春明老師早就站在門前一一歡迎大家。每次看到紅紅臉蛋、捲捲灰髮、高高身材的春明老師，都會聯想到聖誕老公公，不是嗎？如果他不是那個一心一意只想把歡樂送給世人的聖誕老公公，實在不必在含飴弄孫之齡還天天「下海」煮咖啡、端盤子、洗杯子，他還自嘲是全台灣咖啡廳最老的服務生。

二○一二年九月十八日才開張的「百果樹紅磚屋」是聯合《九彎十八拐》雜誌和「黃大魚兒童劇團」兩個團隊的結晶，除了賣咖啡搭配宜蘭名產「春明餅」、鹹李仔糕，以及黃老師的著作、畫作和劇場周邊產品之外，每周五晚上七點到八點廣邀學者專家和各方達人談天說地，舉辦各式各樣專業演講以饗鄉親；周六周日則提供連續六場親子故事劇場的演出，讓高齡七十八的黃老先生和所有團隊忙得手忙腳亂也忙得不亦樂乎！

黃老師長年戮力的黃大魚兒童劇團和現在的百果樹親子劇場，都是透過說故事和戲劇的「手段」達到親子互動的目的。小孩子即使聽老人家說一個破碎的故事，也能憑自己的想像力拼出或再造一個完整的故事，聽故事的同時也能訓練專注力；想像力和專注力正是現代兒童最欠缺的兩種能力，偏偏這兩種能力恰巧也是將來最重要的競爭力。師母悄悄地跟我說：你看！他以前搞劇團除了假日都待在宜蘭，現在又弄個咖啡廳，一到假日更忙，整天穿著圍裙站在門口說歡迎、歡迎，唉！都不知道自己已經幾歲了？

唉！我們就是愛死了這樣的黃老師！紅磚屋的正中央真的有棵百果樹，為什麼要叫百果樹呢？這棵樹可是黃大魚兒童劇團定目劇《我不要當國王了》的大主角，在童話王國裡透過小朋友的想像，沒有什麼不存在的東西，這棵樹可以長出各種各樣的水果，只要你叫得出來它就長得出來。

所以百果樹是一棵長在舞台與夢境邊緣的樹，一棵長在山與平原交界、海與河川匯流的樹，是一棵用宜蘭的水養出來的樹。

京都三大名物：京女、湯豆腐和池泉迴游式庭園，皆拜京都千年之「水」所賜。因為水質好，所以京都女子皮膚細緻，溫柔婉約；因為水乾淨，所以湯豆腐滑如絲綢；因為水活絡，池泉庭園湖水清澈、風光明媚；世世代代的子孫至今仍受庇蔭，優游活在水的古都。

那麼我們在冬山河午後的一盹，不久的將來也會看到百果樹開花結果，令人期待的故事情節。

——原載二〇一二年十二月十三日《中華日報》副刊

散文Pi的奇幻漂流——二〇一二年台灣散文

——張瑞芬

一九六二年生，台南縣麻豆鎮人，東吳大學中文博士，逢甲大學中文系專任教授，中興大學中文系客座教授。作品收入九歌《台灣文學30年菁英選——評論30家》，《鳶尾盛開》獲選二〇一〇年行政院金鼎獎入圍。近年寫作書評，並致力於台灣當代散文研究。

著有《未竟的探訪——瞭望文學新版圖》、《五十年來台灣女性散文．評論篇》、《狩獵月光——當代文學及散文論評》、《台灣當代女性散文史論》、《胡蘭成、朱天文與「三三」——台灣當代文學論集》、《鳶尾盛開——文學評論與作家印象》、《春風夢田——台灣當代文學評論集》，目前正在寫作《台灣男性散文50家評論》。

冬夜裡在3D影城看著一條魚忽悠就這樣游到眼皮前時，也正是該回顧二〇一二散文的十二月了。這眼前熠熠的水草森林和螢光島嶼，交織著少年Pi的夢境與幻覺，真實與虛構鏡象交疊，白天和黑夜，饋贈與索取，吃和被吃，人與非人。畫面美得令人屏息，花心裡卻赫然一枚人齒，血淋淋恐怖之至。

「我心裡有猛虎，在細嗅著薔薇，審視我的心靈吧！親愛的朋友，你應戰慄，因為那裡才是你本來的面目」。英國反戰詩人西格夫．薩松（Siegfried Sassoon）這樣說。

散文是虛構或真實？猛虎或薔薇？引用和抄襲的界線何在？「中時謝微笑」與「聯副鍾神話」討論得那樣熱烈，你比較喜歡哪一個？重點已經不是你相信哪一個了。

二〇一二的台灣散文，呈現的是這樣一種迷離恍惚的不可名狀，表面上看來盈盈草木，離離春韭，飲食田園居大宗，水平面下卻生機活潑各種品類都有，並且看不出未來將如何發展。如果依數位出版集團理事長何飛鵬二〇〇九年所預言紙本書只剩五年壽命，眼前豈不是差不多到頭了？但事實顯然並不如此。今年的散文書舊版重印雖多，例如《迷路的詩》、《汝色》、《我和我豢養的宇宙》等，但創作能量卻蓬勃一如以往，甚至好書還相當多，就拿現正擺在書店平台的劉大任《枯山水》、張經宏《雲想衣裳》、黃文鉅《感情用事》來說，理直氣壯的，就一點兒也沒有年底將屆的喪氣相或稀微感。

我個人覺得，今年八月印刻大手筆的「木心全集」撐起了整年的氣勢。大環境衰敗，重慶南路書店倒了八成，誠品卻自有辦法以複合式經營方式把書店開到香港和蘇州去。只是大至諾貝爾獎小至開卷好書榜，散文寫得再好似乎都很難名登榜上，也正因此，在二〇一一年木心辭世後，這整整十三本的新版重印特別有著逆勢操作的意味。

論冷門，沒人比木心更冷門了，然而為其傾倒者，大有人在。這個隱居美國二十餘年的神祕作家，凌波微步，羅襪生塵，《溫莎墓園日記》、《瓊美卡隨想錄》、《素履之往》、《同情中斷錄》、《魚麗之宴》、《愛默生家的惡客》，這些如印刻總編初安民所稱「空襲」過台灣，像來自遙遠古代墜落神祇的晶瑩透光文字，是散文的再開發，也是散文前瞻性的實驗。木心彷彿以嘿笑和冷眼打翻了散文的戒律和準則，用「不統一律」、「不規則性」來顯現散文創作的最大自由。俳句、札記加故事，印刻選擇如此高品味、非典型，難行銷的散文家來主打，無疑是很有勇氣的。彷彿是說，時代已經夠糟的了，何不看些真正好的東西呢？

本著這種知其不可而為的精神的，今年《艾雯全集》皇皇十冊，由艾雯女兒朱恬恬整理出版，還有王鼎鈞《桃花流水杳然去》、《度有涯》、黃永武《好句在天涯》、梅遜《梅遜說文學》，以及張輝誠《毓老真精神》。不同於去年尉天驄《回首我們的時代》造成的熱潮，資深世代的憶舊懷人，幾年下來似乎有些疲了，但細品之下，仍有可觀。《度有涯》是王鼎鈞旅居美國一九九七年前後的手札，做為回憶錄四部曲的補遺正好；《好句在天涯》是黃永武加拿大悠遊林泉的創作體悟，證明了國學者也有壯心未已的一面；《梅遜說文學》尤其是老作家孜孜矻矻，畢其功於一役的文學葵花寶典。這幾本書既平實溫潤，又機鋒處處，例如黃永武認為文字需要醞釀才能精緻，像臉書那樣隨想隨寫是不行的；寫散文和作學問不同，要多看野史閒談；為文如烘燒餅，篇題無妨先列，待熟成後再一一出爐。《梅遜說文學》談創作概念和寫作實務，靈感與想像力，散文與小說之別，都很精闢。王鼎鈞論虎媽狼爸孤狗世代，e-mail照樣可寫「奉橘三百枚，霜未降，不可多得」，有趣極！至於張輝誠《毓老真精神》中寫禮親王後裔毓鋆，鐵帽子王的傳奇一生，風義可感，真把個近日沉溺於後宮格鬥戲碼的我，稍稍拽回了現實世界。

正如王鼎鈞說的，如果哲學家的工作是在一間黑屋子裡找一頭黑貓，宗教家的工作就是在一間黑屋子裡找一頭並不存在的黑貓。世上沒有比書更奇特的產品了。由不理解它的人印刷銷售，甚至由不理解它的人批評和閱讀，有時甚至連寫的人也不理解它。編輯在黑屋子裡找讀者，作家在黑屋子裡找並不存在的讀者，李安則在海上拍一隻不存在的老虎，哪個更難一些？

二〇一二年，詹偉雄領軍的小雜誌逆襲失敗，傅月庵主編的《短篇小說》六月才發行捱不到年底就落幕了（林書豪至少還撐了一年）。「純度百分之百的伏特加」，遇上滿街哀鳳低頭族，只證明單純的理念不可行。說小說比較受重視嘛！寶瓶放眼大陸，且母雞帶小雞的「這世代，火文學」小說系列——畢飛宇、魏微、盛可以、徐則臣，品質雖優，不也沒打響？於是散文的我行我素，似乎也可以得到一些理解了。

豈僅走馬看不得三國，一些熨貼人心的文字，也得稍稍靜下心來才能領會。老出版人隱地多年來觀察書市，鑑照人心，幾乎成了舊社會傳統價值的代言人了，今年除了《一棟獨立的台灣房屋及其他》發發對台灣文學史的牢騷外，爾雅日記系列以《二〇一二／隱地》自己收尾，也算十年有成。在危疑時代裡，特別能給老讀者一炷溫暖爝火，又帶著點記憶裡的淡淡哀愁的，我覺得還有亮軒的《青田街七巷六號》、陳義芝《歌聲越過山丘》，或者再加一本雷驤《少年逆旅》。

老房子裡有悲喜交織的人生，編輯台上有灰飛煙滅的理想，今天是過去的延續，這三本充滿過往回憶的書，都和上一代產生著連結。《青田街七巷六號》和《壞孩子》糾葛出馬廷英父子兩代無法平復的傷痕，《少年逆旅》加上《目的地上海》是雷驤流離遷徙的破碎童年，《歌聲越過山丘》從逝去的文人身影，陳義芝隱然開啟了下一系列父親戎馬一生的〈戰地斷鴻〉。和以上三本比起來，陳文茜《文茜的百年驛站》裡女神卡卡、秋瑾、宋美齡和鳳飛飛寫得太搶戲，原本做為主軸的革命家外公外婆倒顯得不夠彰顯，算是熱賣背後的一點小遺憾。

物與情，人與地，總是這麼臍帶相連，息息相關。在「偽鄉土」、「新鄉土」頻頻被小說界關注的同時，蔣勳《少年台灣》、阿盛《萍聚瓦窯溝》、賴鈺婷《小地方》，老少一致的寫起腳底下的土地來，竟是那麼自然。

《少年台灣》以介於微型小說與散文的形式寫台灣許多小鄉鎮，集集、水里、南王、望安、白河、九份，每篇設定不同的主角上場，流浪筆記，島嶼獨白，格外顯出蔣勳對成長之地的依戀。而小妹妹賴鈺婷這回二十四節氣二十四種心情，穿梭在農村與山林間，蓮潭鹽田，落日潮汐，找尋著往日回憶與和家人共處的時光。《小地方》這本書其實和節氣無甚相關，和前兩年范欽慧《跟著節氣去旅行》畢竟不同。在這書裡，看得出賴鈺婷技巧稍稍放下了，或許正在經歷自己的調整期，那樣專務纖巧終究是不行的，而她自己也察覺到了。文壇老貨仔阿盛，今年集報紙副刊短文而成《萍聚瓦窯溝》，並以此書榮獲一〇一年中山文藝創作獎。「瓦窯溝」原指他台北中和寓居處，只是阿盛的鄉土早已超越了地域，深植於語言之中，既瘦且酷的是他，簡潔又有勁道也是他，那些「無車用步輦」、「吃芨仔放槍子」、「壞囝仔濟出頭」之語，古雅兼俚趣，楊富閔要學到這份上怕還要點時間吧！

說到古早味與在地感，陳黎《想像花蓮》與吳敏顯《我的平原》是書寫故鄉的代表，只是

《想像花蓮》主題有些碎散，吳敏顯筆下宜蘭的童年寫得稍微平直了些，沒能給讀者太大的驚奇感。有點像廖鴻基《回到沿海》和《來自深海》傻傻搞不清楚一樣。《來自深海》是一九九九年的舊書了，同樣是討海、賞鯨、黑潮文教基金會，此番舊作再版竟與新書《回到沿海》及近作《漏網新魚》互打，主題重複過甚，實在可惜了。而今年鄭鴻生《尋找大範男孩》與辛永清《府城的美味時光——台南安閒園的飯桌》回歸老台南身世，青春之歌，家族合照，無言的男性加上溫婉的府城女兒，滷麵、潤餅、鰻魚湯，種種人情世故，厝邊頭尾，各有講究，一個遠違於台北都城，多麼令人思之溫暖的南都老情調。

說到吃，今年飲食散文不知道為什麼特別多，尤其加上田園樂活風，從愛亞《味蕾唱歌》、焦桐《台灣肚皮》、《2011飲食文選》這種經典款，國宴與家宴，夜市與小攤，轉而為一種愛生惜物的生活態度。在蔡珠兒《種地書》、張讓《裝一瓶鼠尾草香》、凌拂《山城草木疏——綠活筆記》裡，女作家們不但耕而種之，採而食之，甚且計算食物里程，體會行道樹季節的脈動，感受感官世界與情慾的關聯。這芭比的盛宴，如仲夏夜精靈的腹語，引得大男人劉克襄也來參一腳鬥鬧熱，寫了一本精彩的《男人的菜市場》。

《男人的菜市場》圖文並茂一如劉克襄早先那本《失落的蔬果》，是男作家在北中南各地菜場的生態筆記，舊路踏查。只見那大叔頭戴漁夫帽，身背藍紅條紋尬嘰袋，從埔里買到恆春，木柵買到花蓮，念念叨叨那些古早時代「失落的蔬果」都到哪兒去了？黃香瓜、草山柑、土芭樂、白蓮霧，土產與舊俗，在尋尋覓覓之間，交織出一片繁華多采的知識地景來。在這一片盈盈草木疏中，論文筆是凌拂、蔡珠兒殊勝，趣味則焦桐、愛亞為優。而對岸作家近年來，更把飲食和文學結合到一個爐火純青的地步了，例如馮傑與沈嘉祿。

今年馮傑的《一個人的私家菜——說食畫》，說實話早已超越了飲食，而且值得得到更多的注目。他說的是食物，畫的是寫意，談的是感覺。你瞧他說：「拍黃瓜時你千萬不能猶豫，必須手段利索，出手如風，心無掛礙。你這時心有旁騖不行，你想毛主席也不行，你想鄰村女人更不行。必須想當下的這根小黃瓜。且必須是一刀下去，直截了當。如果要重複再拍第二刀，技術含量必打折扣。」那種一本正經的不正經，有時還能結合了詩意，形容芹菜「有一種鄉村魔幻現實主義的氣息，在月夜裡飛翔」；收麥時節，一桶桶茶送到田間，「是盛了一桶金色布穀鳥聲」。畫筆與詩語，把北中原麵食文化與鄉村人情渲染得周致極了。

打從今年大陸央視紀錄片《舌尖上的中國》橫掃兩岸，並出了同名繁體版書籍後，沈嘉祿《上海人吃相》、《上海老味道》、《魚從頭吃起》系列，也都得重新評估了。濃油赤醬本幫菜，弄堂房子石庫門，沈嘉祿〈當豬頭笑看天下〉、〈美女鴨頭頸〉、〈蝦爬子的華麗轉身〉、〈戲子的槍，廚子的湯〉、〈親王的味道，格格的吃法〉、〈咸亨酒店的氣場〉這些篇題，擺明了既是食經，又不只是食經，兼具知識與趣味，文學得很，太有味兒了！

還是閻連科說得好啊！「只要一個人可以把對名利地位的慾望轉生到對蔬菜生長好壞的擔心，人生就昇華到了一個新的境界」。蔡珠兒在香港住家後院種種菜也就罷了，小說家閻連科竟在北京近郊墾起地來。《711號園》這部散文集展現了閻連科對周遭萬物的溫暖存心，草木昆蟲甚至農具，無一沒有生命，然而都市計畫最終以怪手摧毀了這逝去的天堂，曾經的美夢。《711號園》文字細膩過人，反而蔡珠兒《種地書》這次在表達上樸質一些。

二〇一二年台灣散文除了飲食草木為大宗，都會女性的抒情與知性散文也相當亮眼，這其中又以柯裕棻《浮生草》、李維菁《老派約會之必要》、毛尖《這些年》、黎紫書《暫停鍵》、楊佳嫻《馬德蓮》表現最佳，黃麗群精彩的中時專欄雖尚未結集，恐怕也要算上一個。這些輕熟女的共同特徵是高學歷與都會化，有趣的是柯裕棻和黃麗群完全是張愛玲的傳人；李維菁佻達犀利，近似上海姑娘毛尖；楊佳嫻華麗深藏，詩語幽微，和黎紫書一樣，像真空的罐頭，密不透風。

如果要我選擇一本今年度最佳的抒情散文，我想會是《浮生草》吧！能這樣無所用意閒閒寫得一段，讀了以後五雷轟頂，並不是容易的事。那些嘴角眉梢洩漏的天機，冥冥如子夜私語，嘈嘈訴說著人世的冤屈。這是柯裕棻獨白微觀的散文美學，夜市裡、快炒店、小麵攤，包子鋪，一個人在深夜的城市行走，喃喃審度著人與人的關係。文句極省儉，將意念極大化。這種感覺我遠在張愛玲，近在黃麗群的文字裡看過，平衡感拿捏得極好，堪稱逸品！

今年讀李維菁《老派約會之必要》，竟好像讀「許涼涼後傳」一樣。絕望的愛情，預見的結局，冷眼兼冷語，讀得令人哆嗦。《老派約會之必要》是穿梭在詩與小說之間的散文實驗，愛情在李維菁手中，竟然一點溫度都沒有，可也是這樣的自持與節制，使得整本書有一種穿透的清明，這完全不是有統一主題的散文了，而是碎散的浮世情緣，漂流在人海茫茫中。毛尖《這些年》的專欄性質就比較明顯，論時事、談電影，兩岸風雲、千年月色，十足憤青，節奏迅捷，雖然痛快淋漓，卻也令人喘不過氣來。楊佳嫻與黎紫書文字極美，只不過讀來有被棄置感與漂流感，像在茫茫海中面對一頭難纏猛虎，何苦來哉也！

不過近日讀小說家轉行的蔣曉雲散文，卻大有滋味。這《啞謎道場之香夢長圓》，書名初看有些莫名其妙，其實講的是父母新婚時親手繡製的一幅帳簷（上書「香夢長圓」），飄洋過海隔代流傳，小說家以往甚少自述平生（如打啞謎），如今以散文和讀者見面，算是坦誠相見了。蔣曉雲自以小說《桃花井》、《百年好合》復出後，備受好評，她的散文自有一種親切爽朗的風格，雖然還是世故的，卻是冷眼熱肚腸，笑謔棉裡針，好看！

本年度另一位「建我的道場，訴我的衷腸」的，當屬今年以小說《迷宮中的戀人》敘寫傷病與救贖的陳雪，《人妻日記》乾脆把私領域女同志家居生活攤在陽光下了，家常宴宴，晴光朗朗，好滋潤的小日子。

中生代作家今年多有散文新作，如廖玉蕙《為什麼你不問我為什麼？》、陳克華《老靈魂筆記》、駱以軍《臉之書》、張曼娟《戒不了甜》、鍾文音《暗室微光》，朱天衣《我的山居動物同伴們》，持續有著能見度。楊照除了以《尋路青春》做為多年前《迷路的詩》續集外，今年和胡洪俠（大陸）、馬家輝（香港）三個同齡人合寫《對照記@1963》，見證了兩岸三地南轅北轍的思維背景，激盪出不小的火花來。

今年度旅行散文也不寂寞，陳思宏《叛逆柏林》、吳柳蓓《沒有門牌號碼的國度》、陳玉慧《依然德意志》、丘彥明《在荷蘭過日子》、鄭寶娟《說法蘭西的閒話》、胡晴舫《第三人》，都各具特色。

就文筆來說，鄭寶娟和胡晴舫較為可觀。陳玉慧《依然德意志》是記者之筆，對社會政策著墨較多；鄭寶娟從名牌、八卦講到莒哈絲，引人入勝，非常「閒話」；胡晴舫擅寫浮世行旅，文化差異，難得的是兼具感性與知性，餘韻不絕。《第三人》實在是近年我看的專欄散文集中，最具觀察深度者。

有關教育或文化，今年陳幸蕙《與玉山有約》、《玫瑰密碼》，張耀仁《最美的，最美的》都是師者之言。有幾本書倒是不俗，薛仁明《教養，不惑》、夏烈《建中生這樣想——給高中生的十七堂人生要課》，就讓我讀得坐起身來。《建中生這樣想》見解實際，出語幽默，概念頗不古板，例如對人對事宜簡單化，溝通能力至為重要，應從事適合自己的工作，如何錢多而不煩惱，愛錢愛到看不出銅臭味？這些對新世代都很具理性說服力。薛仁明《教養，不惑》這書，更是文采辭情都好。薛仁明骨子裡其實反對當前教育理念與評鑑制度，卻以鄉間成長及任教經驗，發為懇切之言。強調自我，反倒失去自我，這話可多麼雷人！張經宏《雲想衣裳》書中也有此語，網路世代多宅男，走在路上無知無感，耳目多呈省電狀態，對照這書中心靈世界的細膩遄飛，看著可有多感慨！

今年度的散文集，初出茅廬的新人表現不錯，《太少的備忘錄》是新銳導演侯季然的年輕紀事，文字清順可喜；大陸來台交換生蔡博藝事事關心的寫了本《我在台灣，我正青春》；周紘立《壞狗命》與神小風《百分之九十八的平庸少女》這兩個小文青，坦然面對青春身世，跨出了勇敢的第一步；林育靖《天使在值班》和吳妮民《私房藥》像她們的學長黃信恩一般，沒日沒夜值著無盡的班表；黃文鉅《感情用事》教職與愛情兩頭不著邊，在文字之海泅泳著。

歲暮年終，回望二〇一二年，擔憂恐懼，往事浮沫已盡。像經歷了一場奇幻漂流，你上了岸，卻不知身在何處？人性的曖昧多樣與複雜深邃，恰似猛虎嗅薔薇，暴烈裏仁慈。幕落之時，你其實並沒有真懂，一直要到離開許久許久以後。或者，文學也正是如此。

——原載二〇一二年十二月三十一日《中華日報》副刊

附錄

一〇一年度散文紀事

杜秀卿

一月

・一月二日，以《半臉女兒》聞名的作家陳燁過世，得年五十三歲。陳燁本名陳春秀，一九五九年生。創作以小說為主，兼及散文、劇本和傳記。

・一月三日，「二〇一二台北國際書展」公布書展大獎得主，非小說類為陳俊志《台北爸爸紐約媽媽》、嚴長壽《教育應該不一樣》、下山一（林光明）自述／下山操子（林香蘭）譯寫《流轉家族：泰雅公主媽媽、日本警察爸爸和我的故事》。

・一月十五日，作家余之良辭世，享年九十一歲。余之良，一九二一年生。創作以小說為主，兼及報導文學及傳記。

・一月十七日，亞洲華文作家協會頒贈終身成就獎予羅蘭、蓉子。

二月

・二月十九日，第十四屆菊島文學獎舉行頒獎典禮，散文類社會組：首獎許芳慈，優等陳彥馮，佳作洪博學、馮忠恬、呂政達，評審推薦獎為王瑞賢。高中組：首獎趙謙郡、賴欣，優等陳依琳，佳作許雅婷、歐嘉文。國中組：首獎沈恆德〈我在，另一座菊島〉，佳作劉雨潔、洪慧茵。

．二月二十四日，作家周嘯虹辭世，享年八十歲。周嘯虹，一九三二年生。創作文類包括散文、小說和劇本。

．二月二十五日，散文家陳之藩辭世，享年八十七歲。陳之藩，一九二五年生。著有散文集《旅美小簡》、《在春風裡》、《劍河倒影》等。

三月

．三月七日，九歌出版社舉辦「一〇〇年度選新書發表暨贈獎典禮」，發表三本年度選新書，《一〇〇年散文選》由鍾怡雯主編，選出年度散文獎為周芬伶〈美女與怪物〉。

．三月十一日，第五屆阿公店溪文學獎公布得獎名單，大專散文組前三名：陳宛琳、袁家蓁、侯柏丞，高中散文組前三名：林子淵、王培紋、楊鎔箋，國中散文組前三名：劉浚廷、楊翔婷、張堃展，國小散文組前三名：蔡恩祈、盧昤沄、呂庭寬。

．三月二十三日，第三屆桃城文學獎公布得獎名單，散文組：第一名陳柏言，第二名林育靖，第三名何惠晶，優選楊杏秀、陳文和、吳嘉芬。

四月

．四月五日，第三十一屆行政院文化獎得主揭曉，由散文家林文月與書法家董陽孜獲獎。

．四月十五日，第十四屆台北文學獎舉行頒獎典禮，散文類：首獎曾柏彰，評審獎卜敏正，優等獎莫飲花、陳姿含；文學年金類入圍：丁名慶〈晃蕩：二〇〇一台北奧迪賽〉、雙雪濤〈融城〉、熊瑞英〈秋光漾漾，台北城〉。

·四月二十三日，一〇〇年教育部台灣本土語言文學獎得獎名單揭曉，各組取前三名，散文類閩南語教師組：楊麗卿、陳正雄、黃文俊，學生組：鄭雅怡、蘇世雄、杜仲奇，社會組：吳嘉芬、林麗黛、陳怡君，客家語教師組：陳美蓉、劉玉蕉，學生組：彭瑞珠、宋侑庭、孫戎慧，社會組：張捷明、朱吳春妹、詹淑女。

·四月二十五日，第十二屆與第十三屆國家文藝獎得主劉國松、施叔青、王大閎、陳博文、廖年賦的傳記出版，舉辦聯合新書發表會。

·四月二十八、二十九日，「二〇一二海峽兩岸華文文學學術研討會」於中原大學舉行，期望透過國內及大陸地區現代文學之研討，使台灣現代文學研討之成果得以彰顯於兩岸。

五月

·五月四日，第五十三屆文藝獎章舉行頒贈典禮，徐國能獲散文文藝獎章。

·五月四、五日，東華大學華文文學系於該校舉辦第五屆文學傳播與接受國際學術研討會，以「東亞華文文學場域的變遷」為主題。

·五月五日，第三屆余光中散文獎舉行頒獎典禮，高中組：首獎陳洵美，第二名林家靖、曹方昕；國中組：首獎陳祈雅，第二名黃方碩、林若瑜。

·五月二十六日，作家繆綸辭世，享年八十三歲。繆綸，一九三〇年生。筆名魯軍，創作文類以散文、小說為主，長期從事報刊雜誌的專欄寫作。

六月

·六月八日，第十五屆夢花文學獎得獎名單揭曉，散文類：首獎從缺，優選莊明珊、林瑞宏，佳作徐治霜、劉立葳、李婉玲、沈信呈、費啟宇。青春夢花（散文）國中組：優選謝正觀、余瑋倫、陳逸芸、陳季琳、古家維、廖雅如、陳佳瑜、劉雅莉。青春夢花（散文）高中組：優選廖子涵、張瓊文、邱煜智、謝依儒。

・六月十日，第三十屆全國學生文學獎舉行頒獎典禮，大專散文：第一名呂政達，第二名徐郁智，第三名林孟潔，佳作陳柏言、陳逸勳、湯舒雯。高中散文：第一名陳顥仁，第二名黃睿筌，第三名黃雋中，佳作陳沛甯、蔡閔柔、羅巧怡、李子瑩、林子瑜、姚怡妏、塗凱評、陳英立、李昆翰、林家緯。國中散文：第一名裘芸茜，第二名許倩瑜，第三名杜敏瑜，佳作江佩玲、邱夙岑、丁云茜、林叡均、張淑媛、盧韻亘。

・六月十七日，二〇一二客語文學創作獎舉行頒獎典禮，散文組前三名：彭瑞珠、李得福、林彰揚，佳作黃山高。

・六月二十五日，第十六屆國家文藝獎公布獲獎名單，文學獎得主為作家子敏（林良）。

七月

・七月十日，第九屆浯島文學獎舉行頒獎典禮，散文組：第一名楊秀然，第二名蔡欣佑，第三名陳英任，佳作沈政男、林縈婕、許碧霞、陳文偉、楊文瑋、沈信呈。

・七月十三日，第三十六屆金鼎獎揭曉得主名單並舉行頒獎典禮，圖書類文學獎：郝譽翔《溫泉洗去我們的憂傷——追憶逝水空間》、陳俊志《台北爸爸，紐約媽媽》、林俊穎《我不可告人的鄉愁》、尉天驄《回首我們的時代》。

・七月二十四日，第十四屆磺溪文學獎公布得獎名單，散文類：首獎紀明宗，優選呂逸倩、邱建國、林明霞、黃韋侖、何美諭、陳文和。

・七月三十一日，國軍第四十六屆文藝金像獎得獎名單揭曉，散文類金、銀、銅像獎分別為洪健元、林瑋昇、李小玲，優選獎童明昌、陳偉真、王靖淑。

八月

・八月十二日，作家鍾鼎文辭世，享年九十九歲。鍾鼎文，一九一四年生，曾創辦《新詩週刊》、「藍星詩社」，籌組世界詩人大會等，為台灣新詩發展、步向國際之重要推手。

・八月二十五日，文訊雜誌社與艾雯女兒朱恬恬舉行「《艾雯全集》新書發表會」。《艾雯全集》共十冊，收錄艾雯一九四一年至二○○八年間的小說與散文作品。

・八月三十日，第十四屆南投縣玉山文學獎文學創作獎揭曉得獎名單，散文類：第一名楊秀然，第二名許正信，第三名陳志豪，佳作邱宗翰、邵鳳蘭。

九月

・九月一日，作家歸人辭世，享年八十五歲。歸人本名黃守誠，一九二八年生。創作文類以散文為主，另有論述、小說、報導文學、傳記等。

・九月十六日，第三十四屆聯合報文學獎公布得獎名單，散文獎大獎蔡怡〈烤神仙〉，評審獎楊文馨〈物種日記〉、阿布〈結繩記事〉。

・九月十六日，第二屆台南文學獎公布得獎名單，台語散文組：首獎施俊州，優等鄭雅怡，佳作張翠苓、梁明輝、周定邦。

・九月二十一日，為紀念散文家陳冠學過世週年，在屏東教育大學舉辦第二屆屏東文學學術研討會──陳冠學研究。

・九月二十四日，教育部文藝創作獎舉行頒獎典禮，教師組散文類：特優黃春美〈變成男人〉，優選方中士、呂政達，佳作蔡光輝、張耀仁、方秋停。學生組散文類：特優蔣亞妮〈請登入遊戲〉，優選黃詣庭、吳睿哲，佳作蔡宗佑、孫知行、陳柏言。

十月

・十月二日，第三十五屆時報文學獎公布得獎名單，散文組：首獎盛浩偉〈沒有疼痛〉，評審獎曾翎龍〈井〉、游善鈞〈開始寫這篇文章〉。小品文組：優選林筱薇、吳星瑩、吳建興、阿布、陳林、陳慧潔、番紅花、許雅婷、游書珣、潘貞仁。書簡組：優選李安婷、吳佳韋、吳建興、牽心、陳欣怡、神神、黃文俊、黃蘭新、廖啟廷、劉威廷。

・十月十六日，一〇一年台灣原住民族文學獎得獎名單揭曉，散文組前三名李永松〈心最遠的距離〉、林佳瑩〈她的名字〉、曾富強〈露天理髮廳〉，佳作姜憲銘、曾彥歆、梁婷。

・十月十八日，第三屆桐花文學獎公布得獎名單，散文類：首獎黃宏春〈童年的信仰〉，優勝墨玡（邱筱莉），佳作卜敏正、梁純綉、黃山高、黃火盛、張曉惠、徐若江、若琳、胡靖。小品文類：首獎陳錦雲作品〈藤與樹〉，優勝范巧珍、陳文偉，佳作高知遠、林力敏、蔡宏營、黃汶琳、黃志聰、林彰揚、崇平。

・十月十九日，第十一屆文薈獎全國身心障礙者文藝獎舉行頒獎典禮，高中職及國中組散文優選包括小鑽石、允竑、右子等十五人；國小組優選為Traffer、王向銘、吳中云等十五人。

・十月二十日，第二屆新北市文學獎舉行頒獎典禮，成人組散文前三名：張健芳、周漢輝、沈宗霖，佳作林瑞宏、呂政達、劉峻豪。小品文前三名：周盈秀、趙文彬、蕭晴方，佳作趙韓文、莊明珊、馮平、李詩云。旅行小品文前三名：趙芳儀、陳沛甯、徐振輔，佳作張嘉軒、羅晨心。

・十月二十日，第五屆蘭陽文學獎舉行頒獎典禮，散文組：第一名楊秀然，第二名王修梧，第三名蔡欣佑，佳作李詩云、徐惠隆、陳維鸚。

・十月二十、二十一日，一〇一年第三屆台灣原住民族文學論壇於台北國際藝術村幽竹廳舉行，議題包含原住民文學與歌謠創作、原住民文學與文獻、原住民文學與翻譯、原住民文學與媒體傳播、當代的原住民社會運動等。

・十月二十一日，第二十五屆梁實秋文學獎公布得獎名單，散文首獎：林力敏〈抓髮漫談〉，評審獎：葉衽榤、解昆樺、張蕨類（張俊堯）、林佑軒、馬耳（方興文）、楊婕、黃可偉。

・十月二十二日，二〇一二花蓮文學獎公布得獎名單，散文類菁英組：首獎陳金聖、沈眠，佳作章瀞中、郭桂玲、林俊儒；新人組：優等李俊毅、藍世帆、游仁、李宗儒。書寫原住民菁英組：首獎蔡光輝、石進益，佳作沈家銘、楊惠美、王淑美；新人組：優等亞芮伊．盧峦、許雅筑、李雅庭。花蓮食記優選十名：沈家銘、周盈君、李彥瑩、費啟宇、蔡玉萱、蔡宗倫、郭桂玲、黃文俊、林新綠、林青蓓。

・十月三十一日，第二屆全球華文文學星雲獎公布得獎名單，貢獻獎由前《聯合報》副刊主編痖弦獲得。人間佛教散文類得獎者：顧德莎、方中士、解昆樺、張耀仁、黃曉芳、連明偉、沈信呈、黃可偉、孫彤、劉滌凡。

十一月

‧十一月二日，第十一屆大武山文學公布得獎名單，散文類：第一名陳萁慈，第二名李秉樞，第三名蔡翠華，佳作謝韻茹、張欣芸。

‧十一月十一日，中山文藝創作獎舉行頒獎典禮，本屆創作獎得主為楊敏盛與郝譽翔。

‧十一月十六日，二〇一二年台灣文學獎公布得獎名單，圖書類散文金典獎：林文義《遺事八帖》，創作類客語散文金典獎：張捷明〈濛沙煙行過介山路〉。

‧十一月十六至十八日，第二屆二十一世紀世界華文文學高峰會於台中舉行，十六日於台中市立港區藝術中心國際會議廳舉行開幕式，十七、十八日於東海大學茂榜廳進行兩場論文發表、三場演講與六場座談。

‧十一月十七日，二〇一二馬祖文學獎舉行頒獎典禮，散文類：首獎劉宏文，優選熊熊熊〈陳怡文〉，佳作蔡宗哲、粘耀淋。馬祖故事書寫：首獎從缺，優選秦就〈徐金財〉、張安廷、陳長柏。

‧十一月十七日，第八屆林榮三文學獎公布得獎名單，散文類：首獎王盛弘〈種花〉，二獎葉國居〈討土〉，三獎伊格言〈恐懼遊戲〉，佳作王威智、李翎瑋、潘如玲。小品文獎得主為石尚清、杜振木、林巧棠、林燕珠、陳意婷、黃文俊、蔡金琴、劉素霞、鄧安妮、謝玫汝。

・十一月十七日，作家古之紅辭世，享壽八十八歲。古之紅本名秦家洪，一九二五年生。曾創辦《文藝列車》、《新新文藝》。

・十一月十八日，二〇一二港都文學獎得獎名單揭曉，散文類：首獎林念慈〈人生幾何〉，佳作Maya、徐振輔。

・十一月二十日，第二屆台中文學獎揭曉得獎名單，散文類：第一名黃文俊，第二名陳怡分，第三名吳淑娟，佳作楊柳風、柳一、阿布、徐振輔。文學貢獻獎得主江自得。

・十一月二十四日，吳濁流文藝獎舉行頒獎典禮，散文：首獎張英珉〈逐蟻記〉，貳獎戴天亮〈鼻尾──國土日漸消失的省思〉，叁獎楊美紅〈抗敏記〉，佳作胡志偉、徐禎苓、連泰宗、陳林、陳奕成、陳建生。

・十一月二十四日，桃園縣第十七屆文藝創作獎舉行頒獎典禮，散文組：首獎阿布，貳獎伍季，叁獎沈眠，優選郭瀞婷、陳綠茵、蔡欣佑。

十二月

・十二月一日，作家文彥辭世，享壽九十五歲。文彥本名李效顏，一九一八年生，創作包括報導文學、小說、劇本等。

・十二月三日，二〇一二打狗鳳邑文學獎公布得獎名單，散文類：首獎林恕全，評審獎謝春馨、倪惠娟，優選獎陳柏言、卜敏正、吳建興。青衿組散文：首獎從缺，評審獎張順華，優選獎薛仲恆、徐志丞。

・十二月五日，作家趙宗信逝世，享年七十五歲。趙宗信，一九三七年生。創作包括詩、小說、散文等。

・十二月七日，於國立政治大學舉行「殖民地與都市」台灣文學跨界研究討論會，會議以文學與藝術為中心，討論其所包含的現代轉化與跨界。

・十二月八日，二〇一二竹塹文學獎舉行頒獎典禮，青春散文前三名：柯止善、陳司翰、陳法安，佳作何欣恬、吳政珊、林瀚文、陳沛甯、陳柔安。

・十二月十四日，第二屆兩岸交流紀實文學獎舉行頒獎典禮，紀實文學組：首獎許薌君，優選劉銀英、陳世慧，佳作查娜、封昀翰、謝振允、張怡微、夏嘉翎，入選張皓鈞、郭昱沂、查太元、朱胤慈、洪瑞國、劉崇鳳、鄧運球、楊艾俐、胡憶陽、吳奕均。

・十二月十六日，第七屆懷恩文學獎舉行頒獎典禮，散文社會組：首獎黃春美，二獎梁正宏，三獎蔡欣佑，優勝劉忠新、楊杏秀、謝慧菁、吳俊霖、吳宣瑩；學生組：首獎詹佳鑫，二獎吳睿哲，三獎胡靖，優勝劉潔馨、李冠穎、楊富民、李亭諄、蔡學文；兩代寫作組：首獎陳萬吉與陳建智、高徐金華與高玉蟾，三獎吳劍樵與吳在媖，優勝鄭秀枝與林瑋、林碧珠與唐墨、楊寶秀與譚誠明、周月娥與周世宗、林佳瑩與林纓。

・十二月二十六日，學者、作家顏元叔逝世，享年八十歲。顏元叔，一九三三年生。創作以論述與散文為主。

・十二月二十七日，金石堂公布二〇一二「年度風雲人物」，作家小野獲選。

・十二月二十八日，二〇一二開卷好書獎公布年度好書，中文創作類與散文相關獲獎圖書：蔡珠兒《種地書》。

九歌文庫 1128

九歌101年散文選

Collected essays 2012

主編　隱　地
執行編輯　陳逸華
發行人　蔡文甫
出版發行　九歌出版社有限公司
臺北市105八德路3段12巷57弄40號
電話／02-25776564・傳真／02-25789205
郵政劃撥／0112295-1
九歌文學網　www.chiuko.com.tw
印刷　晨捷印製股份有限公司
法律顧問　龍躍天律師・蕭雄淋律師・董安丹律師
初版　2013（民國102）年03月
定價　380元

書號　F1128
ISBN　978-957-444-869-2
（缺頁、破損或裝訂錯誤，請寄回本公司更換）
本書榮獲臺北市文化局贊助

國家圖書館出版品預行編目資料

九歌101年散文選 / 隱地主編. – 初版. --
臺北市：九歌, 民102.03

面； 公分. -- (九歌文庫 ; 1128)

ISBN 978-957-444-869-2(平裝)

855 101027423